Divine

FRANÇOISE MALLET-JORIS

Le rempart des Béguines
La chambre rouge
Cordélia
Les mensonges
L'empire céleste
Les personnages
Lettre à moi-même
Marie Mancini
le premier amour de Louis XIV
J'aurais voulu jouer de l'accordéon
Les signes et les prodiges
Trois âges de la nuit
La maison de papier
Le jeu du souterrain
Allegra
Dickie-roi
Un chagrin d'amour et d'ailleurs
Jeanne Guyon
Le clin d'œil de l'ange
Le rire de Laura
La tristesse du cerf-volant | *J'ai lu* 2596/4
Marie-Paule Belle
Adriana Sposa | *J'ai lu* 3062/5
Divine | *J'ai lu* 3365/4

Françoise Mallet-Joris
de l'académie Goncourt

Divine

Éditions J'ai lu

A ma nièce Françoise qui est aussi mon amie.

© Flammarion, 1991

« Il m'arrive toujours quelque chose d'intéressant, se dit-elle, lorsque je mange ou que je bois. »

Alice au pays des merveilles

« L'âme n'est pas ivre de ce qu'elle a bu, mais bien ivre, et plus qu'enivrée, de ce qu'elle n'a pas bu et ne boira jamais. »

Hadewyck d'Anvers
Le Miroir des âmes

1

Drapée dans le grand châle de laine qui lui tient lieu de robe de chambre, ses cheveux noirs, vigoureux, lui tombant jusqu'à la taille, Jeanne sort sur le palier. Devant elle, les trois portes à glissière des trois ascenseurs qui desservent la tour. A sa gauche, l'appartement des Larivière. A sa droite, celui de « Louis Adrien, métreur », comme l'indique une petite plaque de cuivre. Dans un angle, une porte coupe-feu par laquelle on accède à l'escalier. Jeanne se dirige avec résolution vers cette porte, l'ouvre, jette un coup d'œil perplexe sur l'escalier, assez large, proprement recouvert d'un tapis ras, et qui semble descendre à l'infini. Combien de marches par étage? Pour le savoir, il faut en faire l'expérience. Dans la tour, personne n'a jamais dû essayer. Et à cette heure du matin, elle ne risque pas de rencontrer grand monde. Résolument, drapant son châle autour d'elle, Jeanne descend un étage. Dix, quinze, vingt-trois marches. C'est bien cela. Elle remonte, assez lestement malgré son poids. Vingt-trois multiplié par trente et un, cela fait...

Au moment où elle va rentrer chez elle, M. Adrien sort sur le palier.

– Ah ! madame Grandier ! Vous avez constaté !

– Eh oui ! Les ascenseurs.

Sur les paliers, les fenêtres sont réduites à deux meurtrières. M. Adrien tente cependant de regarder dans la « cour fleurie » qui fait la gloire de l'immeuble.

– Ils sont sûrement encore là. Alors que la police va arriver !

– Ça, ils n'ont pas peur, admet Jeanne.

Elle a un peu envie de rire.

– Je viens d'appeler le gérant. Un locataire du rez-de-chaussée l'avait déjà alerté. Ce sont bien les mêmes qui ont dévasté la cour, il y a un mois.

– Je croyais qu'on les avait arrêtés, dit Jeanne.

Elle a la main sur la poignée de sa porte, elle voudrait rentrer, mais M. Adrien est bavard et susceptible.

– On en a arrêté deux ou trois, et c'est pourquoi les autres ont voulu se venger. Ce sont des skinheads !

– Ah bon ?

– Attendez... Il doit y avoir moyen... J'ai des jumelles d'opéra.

Il se précipite chez lui. Jeanne commence à avoir froid. Et, bien qu'elle ne soit guère conventionnelle, sa chemise de nuit en flanelle mal dissimulée par le châle et ses cheveux défaits la gênent tout de même un peu devant M. Adrien, tiré à quatre épingles malgré l'heure matinale. Le revoici, petit, mince, animé d'une indignation perpétuelle. Il se colle contre l'étroite fenêtre. Mais le verre des jumelles appuyé contre la vitre épaisse...

— Je ne vois pas grand-chose. Je crois que la police est arrivée et qu'ils se battent, dit-il avec satisfaction. Mais pour la réparation, ce sera une autre paire de manches ! Nous ne sommes pas près de descendre !

— Il faudra bien ! dit Jeanne.

Et elle rouvre sa porte.

— Je ne vous le conseille pas !

— Pourquoi ? demande-t-elle, surprise, déjà dans l'entrée de l'appartement.

— Eh bien... Eh bien... parce que c'est haut ! Vous allez pouvoir vous octroyer une journée de congé !

— Pourquoi pas, dit-elle par politesse.

Et referme la porte derrière elle. Une journée de congé ! Comme si elle était de celles qui ont besoin de repos ! Elle déteste un moment M. Adrien, son allure de petit coq, ses indignations vertueuses. Puis l'oublie. Il s'agit de se dépêcher, elle a un cours à neuf heures, et elle n'a pas commencé sa toilette. Elle entre dans l'étroite salle de bains, à droite de l'entrée. La chambre à coucher est à gauche, la porte ouverte, et un moment elle se demande si M. Adrien a pu apercevoir le lit défait, les amoncellements de livres par terre et, sur une chaise Louis XV passablement élimée qui vient de chez sa mère, le plateau de son petit déjeuner. Elle se lave peut-être un peu vite, peigne sa chevelure si épaisse qu'elle y brise souvent le peigne et va enfiler la robe housse, modèle unique qu'elle possède à plusieurs exemplaires, quand le timbre agressif du téléphone retentit. Evelyne.

— Jeanne ?

— Qui veux-tu que ce soit ? Qu'est-ce qui se passe ?

— Mais... mais... C'est plutôt à toi de me dire... C'est ton voisin qui m'a appelée.

Jeanne n'en revient pas.

— M. Adrien ?

— Mais oui. Je l'avais rencontré chez Pierquin, tu sais qu'ils se connaissent...

— Si je le sais ! (Jeanne éclate de rire.) Rose voulait me le faire épouser ! Tu te rends compte ! Un petit célibataire ranci ! Il me fait penser à un champignon déshydraté. Mais pourquoi est-ce qu'il t'appelle à l'aube ?

— Mais, Jeanne, enfin ! Pour me prévenir que ces voyous ont mis hors d'usage vos ascenseurs !

— Tu vois ! Quelle commère !

— Tu es injuste. C'est un très gentil garçon. Enfin, il voulait me dire que tu n'avais pas l'air de te rendre compte... Enfin, tu ne vas pas essayer de venir au lycée !

— Pourquoi pas ? Ah ! les escaliers ! Mais je ne suis pas une petite nature, tu sais !

— Justement. Pardon de te le dire, mais...

Il y a un bref silence, lourd des quatre-vingt-cinq kilos de Jeanne.

— Tu prends toujours tout au tragique, dit Jeanne, boudeuse. Ce n'est pas si haut, enfin !

— Pas si haut ! Sais-tu seulement combien de marches...

— J'ai compté : vingt-trois !

— Vingt-trois par étage, je suppose. Et tu habites le trente et unième !

— Eh bien ? dit Jeanne avec mauvaise foi.

— Trente et un par vingt-trois, ça fait...

— Sept cent treize.

Jeanne a toujours été forte en calcul mental.

— Et tu t'imagines que tu vas pouvoir descendre et remonter sept cents marches !...

— Pas en courant, bien sûr. Ni d'une traite. Mais en m'arrêtant de temps en temps...

— Ma chérie, c'est idiot ! Ton poids... Ton cœur... Avec tout ce que tu fumes, tu n'as pas le souffle que... Et puis tu ne prends *jamais* d'exercice ! Si tu venais avec moi, à ces cours de gymnastique douce... Enfin, je t'en supplie, n'essaie pas ! Je préviendrai Elisabeth, elle comprendra, et Jean-Marie n'a rien à la première heure, il prendra ta classe très volontiers. C'était bien anatomie ? Oui, à midi, au cas où la réparation ne serait pas terminée, je t'envoie un élève avec un petit en-cas... ou, si tu veux, je viendrai moi-même...

— Parce que toi, sept cents marches, ça ne te fait pas peur ? dit Jeanne fâchée.

— Mais si ! Mais si ! proteste Evelyne, assez gauchement. Mais tout de même, tu ne peux pas comparer... Je ne sais même pas si j'y arriverai... Mais il faut bien que quelqu'un le fasse ! Je t'assure que ce serait dangereux...

Evelyne paraît sincèrement inquiète. C'est la meilleure amie de Jeanne depuis qu'elles ont douze ans.

— Tu es un chou ! Je suis une sale garce. Mais ça

ne va pas durer, sûrement. Les voitures de police étaient là, il y a une demi-heure.

— Ça ne répare pas les ascenseurs.

— Evidemment.

— Les trois ascenseurs ?

— S'ils n'en avaient démoli qu'un, ça n'aurait pas été drôle.

— Tu as de ces mots ! Je sais, tu n'aimes pas te plaindre ! Mais fais-le pour me faire plaisir, ne bouge pas. Je m'occupe de tout ! Je préviens l'école, je rappelle le gérant, je t'envoie tes repas, d'une manière ou d'une autre...

Jeanne commence à se sentir un peu déprimée.

— Mais enfin, Vivi, je ne suis pas infirme ! Je ne suis pas cardiaque !

— Qu'est-ce que tu en sais ? Tu refuses toujours de voir le médecin ! Trente étages ! Evidemment, on ne pouvait pas prévoir, mais quand tu es allée t'installer dans cette tour, j'aurais pu te prédire que ça n'était pas prudent !

— Tu pensais qu'elle allait s'effondrer ?

— Jeanne, comme tu es de mauvaise humeur ! soupire Evelyne. (Elle soupire beaucoup, c'est l'une de ses caractéristiques.)

— C'est vrai, je suis injuste. Toi qui es si gentille ! Mais tout de même (d'un bref attendrissement, Jeanne repasse avec sa brusquerie coutumière à une remontée de mauvaise humeur), tu ne me prédis jamais que des choses désagréables. Si j'étais allée habiter les catacombes, tu aurais encore dit que ce n'était pas prudent.

— Naturellement ! Parce que tu ne fais jamais rien

comme tout le monde. Entre les catacombes et un trente et unième étage, il y a place pour un appartement *normal* ! Enfin, c'est tout toi, ça ! Quand on avait douze ans... Ô mon Dieu ! huit heures trente-cinq ? J'y vais. Je te rappelle. Jean-Marie fera ton cours. C'est quoi, déjà ?

— ...

— C'est comme si c'était fait ! Ne t'inquiète de rien. Je cours. Je te rappelle. Je...

Jeanne raccroche. Douce, serviable, adorable, exaspérante Evelyne. Jolie, malheureuse, plaintive, inlassable Evelyne, victime de ses maris successifs, de ses enfants insupportables, toujours prête à se charger du travail en retard d'un collègue, des heures de surveillance dont personne ne veut... Toujours exténuée, ployante, sujette aux rhumes de cerveau, à l'angine bénigne, à la kyrielle de petits maux qui ne justifient pas les congés maladie et, simplement, lui rendent la vie un peu plus pesante...

« Et moi qui râle, alors qu'elle ne pense qu'à me rendre service ! »

Une porte claque sur le palier. M. Adrien ! « Je vais lui dire son fait, à celui-là ! » Jeanne se précipite. Trop tard. Il est déjà dans l'escalier, il entame la descente, sa serviette sous le bras. Il se retourne, il crie comme s'il était déjà très bas, très loin :

— Au revoir ! Ne vous en faites pas ! Profitez-en pour vous reposer !

« Mais qu'est-ce qu'ils ont tous à vouloir que je me repose ? »

Elle rentre chez elle, boudeuse à nouveau, et comme dépaysée de n'avoir, si tôt le matin, rien à faire. Et si, pour une fois, elle suivait le conseil d'Evelyne ? Bien sûr, ce n'est qu'un prétexte, un alibi. Elle pourrait très bien descendre. Mais une journée libre, c'est bon à prendre, non ? Il y a longtemps qu'elle aspire à une journée tranquille pour ranger un peu le living encombré de livres non encore déballés (depuis bientôt un an qu'elle a déménagé !), de photos à trier et à coller, de dessins d'enfants dont elle projette de faire une exposition dans le gymnase. Ranger, oui. Mais elle n'a jamais tellement aimé l'ordre, et ces entassements encore riches de possibilités la réconfortent, au fond, comme le feraient des draps dans l'armoire, des provisions dans le réfrigérateur. Au fait, il doit être vide, le réfrigérateur, puisqu'on est vendredi, et que c'est le vendredi soir, le collège fermant à cinq heures, que Jeanne fait ses provisions. Mais d'ici à ce soir...

Une journée tranquille pour lire un livre qui ne concerne pas son cours, pour couvrir de papier cristal ceux de la bibliothèque qu'elle aurait dû rendre depuis quinze jours, qu'elle n'a du reste pas le temps de lire, avec tout ce qu'elle a entrepris, et qu'elle n'a empruntés que par cette gloutonnerie intellectuelle qui fait qu'elle ne peut voir un livre nouvellement arrivé sans le saisir, le humer, l'emporter, en jurant qu'elle le rapporte le lendemain, et puis ne se résout pas à le rendre, comme s'il s'agissait d'un enfant auquel elle se serait attachée...

Une journée tranquille pour répondre aux lettres en retard, aux amis éloignés à qui elle pense tous les jours sans trouver le temps d'une carte postale. Pour classer les plantes séchées qu'elle conserve, à plat, entre de vieux journaux, pour un herbier qui ne voit jamais le jour et lui servirait pour sa classe de botanique. Pour mettre au net les notes prises sans ordre sur des écrivains du XVIe siècle, notes qu'elle a promises à Didier depuis plusieurs semaines ; mais, faute de les mettre en fiches au moment même, elles sont maintenant éparses dans divers carnets, griffonnées sur de vieilles enveloppes, des factures qu'elle avait dans son sac au moment où une idée lui est venue, ou une réminiscence, et même, parfois, elle a indiqué une référence sur le dernier feuillet d'un livre lu dans l'autobus, et au retour elle a jeté le livre parmi tous ceux qui jonchent le living... Allez vous y retrouver, maintenant !

Après la minuscule entrée (que flanquent, à gauche et à droite, chambre et salle de bains), le living est une pièce vaste, claire, pourvue d'une baie donnant sur la cour-jardin. Au fond, à droite de cette pièce grande mais fort encombrée, la cuisine, donnant également sur la cour, est également pourvue d'un balcon de fer forgé assez laid. Des bégonias blancs y languissent, que Jeanne a plantés avec amour de ses belles mains maladroites mais qu'elle oublie régulièrement d'arroser, pour s'apercevoir soudain de leur dépérissement et les achever en les noyant d'une eau trop abondante. Prenant pitié de tant d'incompétence, son amie Evelyne lui fait de temps à autre apporter, par l'un de ses enfants, quelques plants achetés au marché Jeanne-d'Arc, et qui subiront le même sort. Evelyne dit parfois, dans ses rares moments d'enjouement, que l'affection que lui porte Jeanne, et qui est indubitable, est du « genre bégonia », faite d'alternatives d'effusions, de dévouement, d'interminables conversations, d'attentions délicates et d'oublis inexplicables, de brusques et brèves bouderies, d'orages et de repentirs soudains. « J'aime tant les bégonias blancs ! » dit Jeanne, sincère et désolée – et elle dit aussi : « Mais j'aime tant Evelyne ! » quand celle-ci se lasse passagèrement de tant de changements climatiques.

Jeanne se rend rarement compte de la fatigue qu'elle impose à ses proches. Elle les adore, n'est-ce pas ? Est-ce que cela ne suffit pas ? Cela suffit peut-être. En tout cas, cela lui suffit, à elle qui, bien que vivant seule, a le sentiment de s'entourer d'êtres intéressants et complexes qui lui rendent son affection.

Aujourd'hui pourtant elle a ressenti un agacement qui, d'être resté inexprimé, l'oppresse. Debout au milieu du joyeux capharnaüm de la pièce, elle fronce ses sourcils bien dessinés, passe la main dans son épaisse chevelure, faisant sans s'en apercevoir crouler le chignon élaboré avec peine, et elle a beau se dire – expression qui lui vient de sa grand-mère Ludivine – qu'elle a « été bien », c'est-à-dire qu'elle a su, exceptionnellement, se contenir, elle n'en est pas moins de mauvaise humeur, phénomène aussi rare chez elle que sont fréquentes les brèves colères auxquelles elle prend plaisir.

« Repose-toi ! » « Reposez-vous ! » Est-ce qu'elle a l'air fatiguée ? Malade ? Malheureuse ? « Et on se téléphone derrière mon dos ! Et on veut m'empêcher de descendre ! » Elle a été si surprise de cette offensive du sec petit voisin, de la plaintive et douce Evelyne, qu'elle s'est pour ainsi dire laissé faire. Le voisin a dû appeler Evelyne et Evelyne a dû appeler le lycée, avant même qu'elle ait eu le temps de faire ouf. Et tout ça pour sept cent treize marches ! « Je ne vais tout de même pas en faire un drame ! Nous disions : une journée libre pour... »

Peut-être sa mauvaise humeur vient-elle, justement, de la quantité de choses qu'elle a envie de faire ? Elle est parfois victime de cette boulimie enfantine qu'elle a devant la vie, qui veut tout, et tout à la fois, comme devant la carte d'un bon restaurant elle reste parfois paralysée par l'abondance offerte, accessible, et parmi laquelle, tout de même, il va falloir choisir... Oui. Mais cette matinée libre, pleine de possibilités, on la lui a, en somme, imposée. C'est ça, la raison de sa mauvaise humeur. « Ils ont profité de l'effet de surprise ! » Et maintenant il est trop tard pour réagir.

Si elle essayait d'en profiter, de ce loisir forcé ? D'une main nonchalante elle fouille dans une caisse de livres d'occasion achetés en bloc, et dont elle s'est promis de délicieuses surprises, et tombe sur un tricot bleu faïence commencé pendant les vacances de Noël. Si elle s'y remettait ? C'est apaisant, le tricot. Du moins on le dit. Mais Jeanne tricote mal, trop vite, distraitement. Elle fait des fautes et refuse toujours de défaire ce qui est commencé. « Ça fait artisanal ! » dit-elle quand Evelyne lui fait remarquer des inégalités criantes. Et puis elle a perdu le modèle... Et puis elle ne se souvient plus de l'endroit où elle a rangé le dos de ce pull commencé... Et puis est-ce qu'entre les fêtes de fin d'année (marquées de quelques excès) et Pâques, qui lui a paru tomber huit jours après, elle n'a pas pris encore un petit peu de poids, ce qui fait que la taille du pull-over...

Oh! qu'est-ce que ça peut faire? De toute façon elle ne l'aurait pas achevé. « Je ne suis pas faite pour les ouvrages de dames. » Ni pour ce « petit régime » que, justement pendant cette période, ses amis lui ont conseillé avec plus d'insistance? Pas faite pour les régimes, les restrictions, les brimades qu'on s'impose à soi-même. C'est bon pour Evelyne, ça, qui se sent en faute quand elle fait l'amour avec son propre mari! Et pourtant on a assez tenté de l'influencer: son amie Evelyne, son amie Manon, les allusions du Dr Pierquin, les plaisanteries des élèves, la directrice, Mme Mermont, qui (sans beaucoup d'espoir) déclare que l'enseignement est, aussi, un métier public, avec un regard en biais. « Je ne suis pas hôtesse de l'air! » riposte Jeanne qui n'est pas de nature à laisser passer sans les relever ce genre d'attaques indirectes. Elle est comme elle est! Elle fait bien son métier! Et ce n'est pas à Elisabeth de la conseiller sur le choix de ses chapeaux! Si elle a réussi à imposer sa personnalité, ses cours qui débordent souvent le programme, ses horaires fantaisistes, pourquoi pas son poids? Qui est-ce que cela gêne?

Et pourtant cela doit en gêner certains. Evelyne, à propos d'une démarche à faire, lui disant un jour: « Toi qui as du poids auprès du conseil d'administration... », et puis rougissant follement. Jeanne s'est mise à rire: « C'est équivoque, hein, cette expression! L'idéal de la plupart des femmes, en somme, c'est de perdre du poids physiquement, et d'en gagner au sens figuré. Allons! ne fais pas cette tête-là! Je sais bien que j'ai, comme tu dis pudiquement, un problème de poids... Ou plutôt non. Je n'ai pas un problème de poids, je suis trop grosse, et même beaucoup trop grosse, et c'est mon droit fondamental ! » Elles n'en ont plus parlé. Mais, même dans cette attaque frontale, Jeanne a l'impression d'avoir cédé un peu de terrain. Car enfin, trop grosse pour qui ? Pour quoi ? Elle se porte comme le Pont-Neuf. Son corps, elle n'y pense jamais, ou presque jamais. Elle y pense aujourd'hui. A cause de la sollicitude de ces imbéciles. Evidemment ce n'est pas un plaisir, mais elle pourrait parfaitement... sept cent treize marches... En prenant son temps... Ils l'ont condamnée sans plus ample examen. C'est injuste !

De toute façon, il n'y a pas lieu de se monter la tête. Une heure de cours perdue, ce n'est pas le diable ! Les dépanneurs vont arriver, sont probablement arrivés. Cet après-midi, elle ira faire son cours de trois heures, son cours de quatre heures (une classe difficile mais intéressante), et ensuite ses provisions pour la semaine, comme tous les vendredis. Et tout rentrera dans l'ordre, les amis à leur place, le corps sous sa housse, les doutes dissipés. Le droit lui sera rendu d'être ce qu'elle est.

Elle passe sa matinée à trier des livres. Certains qui proviennent de son déménagement récent, d'autres qu'elle n'a pu s'empêcher d'acheter dans une vente du collège, bien qu'elle n'ait pas vraiment la place où les mettre. Dans la salle de bains ? Feuilletant par-ci, grappillant une page, un paragraphe par-là, Jeanne est à son affaire et en oublie ses humeurs jusqu'au coup de midi.

On sonne. Sans doute les dépanneurs venus l'informer de la remise en marche des appareils. Est-ce que j'ai de la monnaie ? C'est un gamin de sixième B, une classe dont Evelyne s'occupe.

— Mam' Berthelot m'envoie avec vot' déjeuner. C'est haut, hein !

Il rit. Il lui tend un sac en plastique. Du poisson congelé. Tout ce qu'elle déteste... « Voilà ce que c'est que d'être polie : j'ai dû en manger chez elle et dire que ce n'était pas mauvais. Bien fait ! »

— C'est drôlement haut ! répète le gamin, non sans intention.

Il est blond, pâlot. Malin. Est-ce qu'il se moque d'elle ? Ah ! non ! Il tend la main avec une malice gentille.

— Tiens !
— Dix balles... pour trente étages...
— Trente et un.
— Et la descente, vous ne la comptez pas ?
— C'est moins dur, dit Jeanne en riant.
— Mettez cinq francs, alors.

Elle trouve dans son porte-monnaie un billet de vingt francs plié.

— Rends-moi la pièce, je te donne le billet.

Il est surpris. Déjà habitué à n'obtenir que ce qu'il arrache avec ses petites dents pointues de rongeur. Si surpris qu'il essaie d'être gentil.

— Ils sont en bas, les dépanneurs. Ils ont dit : c'est de la belle ouvrage.
— Les ascenseurs ?

— Non, la démolition. Ils vont revenir ce soir, ou demain.
— Pas avant ?
— Ils n'ont pas les pièces.
— Ah bon... Merci.
Il s'attarde, saute d'un pied sur l'autre.
— Tu veux aller au lavabo ? s'inquiète Jeanne.
— Non ! Non.
Il n'arrive pas à savoir très bien ce qu'il éprouve, le petit Emile qui a onze ans. Peut-être l'envie de rendre service, sentiment saugrenu qui le déconcerte lui-même ?
— Faut pas vous en faire, hein ! Si vous voulez, je reviens ce soir ? Si ça se trouve durer, vous voulez que je vous prenne du pain ? Mam' Berthelot n'avait rien dit, alors j'en ai pas pris. Mais si vous êtes en peine...
— Non, non, merci, dit-elle très vite. J'ai tout ce qu'il me faut.
— Et si ça dure huit jours ?
— Ça ne durera pas huit jours.
Le petit visage sans beauté, les yeux pâles du gamin paraissent un moment attristés, comme vieillis. Il la regarde. La *voit*...
— De toute façon, si ça dure huit jours, on vous ravitaillera en hélico. Comme dans *La Tour infernale*. *Ciao,* madame Grandier.
Il s'en va. Il descend les premières marches de l'escalier ; elle le regarde du seuil. Il se retourne :
— J'vous aurais fait un prix, vous savez !
Elle est rentrée. Elle reste un moment immobile dans l'entrée. Frappée de plein fouet par cette pen-

sée : ce qu'elle a lu dans les yeux du petit Emile, n'est-ce pas une sorte... une sorte de compassion ?

Tout à coup, un bruit : ploc, ploc, non loin d'elle. Elle tourne la tête. Mon Dieu ! le poisson ! Elle l'a, un bon moment, oublié sur la console, une si jolie console offerte par sa mère, la seule chose vraiment jolie, dans l'appartement chaleureux et sans style. Avec une courbure inimitable sur laquelle, quand elle rentre, elle passe la main comme sur le dos d'un animal (souvent d'ailleurs elle pense à sa mère, Gisèle, comme à un animal gracieux et un peu maniéré : biche, antilope), enfin, c'est un rite, c'est...

Le poisson ! Il dégoutte, il va imprégner le bois ! Vite un Sopalin et, plouf, dans le vide-ordures de la cuisine, cette saleté ! « J'ai horreur du merlan, et congelé par-dessus le marché ! Et venant de la cantine où ils laissent toujours passer les dates de péremption ! »

Elle s'essuie les mains au torchon à carreaux, soupire de soulagement, et puis, soudain interdite : « Mais je suis folle ! Qu'est-ce que je vais manger, alors ? » Et regarde le vide-ordures comme si, saisi de pitié, il allait lui rendre sa proie. Jeanne ! Jeanne ! Quand te guériras-tu de ces impulsions un peu folles ? Les yeux sur la petite porte refermée, elle ne sait si elle va éclater de rire ou fondre en sanglots.

Ludivine, sa grand-mère, celle qui l'a élevée, n'était pas ainsi. Ne perdant jamais la tête, même au milieu du « coup de feu » du week-end. (Cuisinière. La « Mère Grandier ».) Ne brisant jamais une assiette, ses mains grossières faisant preuve d'une dextérité et d'une adresse dont Jeanne, avec ses belles mains aux doigts fuselés, n'a pas hérité. Ne s'affolant ni devant une mayonnaise ratée, ni devant un déficit constaté, le soir, dans la grande chambre mansardée qu'elle partageait avec sa petite-fille, chacune penchée sur un livre de classe ou de comptes. Qu'aurait fait Ludivine ? Descendu l'escalier, voyons ! Jeanne s'essuie les yeux (larmes de rage et larmes de rire mêlées) et, par-dessus la robe housse qui la camoufle, enfile une veste ample et légère. Bien suffisant pour le mois de mai, et puis l'ascension la réchauffera ! Un cabas, son portefeuille... Les clés ? Ce n'est guère la peine. Qui, hormis Evelyne, gravirait sept cents marches pour venir la voir ? Alors autant ne pas verrouiller la porte, qui s'ouvre d'une poignée. Passons sur le palier. Un regard sur la spirale râpée, bleu océan, de l'escalier, et allons !... Elle s'efforce de ne pas se hâter. Dans la fable du lièvre et de la tortue, elle serait plutôt lièvre, malgré sa corpulence. Mais il faut ménager ses forces. Elle descend.

Un peu déprimante, la descente. Malgré l'effort qu'elle comporte, une montée a quelque chose de plus tonique. Un but se situe forcément en haut, pas en bas. Ou est-ce une idée toute faite ? Elle descend sans trop de peine. Tout de même, elle a l'impression, au fur et à mesure, que son corps s'alourdit et, en même temps, qu'il devient la prison d'une chose qui est au centre, comme le battant d'une cloche. Son souffle ? Son cœur ? Vers le milieu de l'escalier (elle a compté trois cents marches mais elle s'est peut-être trompée), elle se dit que, peut-être, après tout, ce « petit régime » qu'on lui conseille sans cesse de suivre n'est pas une telle absurdité. Ou alors, supprimer le tabac ? Tout en continuant, elle chantonne : « Un, deux, trois, de bois... » En somme, maigrir. Maigrir à trente-cinq ans, ce n'est pas impossible. Mais comme elle déteste cette idée ! Maigrir c'est se priver, mais, surtout, c'est se plier. Au regard d'autrui, à la mode, à l'idée que l'opinion qu'on a d'elle dépend de son apparence. C'est aliéner un peu de son indépendance.

D'un autre côté, où est l'indépendance quand voisins et amis s'appellent au téléphone, affolés parce qu'elle pourrait entreprendre de descendre un escalier ? « Eh bien voilà, je le descends ! » se dit-elle, mais avec un peu moins de joie triomphante qu'elle ne le souhaiterait. Elle fait une halte, ouvre la porte palière pour vérifier où elle en est. Dix-neuvième étage. « On ne se rend pas compte, quand on descend. » Là où elle va se rendre compte, c'est en remontant. Et avec un cabas garni de quelques provisions. A moins que (et tout à coup sa gaieté habituelle renaît), le temps de quelques courses, les ascenseurs ne soient réparés ? C'est alors qu'elle triompherait ! « Non, je ne peux pas dire que ce soit vraiment facile, mais enfin, je ne suis pas aussi *handicapée* que tu as l'air de le croire ! » dira-t-elle à Evelyne. Qui, par parenthèse, a insisté un peu lourdement (une fois qu'on s'est mis à y penser, il n'y a plus de mots innocents) sur une difficulté en somme très surmontable. Elle a cru bien faire. A-t-elle cru bien faire ?

Jeanne commence à s'impatienter et ouvre à nouveau une porte au passage. Quinzième étage. « Mais je n'en suis qu'à la moitié ! Je manque vraiment d'exercice. » Au dixième étage, elle se voit forcée de s'asseoir sur l'étroit rebord de la fenêtre. « Evelyne, passe ! Mais M. Adrien a sûrement mis un peu de malice dans sa sollicitude. Il a dû savoir par Rose Pierquin que j'avais dit, au moment où elle voulait absolument me le jeter dans les bras : j'aime les enfants, mais je ne donne pas dans le nanisme. Je l'ai traité de nain, il me traite d'obèse. C'est de bonne guerre. Va pour la guerre ! » Elle veut se relever, mais un muscle dans sa cuisse droite lui fait si mal qu'elle se rassied. Et puis elle est un peu essoufflée, tout de même. Le tabac... Ça va passer. Un peu de patience.

Il est vrai que ce n'est pas la qualité dont elle est le mieux pourvue. Pourtant elle est bien équipée : il y a longtemps qu'elle a exclu de son habillement tout ce qui serre, souligne, engonce. Quant aux pieds, été comme hiver, elle les chausse de tennis ou de baskets, ce qui désole Mme Elisabeth Mermont, directrice, et M. Mermont père, latin-grec, et fait rire ses élèves. Jeanne voit dans ce rire une complicité, une marque de sympathie. Evelyne s'en désole, qui se torture dans des escarpins et fait fine taille dans ses tailleurs guindés, du matin au soir.

La crampe ne passant pas, Jeanne s'accroche à la rampe et continue. C'est une crampe, quoi ! Ça ne vient pas du poids. Un peu de gymnastique et... Mais se l'imagine-t-on en jogging ? Enfin sixième, troisième, rez-de-chaussée. Dans le hall – marbre et plantes vertes, très standing –, une certaine agitation règne. Mme Larivière, sa voisine de palier, s'élance vers Jeanne comme si elle venait d'échapper à un naufrage.

– Madame Grandier ! Vous n'avez pas descendu tous ces étages ! (« Vous voyez bien que si ! ») Vous auriez dû me dire... J'aurais très bien pu...

Mme Larivière est la mère de Bérengère, une élève du lycée, l'épouse de M. Larivière, un grand bel homme qui parle tout seul dans l'ascenseur. Mme Larivière joue au tennis plusieurs fois par semaine et a un vélo d'appartement sur le balcon, qu'elle enfourche – croit Jeanne – chaque fois que celle-ci paraît au balcon contigu. D'autres personnes : la Japonaise du dix-septième, le couple âgé du deuxième, divers inconnus, entourent un barbu envoyé par le gérant, qui fait des promesses. Jeanne traverse le hall avec un gros effort pour se tenir droite, ne trahir aucune fatigue, sort, tourne le coin de l'immeuble et s'affale dans le petit square. Elle n'a osé parler à personne, crainte de trahir son essoufflement, et est sûre d'être sortie entourée d'un murmure admiratif. Mais là, sur le banc du square, entre deux peupliers anémiques et en face de l'affiche géante du fromage Mirbel, Jeanne, incapable de faire un pas de plus, perd toute sa superbe et se dit, comme une enfant épouvantée : « Je ne pourrai *plus jamais* remonter ! »

Jeanne a trente-cinq ans. Elle est propriétaire de son appartement, qu'elle paie par mensualités, et d'un certain nombre de parts du *Relais limousin*, restaurant où sa grand-mère fut cuisinière pendant de longues années avant de le racheter. Il est vrai que le revenu du restaurant, elle l'abandonne à sa mère. Elle a fait de bonnes études. Elle enseigne les sciences naturelles, dans un établissement privé, le collège Pacheco. C'est une brune aux longs yeux, au nez fin, au teint mat, à l'expression malicieuse, et qui ressemblerait assez à un renard, n'était sa corpulence. En fait, son visage s'accorde mal avec son corps. Jusqu'à ses mains qui sont blanches, potelées et fines à la fois, avec des doigts fuselés, aristocratiques et maladroits, qui semblent appartenir à une autre personne. On les verrait bien sortant d'une manche à crevés, d'un poignet de dentelle. « Les mains d'Anne d'Autriche ! » dit Didier Schmidt, maître auxiliaire de français. Et, en chœur, tous ceux qui la connaissent : « Elle pourrait plaire, Jeanne, si seulement elle voulait... » Voulait. Voulait faire un « petit régime ». Voulait s'habiller comme tout le monde. Voulait abandonner son éternelle cigarette à moitié fumée, qu'elle garde aux lèvres. Voulait se faire couper les cheveux, ou du moins les coiffer décemment. Voulait, tout court. Mais, apparemment, elle ne veut pas.

Jeanne a été élevée par sa grand-mère, Ludivine Grandier, grande et forte femme que la chaleur des fourneaux n'arrivait pas à faire rougir, ni les odeurs les plus alléchantes à dérider. Robuste fille mère montée à Paris avec son banal secret, devenu précieux à force d'être tu, Ludivine, laide avec gravité, austère sans affectation, se donna à la cuisine comme on se donne à Dieu (elle était sans religion, chose rare dans son village), travailla sans relâche, économisa ses sous et ses paroles, oui, se tut vraiment beaucoup, inventa un soufflé au jus de truffe qui porte toujours son nom, se tut encore quand sa fille Gisèle, par un fâcheux destin, se trouva à son tour séduite, enceinte et abandonnée, mais, les temps ayant changé, s'intitula mère célibataire, ce qui était, pensait-elle, monter d'un cran, et bientôt donna le jour à une petite fille qu'on appela Ludivine, comme sa grand-mère et sainte Lydwine de Schiedam. Ludivine-Jeanne. Le séducteur, sur lequel ne planait aucun mystère, s'appelait Jean, ne reconnut pas l'enfant, fut muté en province, disparut très vite. Il était représentant des Encyclopédies Larousse.

La grand-mère s'était gardée d'émettre un blâme. Gisèle, abandonnant le bébé à l'office, entreprit un C.A.P. d'esthéticienne, le mena mollement à bien, trouva une situation à mi-temps : elle vivrait à mi-temps toute son existence. Elle allait beaucoup au cinéma, rêver, pendant que la petite fille grandissait, maintenue d'un bras sur la hanche robuste de sa grand-mère, tandis que l'autre bras tournait les sauces. Tout cela vivait pauvrement, mais en paix, la pyramide familiale s'appuyant sur la taciturne Limousine, quand l'orage éclata. Ludivine-Jeanne avait cinq ou six ans quand sa mère, Gisèle, un jour de fermeture, annonça en souriant qu'elle quittait sa place au salon de beauté *Cléopâtre* pour se marier.

– Te marier ? dit Ludivine, dont le visage grossier s'altérait.

Mais oui. Elle avait rencontré un garçon, mieux valait dire un monsieur, un industriel – « Tu entends, maman ? Un industriel ! » –, bien de sa personne.

Aisé, naturellement ! Distingué, naturellement ! Suivait une écœurante description dont Jeanne se souvenait très bien. Comme de la stupeur, qui allait se muer en indignation, de sa grand-mère.

— Mais Gisèle, enfin ! Jean !

— Quoi, Jean ? Il s'est conduit comme un moins-que-rien. Il n'a même pas reconnu la petite, et puis j'ai tout dit à Félix. La preuve que c'est un homme très bien, c'est qu'il m'a dit qu'il comprenait, que lui-même était veuf.

— Mais tu n'es pas veuve !

— C'est tout comme, non ?

— Non ! avait dit Ludivine avec indignation.

Elles ne se fâchèrent pas vraiment, mais restèrent en froid. Ludivine garda sa petite-fille. Des années après tombaient encore de sa bouche amère des propos secs et sans appel que recueillait l'enfant, sans trop comprendre. « Ça ne se fait pas, ce qu'elle a fait. Et le souvenir, alors ? On aime une fois, et c'est tout ! Et si on n'aime pas... » Une grimace de mépris. Elle se remettait à distiller les parfums, les goûts, les très subtiles harmonies du lièvre à la royale, du jambon caramélisé tel qu'on ne le fait plus depuis Marie-Antoine Carême. Elle ne lisait que des livres de cuisine, et pendant longtemps alla elle-même aux Halles. Quand il lui arrivait d'innover, elle prenait à témoin l'enfant qui faisait ses devoirs dans l'arrière-salle : « Tu aimes ? » et ne se contentait pas d'une réponse dilatoire. Il fallait analyser, réfléchir, suggérer parfois. L'enfant s'éveillait au monde d'une sensualité très fine, à des lieues de la goinfrerie, et qui ne négligeait aucune nuance d'un domaine plus vaste que l'on ne croit. Elle devait y prendre le goût de la diversité, le sens de la variété infinie des choses, s'aventurer dans d'autres jardins que potagers, aller vers d'autres conquêtes. Mais elle ne cessait pas d'aimer, avec une nuance d'attendrissement, la grande figure hargneuse, tutélaire, qui, avare de mots, leur donnait un sens définitif et affirmait avec la même foi de sauvage : « La sauce qui n'est pas faite avec le jus, c'est déjà pas bien ! » et : « On aime une fois, et c'est tout. »

Ludivine ne révéla pas, même à sa petite-fille, ses secrets culinaires, ni ne laissa de notes, au grand regret des amateurs. Pas plus ne fit-elle allusion (sauf une seule fois) à l'aventure unique et passionnée de ses vingt ans, fût-ce d'un prénom. Elle souffrait du cœur, d'où ce teint terreux qui l'enlaidissait encore. La pauvre femme tomba raide derrière ses fourneaux, en plein coup de feu de midi, comme une grande statue taillée dans une bûche. Elle partit avec son secret, et celui d'une bouillabaisse que les Méridionaux eux-mêmes jugeaient incomparable. Jeanne avait près de quatorze ans. Elle n'avait jamais imaginé, peut-être à cause de ce physique sans âge, que sa grand-mère pût mourir. Et voilà que ce grand corps négligeable qu'on n'imaginait pas, le tablier rêche, ce corps symbolique (seuls le visage, les mains comptaient ; parfois les avant-bras, par forte chaleur, manches retroussées), ce corps s'en allait, emportant tout le reste.

Toute la chaleur et la sécurité que possédait jusque-là la très jeune fille qu'on appelait Divine.

Elle n'avait jamais pensé à la mort : elle était gaie. Elle avait pensé quelquefois, malgré elle, à ce piège qu'était le corps. Puis elle en écartait l'idée : elle était forte. Mais comment l'écarter toujours, quand on vit dans la célébration des appétits ? Et elle savait, dans un passé, sa grand-mère, sa mère prises à ce piège. Le langage populaire dit tout simplement « prises », et l'on sait ce que cela veut dire : l'enfant conçu sans être désiré.

La « Mère Grandier », grande, massive, sévère et laide, avait été un jour la jeune fille Ludivine, dans un lointain village en bordure de forêt. On l'avait trouvée belle, ou du moins désirée, un jour, une semaine, qui sait ? Puis ç'avait été la fuite, les banlieues, le dur travail de fille de cuisine, les économies, les chambres sans eau. La réussite, enfin. L'amour plus jamais. Gisèle, jolie, séduite puis délaissée comme par distraction, avait connu un destin plus frivole. Manucure, puis esthéticienne, sotte, puis moins sotte, gracieusement indifférente à sa mère, à sa fille, puis absente, mariée, divorcée, souriante. L'enfant confiée dès le plus bas âge à sa grand-mère n'avait été pour elle qu'un accident bénin, pas plus grave qu'une rougeole. Un accident du corps, sans plus. L'enfant Divine voyait deux femmes : l'une blessée pour toute l'existence, l'autre tout de suite remise sur pied. Il en est ainsi des accidents de voiture, des maladies. L'un en réchappe, l'autre pas.

La petite fille qu'on appelait Divine savait qu'elle était un accident, une maladie. Qu'un accident, une maladie pouvaient lui advenir.

Le corps. « Il est là », pensait la petite fille, couchée sous l'immense édredon de plume, dans la chambre mansardée où elle attendait pour s'endormir que montât sa grand-mère – Ludivine était souvent retenue en cuisine assez tard. Elle *le* sentait respirer, se crisper, digérer, exister ; elle se tenait aussi immobile que possible à l'intérieur de cette boîte, et tentait de s'y apercevoir. Un noyau dans un fruit ? Une fève dans un hochet ? Où ça se trouve, *moi* ? Le corps gargouillait, avait une crampe, souhaitait boire, avait envie d'un bonbon. Mais où, exactement, l'envie ? Et si je décide dans ma tête, si je dis : « Je n'ai pas envie, pas soif, pas faim » et que l'envie résiste, où se trouve cette envie-là ? Où ?

Elle grandissait, le corps se développait ; « A l'intérieur, je suis toute petite », se disait-elle. Mais ne fallait-il pas *le* satisfaire, pour qu'il se tût ? A quoi d'autre servait la bonne nourriture que, savamment, concoctait la grande vieille femme en tablier bleu, sinon à apaiser (comme, dans les vieux films, on apaise d'une offrande humaine, jeune fille blonde couronnée de fleurs, enfant noir à l'émouvant sourire, le dieu-crocodile, le dieu-chacal) le dieu à l'énorme denture, maléfique mais puissant, le dieu-corps dont nous dépendons ? Par lequel (lui arrivait-il de penser, à l'époque, vers dix-douze ans), par lequel nous avons *déjà* été mangés, puisque nous sommes dedans ?

Il y avait tout de même l'évasion du sommeil. Mais elle déplorait que le sommeil, en la délivrant de son ennemi, l'empêchât aussi d'en prendre conscience.

D'en profiter. Pour quoi ? Pour s'envoler, peut-être. Et dans ses heures de veille elle s'agaçait de sa prison, d'un corps qui, sans être empâté encore, lui semblait gauche et lourd. Elle *le* malmenait parfois, se coupant, se brûlant. « Dieu que cette enfant est maladroite ! » Elle l'était, mais c'était à vivre, sans que cela parût.

Puis il y eut Ludivine s'abattant comme un arbre. Le petit Eloi, à l'époque marmiton, perdant la tête et hurlant on ne sait trop pourquoi : « Police ! Police ! » Gisèle appelée au téléphone, et qui était absente. Les clients finissant par s'apercevoir de quelque chose, se levant, la serviette à la main, venant s'attrouper à la porte des cuisines. L'un d'eux déclarant sobrement : « Je suis médecin. Elle est morte. » Le garçon de salle demandant à la jeune fille, frappée de stupeur, qui ne s'était même pas levée de derrière son assiette de petit salé aux lentilles (le plat du jour) : « Mademoiselle Divine, je fais une annonce ? » comme un régisseur de théâtre. Tout cela, Jeanne s'en souvenait avec tristesse, mais sans horreur.

L'horreur, ç'avait été, deux jours après (Gisèle réapparue comme une fée un peu trop jolie pour être honnête et qui se serait matérialisée chez le notaire), le restaurant transformé en chapelle ardente. « Dis un dernier adieu à ta grand-mère. » Des mots qui ne voulaient rien dire, les mots de Gisèle : « lâche abandon », « divorce en cours », « mise en gérance », « dernier adieu », elle disait cela comme elle aurait dit : « Tu veux un morceau de pain ? » L'horreur, c'était le cercueil ouvert, le corps étendu, les bras gauchement allongés, car l'incroyance de Ludivine

33

avait empêché qu'on lui mît, comme Gisèle l'eût souhaité, un chapelet entre les doigts. C'était ce deux-pièces grotesque, en crêpe noir et blanc, dont on avait attifé ce corps si grand, si raide, qu'on n'avait jamais vu qu'en toile bleue et masqué d'un tablier, comme pour lui retirer la dignité qui avait été la sienne, et celle de toute sa vie ; cette dignité qui l'avait empêchée de jamais se maquiller, se coiffer autrement que d'un chignon ingrat (elle n'avait pas les beaux cheveux de Jeanne, mais une sorte de paille de fer de couleur terne et de pauvre texture), cette dignité qui, à travers un aspect rude et même grossier, était sensible et inspirait le respect. Ce respect était là : les habitués, les deux garçons de salle, le plongeur, le petit Eloi, le comptable le ressentaient. Même Gisèle avait dû, d'une certaine façon, le percevoir, car, bien que ce deuil ne lui inspirât nulle peine et lui laissât donc toute liberté d'esprit, elle s'abstint des manifestations et des discours éplorés dont elle avait la spécialité.

Seule Jeanne regardait, regardait vraiment cette boîte dans la boîte, cette prison de chair dans la prison de bois, et ressentait cet enfermement avec une angoisse telle qu'elle ignorait encore l'étendue de son chagrin.

« Je veux qu'on m'appelle Jeanne. – Pourquoi ? C'était joli, Ludivine. Divine... – Démodé. » Ce prénom identique, c'était le moyen par lequel sa grand-mère aurait pu l'attirer vers la mort, lui faire connaître que la mort existait. Lui faire connaître le chagrin, le manque. Elle n'acceptait pas. Gisèle lui disait parfois – ce n'était pas un monstre : « Tu as de la peine ? – J'ai faim. – Ah ! tu as été trop bien habituée ! » disait Gisèle, qui avait déjà de l'argent mais ne cuisinait pas.

Devenue Jeanne, elle avait bien réussi la transaction, entre elle et son corps. Toi d'un côté, moi de l'autre. Elle mangeait bien, se portait à merveille, lisait avec fureur, bientôt fit l'amour, de temps en temps, sans problème. Le corps n'avait pas à se plaindre. Elle ne lui refusait rien, à condition qu'il se tût. Un bon compagnon, en somme. Il régnait entre eux cette indifférence garante des unions solides. Et tout à coup, sur un banc de square...

La panique. La vraie. Il était là, omniprésent.

Les jambes lourdes, si lourdes ; un tas de petits muscles inconnus qui naissaient, comme des gnomes, tiraient par-ci, pinçaient par-là. Les reins brisés, comme d'avoir porté un énorme fardeau. Et cette pensée : « Pourquoi *comme* ? C'est moi, le fardeau. » Son souffle se faisant jour avec peine, elle se sentait étouffer, et pourtant l'effort de respirer l'exténuait. Le cœur était là ; il faisait connaître sa présence, qui cessait d'être occulte. Les tempes battaient. Un léger vertige naissait. Elle se cramponna au banc. Une abjecte terreur la gagnait : que quelqu'un ne la vît, ne lui parlât, ne s'aperçût de l'état où, après tant d'années, elle se retrouvait plongée. Que quelqu'un ne prît pitié. Pas cela ! Pas cela ! Alors elle n'a plus pensé qu'à une chose : se cacher. Remonter.

Elle n'a pas pensé qu'en face du square le petit épicier vietnamien était ouvert, et qu'elle n'aurait eu qu'à traverser la rue. Elle n'a pas pensé que le grand magasin Inno se trouvait à moins de cinq cents mètres de là. Elle n'a pensé qu'à cela : remonter. Tenter de remonter, regagner son gîte, cacher ce corps qui, tout d'un coup, s'était matérialisé autour d'elle. Marche après marche, arrêt après arrêt, panique après panique dominée (sa volonté farouche, presque désespérée, suffirait-elle ou, se refusant à demander secours, resterait-elle, peut-être une nuit entière, entre dix-septième et dix-huitième étage ?), elle avait gravi l'escalier en spirale, serpent moqueur qui semblait s'allonger à mesure. Comme semblait s'alourdir autour d'elle son armure de chair. Et quand, après d'innombrables arrêts humiliés, rageurs (personne, Dieu merci, n'était passé à ces moments-là), elle avait enfin regagné son palier, ouvert et refermé sa porte, elle avait su qu'elle était vaincue. Parce que ce n'était pas elle qui avait réussi à remonter l'escalier : c'était sa peur.

— Jeanne ! Qu'est-ce qui se passe ? J'ai bien téléphoné dix fois, ça ne répondait pas. Tu n'es pas malade ?

— Je ne suis jamais malade.

— Mais il y a quelque chose qui ne va pas ? Si, si, je le sens ! Pourquoi est-ce que tu ne répondais pas ?

— J'avais débranché.

— Mais pourquoi, enfin ? Je m'inquiétais. Tout le collège s'inquiétait, on craignait...

— Quoi, on craignait ? Une panne d'ascenseur, ce n'est pas une catastrophe nationale !

— Enfin, moi qui te connais, je craignais que tu n'essaies... Enfin, Dieu soit loué, tu as été raisonnable. Il faut connaître ses limites.

— ...

— Tu es fâchée ?

— Pourquoi est-ce que je serais fâchée ? répond Jeanne, fâchée.

— Mais alors, qu'est-ce que tu as fait ? Qu'est-ce que tu vas faire ? Ce soir je ne peux vraiment pas passer, j'ai promis à Xavier... Mais demain, je te promets, je ferai un grand marché et...

— Demain ?

— Ma chérie, il est six heures du soir, il est évident que l'entreprise ne repassera pas. Le petit Emile m'a dit qu'ils n'avaient pas les pièces, que demain c'est samedi, donc l'atelier fermé...

— Ne me dis pas que ça va durer jusqu'à lundi !

— Malheureusement, j'ai bien peur... Le gérant a la nette impression... Enfin, tu peux compter sur moi, je ne suis prise que ce soir, j'ai deux collègues qui m'ont donné leur numéro de téléphone, s'il y avait urgence. Ils ont été très gentils, tu sais. Dans un cas pareil...

— Je ne suis pas un cas ! cria Jeanne très fort.

Et elle raccrocha.

Epuisée, troublée, furieuse, rompue, incapable de se relever du vieux canapé marron, à peine avait-elle pu répondre à Evelyne (plutôt se couper la langue que d'avouer l'absurde tentative). Et pourtant elle avait faim. Ce vendredi soir, cette tournée des fournisseurs, c'était un plaisir qu'elle s'offrait, bavardant avec la poissonnière, donnant au petit garçon de l'épicier les timbres qu'elle lui avait mis de côté et passant chez Inno pour sa commande la plus importante : fruits, légumes, fromages, qu'on lui livrait souvent le soir même, au plus tard le samedi matin. Cette commande, elle n'avait pu la faire, pas plus qu'elle n'avait pu rapporter du collège les copies à corriger qu'elle réservait pour le week-end. « J'aurais dû attendre, sur ce banc, j'aurais récupéré. J'aurais dû aller à la *Brasserie* et manger quelque chose. Ça, au moins, j'aurais pu le porter... J'aurais dû... Zut ! » Elle aime mieux ne pas analyser la panique qui s'est emparée d'elle. « Effaçons ! Je ne suis pas descendue, donc il est normal que je n'aie rien à manger. Mais que j'ai faim ! »

Un miracle, peut-être ? Quelque provision oubliée, négligée, et qui suffirait, au moins pour ce soir, au moins momentanément, à apaiser cette faim qui grandit, pousse sur le côté la détresse, et tout doucement prend sa place ?

Elle réussit enfin à se lever, gagne la cuisine, insensible aujourd'hui à son confort, à la paix qui se dégage des carreaux de faïence bleu et blanc, des pots à café, à thé, à farine, tous jolis, choisis avec soin, qui s'alignent sur l'étagère, de la bonne odeur de cire et de miel qui émane de ce lieu privilégié. Elle repousse violemment le tabouret de chêne, tire violemment à elle la porte du réfrigérateur, se cogne la hanche à l'angle de la table, se fait mal et s'en aperçoit à peine, consternée soudain par le triste spectacle qui s'offre à elle.

Le vide. Le vide quasiment total. « Comment n'ai-je jamais pensé, prévu une telle situation ? » Clayettes vides, alvéoles vides, d'une implacable propreté – la femme de ménage est passée hier. A gauche, un quart de beurre entamé, enveloppé dans un papier d'argent ; le fond bleuâtre d'une bouteille de lait ; un bocal de haricots verts demi-fins (demi-fins parce que destinés à un éventuel repas avec Evelyne qui ne voit pas la différence) ; et, sur la soucoupe rose dépareillée qui ne sert qu'à recueillir les restes, une tranche de jambon mince et sèche. « Elle ressemble à Mme Larivière », constate Jeanne avec cette incurable frivolité qui la sauve dans les pires moments. Mais c'est tout ce qu'il y a dans le réfrigérateur. Autant dire rien.

Et si M. Adrien était rentré ? Il a des provisions, lui. Des conserves. Il doit même en consommer beaucoup : elle entend fréquemment des boîtes tinter dans le vide-ordures. Elle s'est dit souvent : « Il devrait bien apprendre à cuisiner un peu. C'est malsain, toutes ces conserves ! » Mais aujourd'hui, s'il lui restait une boîte de choucroute ou de cassoulet, elle ne dirait pas non. Dans un nouveau sursaut d'énergie, elle se dirige vers le palier, efface volontairement de son esprit la rancune du matin, le coup de téléphone à Evelyne. « Et d'ailleurs, s'il se préoccupe tellement de mon *cas*, il peut bien me passer un couscous Machin, ou même... un confit d'oie... » Est-ce qu'il n'avait pas dit, un jour, chez les Pierquin, qu'il recevait des confits d'oie du Périgord ? Un moment elle est envahie de l'espoir fou d'un enfant qui croit au Père Noël. Elle frappe avec vigueur à la porte de M. Adrien. Sonner ne suffirait pas. D'ailleurs elle sonne aussi. Rien. Sonne et frappe encore. Silence. Et sur sa gauche, à l'intérieur de l'appartement Larivière, des glissements, des froissements lui font soupçonner que la Dissonante (c'est ainsi qu'elle nomme en son for intérieur Mme Larivière, à cause de son amabilité agressive) pourrait bien l'épier par le malveillant petit œil de sécurité. Dépitée, Jeanne rentre chez elle.

Jeanne aime bien son appartement, son désordre, ses livres, ses cassettes trop prêtées et en mauvais état, sa vieille télé, ses meubles disparates. Mais ce soir, son confortable abri, laid sans déshonneur, lui paraît inhospitalier. Elle se laisse tomber sur le canapé marron et fantasme, sombre. M. Adrien est certainement allé dîner chez les Pierquin. Mme Pierquin cuisine bien. Son soufflé aux deux fromages arrive sur la table bien gonflé, odorant, doré. Qu'est-ce qu'ils mangeront ensuite ? Un carré d'agneau au thym, tout simple, bien saisi, la peau croquante, la chair rose ? Sans doute. La garniture ? Plus difficile à deviner : petits pois ? Rose Pierquin vaut mieux que ça. Haricots mange-tout bien frais ? Possible ! Rose arrive toujours à se procurer des légumes de qualité par sa vieille bonne, maintenant retirée, et dont le fils cultive des primeurs du côté de Mantes-la-Jolie. Naturellement elle se ferait tuer plutôt que de donner l'adresse. Jeanne la lui a demandée plus d'une fois, quand elle dînait encore chez les Pierquin. Maintenant ils sont un peu en froid, parce que Rose veut toujours la marier à ce que Jeanne appelle superbement des « déchets » et que le Dr Pierquin n'arrête pas de lui suggérer des régimes qu'il s'offre à lui rédiger. Elle n'a fait jusqu'ici qu'en rire. Ce qui fait qu'elle n'est plus invitée. Ce soir, elle le regrette.

« N'y pensons plus. » Elle prend un livre, une biographie de Jean de Leyde dont certains détails pourraient peut-être intéresser Didier. Mais cette lecture dont elle se promettait un vrai plaisir, elle doit faire un effort constant pour y demeurer attentive. Derrière elle, dans la cuisine, comme un courant d'air, comme une porte ouverte, elle sent exister le cube impitoyable du réfrigérateur vide. Sans se retourner, il lui semble le *voir*. Il rayonne, ce bloc de vide, dans son imagination, comme un bloc de radium, espace blanc, rigide, dont pas un coin ne se dérobe sous la froide lumière des néons. Dans l'impeccable propreté de cet espace, la dérision du quart de beurre, bien net dans son papier, du bocal transparent de haricots verts (demi-fins) et de la tranchette de jambon desséchée nargue Jeanne. Elle sait que si elle cède à son impulsion, qu'elle dévore cette maigre provende, elle aura encore plus faim après.

Et demain ? Comment va se passer le lendemain ? Ce qu'a dit Evelyne n'est après tout qu'une supposition. Peut-être les dépanneurs viendront-ils tout de même ? Mais à quelle heure ? Et combien de temps durera la réparation ? Et mon petit déjeuner ? Et mon déjeuner ? Evelyne viendra. Evelyne viendra sûrement. Bien sûr, Evelyne a un don pour choisir le pain desséché, la confiture sans goût, voire le yaourt périmé. Bien sûr Evelyne soupirera, sera exténuée. Et peut-être y aura-t-il dans sa voix cette légère, très légère nuance d'autosatisfaction que Jeanne a perçue déjà quand Evelyne se plaint de son mari Xavier. Elle s'en plaint, mais elle a un mari, elle ! Elle est épuisée mais elle monte sept cents marches avec un cabas et fait à peine cinquante kilos, elle ! Enfin ! C'est Evelyne, sa meilleure amie depuis l'enfance, et elle ne mourra pas de faim, c'est toujours ça.

Mais ce soir ? On ne l'amènera pas à téléphoner encore, à implorer de l'aide. Ça, jamais ! Mais n'empêche qu'elle est seule avec sa faim – cette faim très ancienne –, avec ce sentiment d'impuissance tout nouveau, et n'arrive même pas à se concentrer sur son livre ! Tout à coup une déception, une colère d'enfant l'envahissent ; elle jette le livre loin d'elle avec rage, les larmes lui montent aux yeux, elle se relève, marche de long en large, pour un peu taperait du pied. « Mais enfin, est-ce que personne ne va m'appeler ? Est-ce que personne ne va s'occuper de moi ? pense-t-elle, injuste avec ingénuité. Est-ce qu'on ne se rend pas compte... ? Est-ce que je suis seule au monde, enfin ? J'ai faim !!! »

Mais bien sûr, Jeanne, tu es seule. Tu ne t'en étais jamais aperçue ?

*
**

Samedi midi. Jeanne attend Evelyne. Elle a beaucoup réfléchi, s'est agitée, mise en colère toute seule (mais avec un bien moindre plaisir, puisqu'elle n'a impressionné personne). Il ne sera pas dit qu'elle n'aura pas sa revanche. Ah! on se téléphone! On la considère comme un cas! Et pourquoi pas une chaîne de solidarité? S.O.S. Famine! Un appel radio? « A tous les jarrets pitoyables du XIII⁰ arrondissement... » Ou un hélicoptère comme le suggérait le petit Emile? « Alerte à toutes les unités. Une femme est bloquée au trente et unième étage, je dis trente et unième... » Non! Leur montrer qu'elle n'a pas besoin d'eux. Qu'elle n'était nullement affamée, affolée. Leur dire qu'elle va, non! qu'elle *a* commencé un régime. Evelyne va en être sidérée. L'idée réjouit Jeanne, qui est de nature combative et récupère vite.

Evidemment, dans son match contre l'escalier, on peut considérer qu'elle a perdu, disons, la première manche. Aux points. « Mais, en somme, si j'avais acheté six œufs et une tranche de lard, j'aurais gagné! » Elle néglige sa brusque panique. Qu'elle n'a pas acheté ces six œufs. Et encore, qu'elle ne s'est, de sa vie, contentée d'acheter six œufs. Elle ploie toujours sous le poids de ses emplettes (la difficulté de choisir!), c'est sûrement à cause de cette panique d'enfant sur laquelle on ne va pas s'attarder (Ludivine morte, personne ne la « nourrirait » plus). Elle se nourrit donc elle-même, et se nourrit bien. « Il vaut mieux faire envie que pitié », dit un dicton auquel

Jeanne a toujours adhéré pleinement. Mais aujourd'hui « envie » s'applique aux sveltes créatures, et « pitié »... « Peut-être que je vais *vraiment* commencer un petit régime... »

L'idée de « faire un effet » en annonçant sa résolution à Evelyne fait oublier à Jeanne un petit déjeuner d'une tristesse ! Elle a été obligée d'emprunter un paquet de biscottes aux Larivière, qui ne mangent pas de pain frais lui a appris Bérengère aux joues de rose, à la voix d'ange, et qui a si peu d'orthographe. Jeanne a supporté le coup vaillamment. Après avoir prélevé trois, non, quatre biscottes du paquet, elle l'a relégué tout en haut du placard, en espérant bien ne plus en avoir besoin. Elle s'est activée : un peu de rangement, ça lui arrive, et elle a revu son cours sur l'amibe (elle aime ce surgissement premier de la vie ; il lui est arrivé de parler de l'amibe avec une telle tendresse qu'elle a suscité des fous rires – auxquels elle s'est jointe de bon cœur). Et cet après-midi, elle travaillera pour Didier. Etablir un emploi du temps est d'un grand secours, quand (se dit Jeanne avec emphase) on vit « dans les privations ». C'est comme une première journée de prison, d'hôpital. « Je vaincrai ! » Elle a toujours vaincu, n'est-ce pas ? Sauf l'escalier...

Quand Evelyne survient, chargée de provisions et de remords (« Pauvre Jeanne ! Est-ce que j'ai pris suffisamment de choses ? J'ai calculé comme pour moi, j'aurais dû lui demander une liste, j'ai complètement oublié où elle achète son camembert »), haletante, essoufflée, elle ne peut pas ne pas remarquer que

Jeanne, qui vient lui ouvrir avec des mèches dans le cou, comme d'habitude, mais peignée, habillée, n'a pas l'air abattue, et même arbore ce petit air triomphant qui prélude en général à des décisions saugrenues. Evelyne lui en veut presque de ne pas justifier le souci qu'elle s'est fait toute la soirée et toute la nuit, poursuivie de surcroît par les sarcasmes de Xavier.

Elle pose son sac dans l'entrée, reprend son souffle. Une ou deux secondes de trop. Les premières secondes sont effectivement destinées à lui rendre la parole, les deux ou trois dernières à faire comprendre à Jeanne que, tout de même, elle est bien bonne de...

— D'accord ! D'accord ! dit Jeanne.
— Quoi, d'accord, d'accord ? Tu pourrais dire bonjour, quand même !

Jeanne se repent. Peut-être Evelyne n'accentue-t-elle pas sa fatigue ? Peut-être ne le fait-elle que par délicatesse, pour lui faire entendre que, malgré ses quarante-huit kilos, l'escalade a été rude ? Dans le doute, Jeanne l'embrasse.

— Les dépanneurs sont là. Je les ai vus.
— Pas trop tôt !
— Oui, mais ils n'auront pas fini aujourd'hui. Ils promettent que lundi matin...

Jeanne se met à rire avant d'avoir réfléchi.

— Oh ! tu sais ce qu'ils ont dit au petit Emile ? Que c'était de la belle ouvrage. La démolition ! Tu te rends compte ! Des techniciens. Nos petits voyous, on les recyclera facilement !

Puis elle s'assombrit :

– Merde ! Mon dîner avec Manon qui est fichu ! Et maman, demain ! Il faut que je les prévienne...

– En attendant, si tu me laissais passer ?

– Passe, passe, femme battue...

L'éternel ton plaintif d'Evelyne a le don d'agacer Jeanne, mais, en la voyant plier sous le poids de son cabas en toile cirée à fleurs, elle a honte.

– Viens dans la cuisine, je vais te faire un café.

– Ah ! tu en as ! J'en avais pris un paquet... dit Evelyne, culpabilisante.

– Tu as porté deux cent cinquante grammes de trop.

– C'était de bon cœur... (Soupir.) Je n'ai qu'une minute, tu sais que le week-end Xavier veut que je sois là... Il est si possessif, si difficile...

Evelyne aime à se plaindre de son troisième mari. Mais c'est qu'elle aime en parler.

– Difficile, difficile ! Tu l'as bien cherché.

– Comment ? s'indigne mollement Evelyne.

Elle se verse du café, toute pressée qu'elle prétend être. S'il est question de Xavier, elle restera bien là toute la journée. « Mais moi aussi, j'ai des choses à dire », pense Jeanne qui tente de liquider le sujet.

– Tous tes maris étaient impossibles. D'ailleurs, ça n'a rien d'étonnant. Avec le père que tu as eu, qui t'a battue et violée...

– Tu exagères !

– Enfin tu ne nieras pas qu'il avait pour toi des sentiments incestueux ! Et qu'il te battait !

– Quand j'étais petite, oui, il était violent. Mais justement c'était du refoulement. Il ne m'a jamais...

– L'intention y était ! Bois ton café pendant qu'il

est chaud... Ce qui fait que pour toi sexualité égale violence et que tu vas toujours chercher des caractères de cochon, en te disant inconsciemment qu'ils satisferont tes appétits. Il n'y a pas besoin d'être psy pour comprendre ça !

— Mes appétits ! Tu as de ces mots !

Jeanne considérait le chapitre comme clos. Quelques mots sur Xavier faisaient partie du rite, mais le sujet ne la passionnait pas. Cependant Evelyne fouillait dans son cabas.

— Je t'ai apporté du pain frais.

— C'était inutile, prononça Jeanne, non sans emphase.

— Pourquoi ?

— Je n'en mange plus !

Evelyne ne parut pas saisir les implications que comportait cette anticipation, quelque peu fanfaronne.

— Naturellement (soupir), au moment où je me dérange pour te le monter...

Jeanne s'assura sur ses hanches, contente d'elle-même, préparant son effet.

— Je fais un régime ! annonça-t-elle triomphalement.

— Tu fais un régime ? Toi ? Depuis quand ?

Un peu vexée par cette incrédulité :

— Vendredi matin.

Elle antidatait. Elle ne voulait pas penser qu'elle avait été vaincue par l'escalier.

— Tu as décidé ça avant...

Le manque de tact d'Evelyne !

— Avant.

Elle attendait au moins un bravo, un peu d'enthousiasme. Il y avait assez longtemps qu'Evelyne, que Manon, que les Pierquin lui conseillaient...

— Mon Dieu ! soupirait Evelyne, ça ne peut pas te faire de mal.

— Tu veux dire que tu n'y crois pas ?

— L'important, c'est que toi tu y croies, n'est-ce pas ? dit Evelyne sans méchanceté, mais avec lassitude.

Jeanne rougit de colère. Elle n'aimait pas rater ses effets. Puis elle se raisonna : c'était encore l'escalier, Evelyne était épuisée.

— Tu pourrais peut-être aussi fumer un peu moins, dit Evelyne dans un effort de coopération.

— Ça fait grossir !

— Ah oui !...

— Et puis, on ne peut tout de même pas se passer de tout !

— C'est vrai ! dit Evelyne, qui se ranima comme une fleur qu'on arrose. C'est ce que je me dis toujours quand je me fâche avec Xavier, et que je lui cède au bout de deux jours.

« L'éternel Xavier ! Elle ne pense vraiment qu'à ça ! »

— Tu sais ce que je pense de Xavier, mais enfin c'est ton mari, ce n'est pas une miche de pain frais ni un mégot !

— On a son destin... dit Evelyne d'un air vague.

— Et mon destin, c'est de peser cent kilos ? Et le tien, d'entretenir Xavier ?

— Il y a longtemps que je ne l'entretiens plus, comme tu dis. Plus depuis *Quentin Durward*.

— Où il jouait le troisième hallebardier au septième épisode...

— Où il jouait Crèvecœur dans toute la deuxième partie !

— Ne te fâche pas, va ! Mais si tu veux mon avis, Xavier sera Depardieu quand moi je serai Arielle Dombasle !

Evelyne soupira encore, parut vouloir répondre, puis conclut dans son for intérieur que ce serait inutile. Et s'en alla en murmurant qu'elle reviendrait.

Elle laissait Jeanne insatisfaite, devant un camembert plâtreux, des radis un peu mous, un petit carton de rillettes, une demi-boîte de cassoulet, une escalope mal coupée, et dans cette atmosphère d'affection impuissante, de mélancolie, de résignation vaguement sensuelle qui était propre à Evelyne.

Midi et demi. Allait-elle manger avant de se débarrasser de la corvée : prévenir sa mère et Manon ? Jeanne regardait sans enthousiasme les provisions étalées sur la table.

« Cette escalope ! » C'était ce genre de tranche qu'il suffit de regarder pour savoir qu'elle va, dans la poêle, se tordre et se boursoufler comme sous l'effet d'un maléfice. Mais, après sept cents marches montées par pur dévouement, ce n'était pas le moment de dire à Evelyne qu'elle n'avait jamais su choisir ni ses bouchers, ni ses maris. « Pour le mari, je l'ai laissé un peu entendre, tout de même. Quelle garce je fais ! » Mais plus elle regarde l'escalope, plus il lui semble (elle est sujette à ces brusques foucades de l'imagination) qu'elle présente avec Xavier d'étonnantes analogies. Dès qu'on lui parle, le mari d'Evelyne semble plongé dans une huile chaude : il se contorsionne, se tortille, devient odieux par manque de naturel (peut-être parce qu'il est comédien ?). Il y aurait sans doute un moyen de le traiter qui le rendrait inoffensif (Evelyne ne semble pas l'avoir découvert), comme Jeanne se propose de le faire pour l'escalope : au gril, écrasée entre deux plaques brûlantes, aucune sorcellerie ne l'autorisera à prendre l'aspect du sarment ni de la mandragore. Ce sera tout bonnement une tranche de viande blanche, une grillade, insipide et sans venin, tout comme Xavier serait peut-être un mari passable entre d'autres mains que celles de la plaintive Evelyne. « Et moi une amie un peu plus compréhensive ! » achève Jeanne mentalement.

Ce retour sur elle-même ne dure pas. Elle allume une cigarette, le sourcil froncé. Ne vaut-il pas mieux, avant toute tentative culinaire, téléphoner ? Un samedi sur deux elle dîne avec Manon, qui s'attend ce soir à la retrouver au *Panier d'Or*. Le dimanche elle va voir sa mère. Se passer du dîner (gastronomique) la désole. Faire faux bond à sa mère, un peu moins. Elle hésite, tirant sur sa cigarette, rejetant la fumée avec une énergie inutile, devant le combiné. Impossible de tarder davantage : il va falloir expliquer, ou mentir.

Mentir... Pourquoi ? Pour ne pas reconnaître devant sa mère, devant Manon (c'est bien assez d'Evelyne et de ses collègues, qui ont « très bien compris » !), qu'elle n'a pas pu se mesurer avec un escalier de sept cents marches ?

Mais pourquoi l'aurait-elle dû ? Elle n'est pas championne de ski, ni alpiniste ! Elle imagine Gisèle en pareille circonstance : « Sept cents marches ! Et mes reins ? Et mon cœur ? » Elle aurait alerté toute la ville. Alors ? Et Manon ? Elle serait descendue, oui, même si elle avait dû le faire sur le derrière ou s'arrêter toutes les trois marches ; mais, une fois descendue, elle serait allée squatter l'un de ses amis riches et n'aurait plus bougé jusqu'à la réparation définitive. Alors pourquoi pas Jeanne ? Elle aurait pu aller à l'hôtel, un petit hôtel. Il y en a dans le quartier. Elle aurait pu loger chez sa mère, dans le ridicule petit « salon-boudoir », la petite pièce octogonale, tapissée de miroirs, où elle avait dormi si longtemps, changeant son lit de place tous les soirs. Oui. Rien ne l'obligeait à battre des records. Qu'elle-même.

« Passons. Ça va être un petit record aussi, de les décommander toutes les deux. » Gisèle allait la plaindre. Trop. Manon ne la plaindrait pas assez. Et ça ferait encore deux personnes de plus, depuis hier matin, qui sauraient... Quoi ? Qu'elle était grosse ? Non. Qu'elle était vulnérable.

Et ce régime, au fait ? L'envie qu'elle en avait eue tout d'un coup, l'envie de lancer un défi, l'envie d'accomplir un exploit dont on ne la croyait pas capable, l'agacement de s'être sentie, fût-ce pour un week-end, dépendante, l'envie – pourquoi pas ? – de changer, cette envie était-elle tout à fait digne d'elle ? N'irait-on pas s'imaginer qu'elle cédait à une mode, à une coquetterie subite, à la pression des Mermont qui la menaçaient parfois de la médecine du travail ?

N'irait-on pas penser (idée qui ne fit que l'effleurer en la brûlant, qu'elle rejeta, qui revint) qu'elle suivait un régime pour plaire à Didier ? « Oh non ! Pas ça ! »

Elle écrasa sa cigarette d'un geste résolu, dans le cendrier trop plein déjà, et décrocha le téléphone.

— Maman ?
— C'est toi, ma grande ?
— Je déteste quand tu m'appelles comme ça ! Je ne suis pas si grande.
— Tu l'es plus que moi..., et puis quelle importance, ma chérie ?
— Bien sûr. Ma petite maman, je ne vais pas pouvoir venir demain.
— Tu vois ? Tu l'as dit !
— Quoi ?... Qu'est-ce que j'ai dit ?
— Tu as dit *petite* : ma *petite* maman. Et c'est vrai : je suis plus petite que toi, ce qui fait que quand je t'appelle...
— Maman !
— Divine, tu es de mauvaise humeur, aujourd'hui. J'espère que c'est parce que tu ne vas pas me voir...
— Mais oui. Mais non ! Et ne m'appelle pas Divine, maman ! Je te l'ai déjà demandé. J'aimerais encore mieux que tu m'appelles Lulu...
— Lulu ! Ta pauvre grand-mère qui t'aimait tant... Et Ludivine est un prénom si original ! Je ne vois pas pourquoi tu as voulu...
— Maman, ne recommençons pas cette polémique. Appelle-moi Jeanne, comme tout le monde. Je...
— C'est que tu n'es pas tout le monde, ma chérie.
— Là n'est pas la question. Qu'est-ce que je disais ?

Avec toi on commence une phrase, et on ne sait plus où on en est...

— C'est ma pauvre tête, ma chérie. Tu sais bien : ma méningite, à huit ans !... Oncle Pierre disait : « On en meurt ou on en reste idiot. » Conclus !...

Jeanne ne savait jamais si sa mère plaisantait. Ou si elle avait ce qu'on appelle un « complexe d'infériorité ». Ou si elle se servait de ses incompétences pour séduire. Pour désarmer. Ou même pour agresser. Elle arrivait assez bien, en tout cas, à décontenancer sa fille. Il était entendu qu'elles s'adoraient. On n'allait pas revenir là-dessus.

— Ma petite maman ! Ne dis pas de bêtises ! Ce que je disais, c'est que je ne pourrai pas venir demain.

— Mais c'est dimanche !

— Tu crois que je ne le sais pas, maman ?

— Ne recommence pas à me gronder, Divine. Tu sais bien que ça me fait tellement plaisir, nos dimanches... Justement demain je n'ai personne. Marguerite annule notre bridge à cause de la grippe d'Edgar, et les Delannoy sont en week-end à Ezine.

— Tu as tant d'amis...

— Mais je n'ai qu'une fille, mon poussin. Et ça me fait plaisir qu'on soit un peu seules, toutes les deux. D'ailleurs j'ai besoin de toi, ma Deux a disparu.

— ...

— Ma deuxième chaîne. Quand j'appuie sur le bouton ça fait comme de la neige. Tu me connais, j'ai dû faire une fausse manœuvre... Moi, les machines...

— Mais les autres chaînes marchent ?

— Oui. C'est un comble !

— C'est plutôt une chance, il me semble. De toute façon, ce doit être un simple problème de réglage.

— Oh ! je sais que pour toi ce sera simple, dit Gisèle avec une sorte de ferveur extrêmement gracieuse.

Jeanne ne put s'empêcher de rire. Elle était maladroite, mais pas au point de ne pouvoir régler un poste de télévision.

— On est samedi, ma chérie. Tu peux encore appeler un dépanneur.

— L'appareil n'est plus sous garantie, dit Gisèle fermement.

— Bon. Eh bien je viendrai lundi soir sans faute. Je t'arrangerai ça.

— Mais pourquoi pas demain ? Je voulais voir une émission sur les Romanov. Pas très intellectuel, mais je suis incorrigible : ces choses-là me passionnent ! L'actualité heureuse, tu sais ?

— En ce qui concerne les Romanov, ce n'est pas vraiment ça.

— Ce n'était qu'une façon d'insister, dit Gisèle. Alors, tu passes ? Ne fût-ce qu'un moment ?

— Ma petite maman, je te jure que je ne peux pas.

— Mais pourquoi ?

Mentalement, Jeanne estima la durée et la complication d'une explication, les commentaires qui allaient suivre...

— Je dois préparer la journée portes ouvertes du collège.

— Ah ! dans ce cas ! dit Gisèle, s'immolant. Ta carrière... Je comprends. Mais ils abusent de toi, tu sais. Ils profitent de la situation !

Quelle situation ? Jeanne préféra se taire.

— Tu pourrais leur dire, un jour, que tu as une mère ! Ou, du moins, une mère du dimanche... Oh ! je sais que je ne suis pas très amusante..., ma santé..., mes moyens limités...

— Peu de personnes m'amusent autant que toi.

— Vraiment ?

— Façon de parler. Sans plaisanter, ma minette, c'est exceptionnel. Je ne peux vraiment pas refuser. Tu sais que j'aurais bien voulu...

— Je sais, dit Gisèle avec une tristesse qui paraissait sincère. Je demanderai à Eloi de venir me tenir compagnie, s'il a un moment, en fin d'après-midi. Il ferme le dimanche soir maintenant, tu sais ? Mais il ne sait jouer qu'aux dames. C'est gai ! Enfin, faute de grives... A lundi, ma chérie. Essaie de ne pas te laisser faire, cette fois.

Elle imita le bruit d'un baiser, dans le récepteur. Jeanne ne l'imita pas, elle trouvait ça bête ; elle raccrocha, culpabilisée. A Manon maintenant ! Occupé. Agaçant ! Gisèle n'éprouve d'intérêt pour les problèmes des autres qu'autant qu'ils lui en posent. Mais Manon est curieuse. N'aime pas qu'on la décommande. Ne se contentera pas d'un prétexte. Jeanne refait deux ou trois fois le numéro, chaque fois avec plus de répulsion. Toujours occupé. Et plus elle téléphonera tard, plus Manon sera mécontente. Jeanne, qui n'hésite pas à mécontenter et même à froisser ses amis par son franc-parler, déteste le faire par inadvertance. Elle est alors d'une timidité d'autant plus inexplicable qu'elle n'est pas responsable de ces froissements. Elle reste donc assise à côté du téléphone, résolue à rappeler toutes les cinq ou dix minutes. Pour passer le temps, elle ramasse machinalement le livre qu'elle a jeté la veille dans sa mauvaise humeur et qui est resté au pied du canapé.

Le premier soir, le coupable fut suspendu à l'estrapade – j'entends par là à la corde – et torturé à plusieurs reprises, de sorte que ses os se désassemblèrent ; puis ainsi lié et dévêtu, il fut livré aux verges et par cinq fois l'on frappa ce malheureux si cruellement qu'il ne montrait plus que sang et meurtrissures. Une fois remis à terre, on le conduisit à la prison, mais afin qu'il n'y pût goûter le repos tant imploré d'un moment de sommeil, on l'enferma dans une sorte de cage, attachée en hauteur par des cordes, de sorte que, la nuit durant, battu çà et là par des gardes, il vit s'accroître son tourment de ce que ses plaies se rouvraient. Quand revint le jour...

Jeanne sursaute, rejette le livre, le reprend. Qu'est-ce que cette horreur ? Elle suppose que c'est le récit du supplice de Jean de Leyde, déchu de sa royauté éphémère. Il lui semble bien se souvenir qu'on l'avait enfermé dans une cage où on venait le tenailler. Pauvre fou ! Il est vrai qu'il avait fait tuer lui-même pas mal de monde, à Münster. Et puis l'époque était cruelle. Il est vrai qu'aujourd'hui les camps, les génocides, les petits tyrans de partout... Elle frissonne ; il lui faut se forcer un peu pour reprendre sa lecture. Sensiblerie ?

Quand revint le jour, on l'attacha derechef à l'instrument de supplice, et tandis que soulevé en l'air il se trouvait en si cruelle posture, l'on suspendit aux seuls gros orteils de ses pieds cent cinquante livres de plomb ; d'où vint qu'en un horrible étirement tous ses muscles, nerfs, tendons, jointures...

Non ! Je ne peux pas ! Je ne peux pas lire ce genre de choses. Tant pis pour Didier. Ce genre de descriptions, il les lira lui-même. Et tant pis pour Jean de Leyde s'il a vécu au XVIe siècle et s'il a été contemporain de... Elle a rejeté le livre à nouveau et, tout à coup, la couleur de la couverture la frappe. Ce n'est pas la biographie qu'elle lisait la veille. C'est un autre livre qui s'est trouvé sous sa main par hasard. Il avait glissé d'une pile. C'est l'un des livres achetés d'occasion, qu'elle n'a pas eu encore le temps de lire, et, à mieux y regarder, l'affreux supplice qui s'y trouve décrit n'est pas celui du faux prophète, mais le « châtiment atroce, cyclique », du meurtrier du prince d'Orange, en 1584, et dont l'auteur italien Camporesi rapporte qu'il a duré quatre jours.

Elle qui a fait de l'anatomie, elle qui se fait gloire d'avoir, un jour lointain (elle n'était pas, tout de même, à la fête), assisté à une dissection, se sent tout à coup mal à l'aise devant un simple récit. Qu'en penserait Didier, qui lui avait fait confiance pour l'aider à étoffer la thèse qu'il prétendait préparer sur « Réalisme et poétique du corps souffrant dans la littérature du XVIe siècle ».

Quatre jours ! Quatre jours avant de mourir, ayant atteint des extrêmes de douleur qu'on n'imagine même pas ! Mais la pensée doit, probablement, s'éteindre, passé un certain seuil de douleur. N'a-t-elle pas lu dans un ouvrage sur la Résistance le récit d'un homme qui avait été torturé et qui, au-delà d'un certain point de souffrance, parlait d'une sorte d'insensibilité soudaine ? Ces choses-là sont contemporaines. Le Goulag, les disparitions en Amérique du Sud... Pourquoi y penser ? Pourquoi y penser spécialement aujourd'hui ? Y être, aujourd'hui, particulièrement sensible ? « C'est la fatigue, la faim, c'est cette douleur confuse qui se remue mollement dans le corps malmené par l'effort inhabituel qu'il a fourni hier. J'y suis ! C'est comme si c'était mon corps qui lisait ! Oh ! ça, c'est drôle ! Il faut que je téléphone à Evelyne pour... Téléphone... Mon Dieu ! Manon ! » Cette fois elle obtient le numéro presque immédiatement.

– Manon ?

– Pourquoi m'appelles-tu à cette heure-ci ? J'étais dans mon bain !

– Il est plus d'une heure.

– C'est le week-end. Je suis sortie hier soir avec Helmut. C'était bien.

– Ah ?

– Parfait, sans plus, comme disait Shaw. Seulement j'ai la gueule de bois. Ces Allemands et leur champagne !

Manon a souvent la gueule de bois. Jeanne, jamais. Ce sont les injustices de la nature.

– ... alors il me faut encore une heure ou deux pour être au point. C'est pressé ce que tu as à me dire ? Ça ne pouvait pas attendre ce soir ?

– Eh bien, justement, commence Jeanne assez piteusement.

Elle raconte avec autant de désinvolture que possible :

– ... et finalement ils n'auront fini que lundi.

— C'est embêtant. Comme tu m'avais invitée, je n'ai rien à la maison.

— Moi non plus, figure-toi ! Et toi tu peux sortir.

— Oh ! si tu voulais !

La remarque de Manon, qui procède du plus pur égoïsme (« Tu as des ennuis ? Je ne veux pas le savoir ! »), fait plus de plaisir à Jeanne que la sollicitude d'Evelyne. En même temps elle se dit qu'elle a le caractère mal fait. Mais c'est un fait que les gens égoïstes sont souvent plus faciles à vivre.

— Peut-être. Mais, d'une certaine façon, ça m'arrange.

— Ah ?

Jeanne place sa bombe, mais avec moins de confiance que tout à l'heure.

— Parce que j'ai commencé un régime.

— Toi ?

La stupeur de Manon fait plaisir à entendre. Au moins, voilà quelqu'un d'impressionné.

— Moi, dit-elle avec pompe.

— Génial ! Depuis combien de temps ? Tu as vu quelqu'un ? Est-ce que tu as lu le livre de Liz Taylor sur son régime ? Est-ce que tu as déjà perdu du poids ? Combien ?

Cet enthousiasme, cette curiosité raniment la résolution chancelante de Jeanne. Au fond, elle va peut-être le faire, ce régime.

— Trois kilos, répond-elle au hasard.

— Evidemment, cela ne doit guère se voir. Tu as probablement supprimé le vin, l'alcool ?

— Oui, répond Jeanne, toujours à tâtons.

— C'est ça ! On supprime l'alcool et on perd trois

kilos. C'est mathématique. C'est après que cela devient plus dur. Tu vas beaucoup souffrir, mais comme tu as raison ! Tu n'étais vraiment plus sortable !

– Merci.

Manon est absolument imperméable aux vexations qu'elle inflige aux autres, ce qui laisserait supposer qu'il s'agit plutôt d'une forme de bêtise que de vraie méchanceté. « L'une n'exclut pas l'autre ! » dit Jeanne, qui n'est pas un ange non plus, mais à qui l'on pardonne plus facilement, à cause de sa bonne humeur, d'une certaine rondeur morale autant que physique. Attention ! Est-ce à dire que si elle mincit...

– Tu me raconteras tout, hein ? Mais pourquoi ? Mais comment t'es-tu décidée ? Je suis sûre que c'est il y a quinze jours, quand nous sommes allées voir le défilé de Jean-Louis ! Mon petit ensemble rouge et gris t'a fait envie, non ?

Depuis la commisération de ses amis jusqu'à la mort de Ludivine, en passant par la brusque réapparition d'un corps jusque-là négligé, Jeanne a pensé à tout, sauf à Manon et à son petit ensemble rouge et gris !

– Je savais bien que tu n'étais pas sincère quand tu disais que tu te moquais de ton poids. Je te connais ! Tu es une fausse extravertie. Pleine de pudeur, avec tes airs de femme sans ombre. Tu...

– Cesse de faire des citations que, moi, je t'ai passées ! dit Jeanne, grognon. Et de dire que je ne suis pas sincère. J'étais absolument sincère. J'ai changé d'avis, c'est tout.

Elle avait l'impression qu'elle s'enferrait, que la conversation prenait un tour qu'elle ne souhaitait pas. Pourtant on ne pouvait pas dire que Manon refusait de coopérer.

– Et tu as bien fait ! Tu as magnifiquement bien fait ! Je t'aiderai à tenir, tu peux compter sur moi. Je te comprends tellement, tu penses !... Maintenant je te quitte parce qu'il faut que j'essaie de rattraper Helmut : j'avais refusé de l'accompagner à l'ambassade du Danemark puisque nous devions... Mais je comprends ! Je comprends ! Je t'appellerai tous les deux ou trois jours pour te donner du courage.

– Je ne t'en demande pas tant...

– Si, si ! Bien que tu ne doives pas en manquer ! Je devine, je devine...

– Quoi ? Qu'est-ce que tu...

– Chut ! Je sais que tu ne me diras rien ! La pudeur ! Mais je devine : amoureuse ! Je me trompe ? Raccroche, va... raccroche. Tu finiras bien par me le dire. Je te...

Jeanne avait raccroché, en effet.

« Oh ! la bêtise des gens ! Et la mienne ! J'avais bien besoin... » Tout cela vient de ce misérable escalier ! Elle s'est laissé avoir. Il n'y a pas une chance sur mille qu'une telle éventualité (le sabotage des ascenseurs) se reproduise. Il n'y a donc pas une nécessité sur mille de faire un régime : c'est lumineux !

Rassérénée par son propre raisonnement, Jeanne passe dans la cuisine et se prépare la fameuse escalope qui, malgré le traitement de choc que lui inflige le gril électrique, garde la consistance et le goût du papier buvard.

Les instruments de cuisine, au fond, ressemblent assez à des instruments de torture. Un jour, à Rome, au cours d'un voyage scolaire, dans un moment de liberté, elle flânait rue des Quatre-Fontaines ; elle avait pénétré par distraction dans un palais-musée dont le jardin l'attirait. Elle s'était aperçue trop tard qu'il s'y tenait une exposition d'instruments de torture. Devant ces peignes de fer, ces brodequins, ces pals, ces vierges de Nuremberg creuses et hérissées de pointes que l'on refermait sur un être humain (et qu'un être humain avait imaginées), le cœur lui était monté aux lèvres. Elle n'avait eu que le temps de se précipiter dehors, de fuir, de se jeter dans le premier café venu et d'y absorber un verre de grappa servi par une réconfortante matrone. « Elle a assisté à un accident », expliquait d'autorité la brave femme à trois ouvriers assis dans l'arrière-salle, qui paraissaient surpris. Un accident ? Une collision, oui, entre un esprit curieux, enjoué, qui s'était cru libre, et un corps secoué de dégoût, qui, laissant derrière eux la souffrance et la vilenie humaines, ont refusé d'en savoir plus long, se sont élancés pour fuir, *d'un même mouvement.*

« Oui, cette fois-là, évidemment. Mais c'était, comme le disait la brave Italienne, un accident. Quand on voit de telles horreurs, on imagine évidemment ce que pourrait être la torture, ou même une maladie très douloureuse, ou un membre brisé. Si on se suggestionne rien qu'en se répétant : *fracture du col du fémur* ou *les deux tibias rompus*, on sent bien, on ne peut pas nier qu'on soit, dans une certaine mesure, dépendant – solidaire ? – de son corps. Mais enfin, si on est bien portant et équilibré, il n'y a pas de raison pour qu'on y pense... »

Abandonnant le malheureux assassin à son supplice (ce détail des orteils !), Jeanne remet la main sur la biographie de Jean de Leyde, sous le buffet comtois.

... dépouillé de ses oripeaux de théâtre, nu jusqu'à la ceinture, plié en deux sous le fouet. On le fit entrer à coups de pied dans une grande cage. (« Il me semblait bien ! ») *Des enfants pressés contre les barreaux persistaient à jeter à l'intérieur des épingles, du crottin, des bouts d'os pointus sur lesquels le captif était forcé de marcher nu-pieds...* (« C'est une citation de L'Œuvre au noir, je reconnais très bien ! ») *... et malgré tous ces sévices, beaucoup prétendirent l'avoir entendu chantonner.*

C'est cela ! C'est bien cela. Le détail est aussi dans Yourcenar. Chantonner. Et dans combien de livres sur des martyrs, des prisonniers politiques... Ça se domine, le corps. Ça se dépasse. Evidemment, ce sont là des cas exceptionnels : des êtres animés par une foi, ou une conviction... Et le Dr Petiot, alors ? Prisonnier de la Gestapo, il témoigne d'un courage si admirable que certains, l'ayant connu à cette époque, ne croiront jamais qu'il est un monstre, un assassin. Si on domine son corps, c'est grâce à une supériorité morale, non ?

« Alors, si je ne fais pas ce régime, je ne suis qu'une lâche ? » s'indigne-t-elle. Contrairement à ce que pense Manon, elle a *lu* le livre d'Elizabeth Taylor. (Comment lui est-il venu dans les mains, au fait ? Une bonne âme a dû le lui glisser.) Et elle a été révoltée. Ce corps superbement ignoré par les martyrs, courageusement sacrifié par des croyants de toute

63

sorte, il n'était question que de le mignoter, le dorloter, le parer, et, si on le privait, c'était avec des égards infinis, des excuses qu'on lui adressait. Si on le réduisait aux basses calories, c'était avec un luxe de précautions, de préparations trompeuses, d'assiettes présentées de manière alléchante, afin qu'il ne se sente pas frustré ; c'était – ce sont les mots de la star elle-même – parce qu'on le *respectait*. « Ce qu'il faut entendre ! Au moins, quand je me tape un cassoulet, je ne me dis pas que c'est parce que je respecte mon corps, se dit-elle avec une vulgarité voulue. Et d'ailleurs (elle se retournait vers la cuisine, insatisfaite, mal à l'aise, avec dans l'estomac un sentiment de fadeur qui n'était pas tout à fait de la faim), si je fais un régime, ce ne sera pas par respect pour mon corps, non plus. Plutôt pour m'en débarrasser ! »

Encore un regard sur les victuailles – si on peut leur donner ce nom – apportées par Evelyne. Il faut vraiment avoir faim pour manger ça ! Au fond, la gastronomie, c'est l'esprit... La faim, c'est le corps, non ? Elle est toute contente d'avoir trouvé ça, et d'expliquer ainsi la perverse attirance qu'elle ressent malgré elle pour le camembert plâtreux, la baguette molle. C'est le corps. Ce n'est *que* lui.

Que lui... Elle le sous-estime. Car, étant repassée de nouveau, d'un mouvement pendulaire, de la cuisine au living, ayant annoté pendant deux heures (coupées de brèves pauses inquiètes où elle va jeter un coup d'œil sur le triste camembert, les rillettes qui se dessèchent, en se disant : « Non ! Ce serait trop bête ! ») la biographie de Jean de Leyde (« Est-ce que ça peut vraiment servir à Didier ? Est-ce que c'est bien le sujet ? Tant pis, d'ailleurs : c'est intéressant »), elle tombe sur un passage qui la fait rire :

... et ayant voulu que l'égalité parfaite régnât à Münster entre tous ceux qui l'y avaient suivi, leur fit déposer en un immense tas leurs robes de prix, surcots de fourrure et autres vêtements, afin qu'ils fussent redistribués et que chacun en possédât autant et d'égale valeur. Mais n'ayant pas surveillé personnellement la distribution, ou s'en souciant peu, il se trouva qu'elle fut faite sans attention particulière aux corpulences de chacun, aussi bien qu'à leur taille, ce qui fit le lendemain un défilé des plus grotesques, les uns traînant des robes ou des chausses qui balayaient la terre, les autres tentant de se couvrir de surcots qu'ils n'arrivaient pas à fermer...

« Comme quoi, pense Jeanne, il n'y a pas plus d'égalité entre les corps qu'entre les esprits. » Elle s'imagine revêtue de l'astrakan de Manon. Quel tableau ! Elle rit et ne rit plus. Régime ou pas régime ? Et comme elle sent qu'elle ne se débarrassera plus de l'obsession qu'elle retrouve jusque dans les livres, tout à coup, rassemblant son énergie – poussée aussi, il faut bien le dire, par le désœuvrement, l'inquiétude de ce dimanche solitaire qui s'annonce, le goût de la bravade qui s'applique aussi à elle-même –, elle s'est levée, resserrant la ceinture du peignoir-éponge qu'il faudra bien remplacer un de ces jours, elle est passée dans la salle de bains. Elle s'est campée, cambrée sur ses jambes un peu courtes, devant le miroir, et elle s'est regardée.

D'abord le visage, parce qu'elle s'y reconnaît, qu'il lui inspire confiance, et qu'il faut bien prendre haleine avant de plonger dans l'eau froide. L'ovale en forme d'olive, aux traits fins, le nez un peu long mais droit, le menton à peine empâté et qui, sans cela, serait aigu, les dents petites, blanches, les yeux noirs bien fendus, brillants, intelligents, regard voyageant de la méfiance à la malice (quand on lui dit : « Quels beaux yeux tu as ! », c'est qu'elle pense à autre chose, qu'elle a sommeil ou qu'elle a bu un petit coup de trop), tout cela est honorable, agréable même, et ne lui déplaît pas. Et il y a les cheveux, sa vanité, sa complaisance ; les cheveux longs, sombres, d'une belle épaisseur, descendant « jusque sur l'encolure » et au-delà, ce qui fait, quand elle se peigne devant le miroir rond de la coiffeuse, dans sa chambre, comme un voile, une tente biblique ; ils couvrent tout le reste, tout ce qu'elle préfère ignorer. Ce système de la tente, elle l'applique jusqu'à son habillement. Quand on est obligé d'acheter grand, autant prendre *très* grand. Et ses robes housses, ses tee-shirts énormes sur des jupes longues, ses pulls informes font la joie de ses élèves, tout en lui permettant d'ignorer ce qui se passe là-dessous, dans l'ombre.

Mais puisqu'il faut qu'elle prenne une décision, puisque ce corps-abri, ce corps qui était lui aussi une tente sous laquelle se réfugier, a cessé d'être protection et refuge, puisqu'un escalier, une remarque, un regard en ont attaqué l'épiderme, puisqu'il le faut, puisqu'elle l'exige d'elle-même, elle a dénoué la ceinture du peignoir-éponge, elle a laissé glisser le peignoir sur la moquette, elle *l*'a regardé.

A première vue, l'ennemi paraît assez pacifique. Harmonieux même. De n'avoir jamais subi la contrainte des gaines qui marquent la taille, des soutiens-gorge qui coupent le buste, des ceintures, des pantalons trop justes qui scient l'entrejambe, des vestes cintrées qui obligent à rentrer l'estomac, jamais brimé ni dérangé, le corps s'est épanoui en toute liberté, se développant comme un arbre, par cercles ; une croissance somnolente, paresseuse, lente si on veut (un kilo par mois, cela fait tout de même douze kilos par an), une croissance silencieuse, ignorée de celle qu'enveloppe la gangue qui la protège et l'emprisonne.

Mais déjà, sous son regard encore incrédule, *il* change. Le corps sort de sa quiétude somnolente, se contracte légèrement, comme s'il avait froid ; une onde parcourt le ventre rond, une inquiétude durcit les mamelons bruns, semblables aux premiers symptômes, presque imperceptibles, qu'éveille chez l'animal l'approche du danger. Et elle, paralysée, ne peut arracher son regard de « la chose ». *C'est là-dedans que je suis ?*

Oh ! elle brûle ; le corps entier la démange, lui fait mal. Elle voudrait se baisser, saisir le peignoir, s'en couvrir, elle ne peut pas. C'est une torture, l'estrapade, les brodequins, les poucettes. Toute cette chair se crispe, frémit ; tous ces muscles dont elle connaît le nom, ces nerfs qu'elle a étudiés sur l'écorché, toute cette viande qui dormait soudain palpite, souffre sous son regard. Elle ne peut pas s'y tromper, pas plus que le supplicié dans sa cage : c'est bien elle qui a mal.

Fascinée. Et d'abord par cette blancheur extrême, à partir des clavicules, cette blancheur de papier, alors que le visage, les mains, les bras jusqu'aux coudes sont plutôt mats, cette blancheur a quelque chose de sournois, de choquant. Elle est le premier indice d'un antagonisme secret. Car enfin, les avant-bras que Jeanne dévoile en roulant et déroulant ses manches, machinalement, pendant ses cours, sont bruns, nerveux, et fines les belles mains mal soignées, et modeste la partie inférieure des jambes si on pouvait l'apercevoir sous la jupe ample et longue. Et, dans le miroir, ces fragments inoffensifs sont comme soulignés par ce ton d'ocre, comme sur un dessin anatomique. Mais tout de suite après les mollets fins, c'est le brusque développement des genoux plantés sur ces fines colonnes comme un ornement monstrueux et trop lourd, un globe baroque comme on en voit dans certains jardins, une pomme de pin géante, un chou. Après cette explosion silencieuse dans l'ombre de la jupe, le corps n'a plus à se gêner, et c'est avec une calme majesté que se développent les cuisses massives, jeunes troncs d'arbres soutenant un ventre qui a conquis depuis longtemps ses voisins immédiats : la taille et l'estomac, et monte sereinement jusqu'aux seins massifs, bien plantés. Seules les hanches, territoire encore indépendant, conservent une frontière et développent leurs coussinets d'une façon autonome et incongrue, se refusant encore à participer de la sphère parfaite qui tend à s'accomplir, dans l'impitoyable logique de sa force d'inertie.

« Mais qu'est-ce que je vais faire ? C'est injuste, injuste ! » gémit-elle en se laissant tomber sur le tabouret de la salle de bains. Et encore, comme si elle se justifiait : « Dire que je n'y pensais jamais ! »

Vite, ayant retrouvé sa liberté de mouvement, elle ramasse le peignoir, le renfile. A peine le corps voilé, le visage reprend son importance, restitue à Jeanne sa personnalité brusque et fine. Elle le constate avec désolation. Parce qu'elle ne pourra pas revenir en arrière. Maintenant, elle sait qu'on la voit. Qu'on la voit tout engoncée d'une apparence dont elle se souciait si peu. Et c'est sur cette apparence que l'on juge ? Ah ! si on pouvait être comme les saints des vieilles icônes byzantines qu'on trouve encore, reproduites, dans les bazars et dont seules la tête et les mains sont visibles, le reste couvert d'une chape d'étain !

« J'ai été comme ça. Je me suis crue comme ça. » Le corps invisible, invulnérable. Mais les autres y pensaient. Y pensent. Pensent à elle comme à un objet de pitié. Voient à travers les vêtements, imaginent... Oh non ! Pas Didier ! Didier s'en moque ; Didier voit, lui, à travers les apparences ; il la voit comme elle est, un peu brusque, sans doute, mais vive, enjouée, sensible. Il la voit *mince*. Dans un imaginaire, naturellement. Elle ne lui demande pas autre chose. Et c'est pour ça, parce qu'elle n'en demande pas plus, que c'est injuste !

« Moi qui me trouvais à peine un peu enveloppée... Je ne mange pourtant pas tant que ça ! » Et puis, manger c'est innocent. Manger c'est une façon innocente de satisfaire le corps, de le désarmer, sans qu'à ce plaisir soit associée aucune idée désagréable, inquiétante. Un peu comme l'Episode, en somme. « Je pense aussi peu à l'un qu'à l'autre. Après dîner, après l'Episode, j'oublie », se dit-elle de bonne foi.

Mais oublie-t-elle tout entière ? Le corps oublie-t-il ? Et cette seconde mémoire, qui reste en réserve pour resurgir tout à coup au moment où on l'attend le moins ?

L'oubli n'est jamais définitif. Il va et vient, comme une porte bat, laissant entrevoir, cachant, dévoilant à nouveau un fragment d'intimité, un lit défait, des fleurs, un rideau, une mule abandonnée.

*
**

La porte bat. Un souvenir pénètre comme un courant d'air, vieux d'un an. Jeanne vient d'emménager dans la tour. Elle est allée fêter la chose avec Manon. Elles se sont connues à l'université, mais Manon a, très vite, interrompu ses études pour faire du journalisme. Elles sont restées amies. Dans ce domaine, Jeanne ne choisit guère : une générosité, une curiosité naturelles s'allient à son insouciance et l'amènent à voir régulièrement des « amis » qu'elle n'aurait peut-être pas choisis si elle avait pris la peine d'y penser.

Elle dîne donc avec Manon un samedi sur deux. Ce soir-là (elle venait de déménager), Jeanne invitait. Chez *Rémy*, un ancien « bouillon » dont elle aimait le décor désuet.

– Pourquoi pas au *Relais* ?

– Ça me gêne. Maintenant que c'est Eloi qui dirige... Et comme j'ai encore quelques actions, j'aurais l'air d'aller le surveiller.

– Du moment qu'il te fait des prix, dit Manon, je ne vois vraiment pas...

Il y a beaucoup de choses que Manon ne voit pas. Jeanne cependant jamais ne s'interroge sur l'amitié d'une Manon maigre et jolie, amère sans raison, toujours perdue dans des liaisons entrecroisées, superficielles, aiguës, auxquelles elle se blesse sans s'émouvoir. Une avarice naissante, qui occupera sans doute agréablement les vieux jours de Manon, ne marque encore que son regard, rapide, fuyant, aussitôt repris que donné, refusant l'affrontement même amical, la communication, le gratuit, le gaspillage.

Jeanne s'en aperçoit rarement et tient pour réserve et pudeur de sentiments cette aridité de nature. Sans doute la fidélité de Manon à leurs rencontres contribue-t-elle à cet aveuglement. Bavarde, féconde en anecdotes, en citations, en grands rires bruyants et soudains, mettant sur le même pied et dans la même phrase les adultères de son fromager et les tourments de la Palatine, une recette de cœur à la crème et la découverte d'un vieil auteur bulgare, Jeanne, dans ces épanchements érudits, ingénus et bizarres, laisse toujours derrière elle avec insouciance quelque chose à prendre, à retenir, à utiliser. Manon écoute et remplit son panier. Mais, comme le lui dit Jeanne avec envie en la voyant commander une marquise au chocolat : « Toi, rien ne te profite ! », de même, l'oreille aux aguets, les narines étroites et palpitantes du prédateur de petite taille, Manon grappille tout et n'arrive à en tirer que des chroniques sèches, élégantes, vite fanées, que l'on ne retient pas.

— Tu es contente de ton nouvel appartement ?
— Ravie ! Enfin de la place pour mes livres et une salle de bains qui fonctionne ! Je ne croyais pas que j'avais tant de livres. Selim m'en a monté sept caisses, et il y en a encore dans la cave, chez maman. La cuisine aussi est épatante. Et deux balcons ! J'y mettrai des bégonias, des asters...
— De l'estragon, du basilic...
— Mais oui, pourquoi pas ? Tu sais que, de tous les appartements que j'ai visités, c'est le mieux exposé ? Le soleil jusqu'à quatre heures.
— Comment le sais-tu ? Moi, ces histoires d'orientation, je ne m'y retrouve jamais...
— J'ai visité avec une boussole, tiens ! dit Jeanne, toute fière de son sens pratique.

Manon laisse passer sans s'extasier, exprès.

— Moi, je ne déménagerai que si je me décide enfin...
— A épouser Helmut ?
— Ou Frédéric. Evidemment Helmut est plus viril. Mais Frédéric...

Dans ce cas-là, Jeanne se consacre à son assiette. Le caneton aux pêches, chez *Rémy*, est une merveille.

— ... ou si j'avais un enfant.
— Tu veux dire ? et ! *Et* si j'avais un enfant.
— Oh ! je ne me marierais pas forcément pour cela. De nos jours ! Si tu attendais un enfant, est-ce que...

Elle s'arrête.

– Est-ce que quoi ? demande Jeanne, qui médite sur la carte des desserts.

– Non, laisse.

– Quoi, laisse ?

– Je veux dire..., ma question était idiote.

Il y a un petit silence.

– Pourquoi idiote ? dit Jeanne distraitement, le regard toujours fixé sur la carte.

D'une manière tout à fait inhabituelle, Manon rougit. Elle est mesquine, mais elle n'est pas méchante.

– Je veux dire : puisque tu n'as personne, en ce moment...

– Je voudrais des profiteroles, dit Jeanne au garçon.

Quand elles se sont séparées, Manon a embrassé Jeanne, ce qui n'est pas dans ses habitudes. Jeanne s'est laissé embrasser.

Chez *Rémy*, c'est tout près de chez elle. Elle est rentrée à pied, d'un pas vif, on pourrait dire léger. Elle a des digestions heureuses. Elle est cependant un peu distraite, ce soir-là, puisque, remontée chez elle, elle ne songe pas à refermer à clé la porte, munie à l'intérieur comme à l'extérieur d'une poignée. On se sent en sécurité au trente et unième étage d'un immeuble neuf. Il y a si peu de temps, du reste, que Jeanne est installée – les cartons non défaits sont encore entassés dans le living – qu'un simple manque d'habitude peut tout expliquer.

Tout ? L'absence de réaction quand, dans le noir (elle ne dort pas, pourtant), elle entend la porte palière s'ouvrir avec un bâillement ? L'attente immobile quand un pas s'avance dans le vestibule, s'arrête devant la chambre à coucher, à gauche de l'entrée, comme s'il en connaissait le chemin ? L'absence de toute frayeur, ou de toute manifestation de frayeur, quand une ombre se glisse dans le silence, dans l'obscurité, sans heurt, comme écartant des voiles, se tient contre le lit, se penche ? Après, tout va tellement vite : le chuchotement d'un vêtement défait, un grand corps qui se libère, s'empare du sien comme d'une glaise, le modèle, le pétrit, en prend possession sans qu'elle résiste.

Des fragments de Jeanne se mettent à exister dans l'obscurité. Un sein lourd que la paume étrangère n'arrive pas à coiffer. Une cuisse qui se soulève. Les bras, en revanche, les bras encore beaux et blancs comme du temps où l'on chantait les bras blancs, restent inutilisés, abolis. Le réflexe premier de la femme, qui est d'entourer, de retenir, d'emprisonner peut-être le mâle dans son étreinte, ne lui vient pas. Du reste ces bras, ce sein, ce ventre sont-ils vraiment des fragments de Jeanne ? Il fait si noir qu'elle s'en enchante, et de cette distance qui s'est tout de suite établie entre elle, flottant dans quelque empyrée sans étoiles, et ce corps enfin possédé, avec fureur, avec une violence délectable, circonscrite à ce tronc sans bras, sans tête, à ce qu'une chair féminine a de moins personnel et de plus sexué. Un peu meurtrie, immobile toujours, elle entend maintenant, près, tout près, le froissement d'une étoffe, un bruit léger, plus sec (boucle de ceinture ?), des pas qui s'éloignent (pieds nus ?). La porte se referme, l'obscurité se referme. Les grands draps du sommeil l'enveloppent miséricordieusement, la reconstituant tout entière pour, tout entière, l'anéantir enfin, réconciliant tant de sensations éparses en un seul oubli bien opaque.

L'oubli a recouvert ce souvenir. L'Episode s'est pourtant reproduit plusieurs fois. Mais depuis un an à peu près l'oubli remplit son office, comme le vent passe sur le sable.

*
* *

Le dimanche matin, il s'est passé quelque chose d'étrange. Jeanne s'est nourrie avec résignation, ce matin encore, des restes de la baguette apportée par Evelyne et d'une grande tasse de café. Au moment de mettre du sucre dans son café, elle a hésité. C'est qu'elle renâcle comme un mauvais élève devant une tâche pourtant nécessaire. Régime ? Pas régime ? Bien sûr, s'il faut, pour garder la face, se nourrir pendant deux ou trois jours de haricots verts demi-fins et d'escalopes mal coupées, elle en est parfaitement capable. Mais de là à modifier sa vie et ses plaisirs ! Sa main s'est tendue vers le sucrier. Et puis la chose étrange (peut-être ce qu'Evelyne appelle, dans sa pieuse phraséologie, rejeter la tentation), la chose étrange s'est produite. Elle a retiré sa main, elle s'est levée, elle est allée jusqu'à la salle de bains ; elle a ouvert l'armoire à pharmacie, en a retiré une petite boîte ronde, blanche, est revenue à la cuisine, a mis l'un des comprimés dans le café. Un instant, elle a regardé le léger bouillonnement dans la tasse, produit par la fonte du comprimé, puis elle a porté la tasse à ses lèvres (constatant avec déplaisir que le café s'était légèrement refroidi) ; elle en a bu une gorgée, puis elle a dit à voix haute (elle n'a pourtant pas cette habitude, elle n'est pas gâteuse, ni détraquée par la solitude : elle a toujours eu assez d'amis pour la peupler), elle a dit : « Au goût, c'est exactement pareil. »

2

Quand Didier est arrivé au collège Pacheco, Elisabeth lui a présenté ses collègues, et Jeanne. « C'est notre originale. Vous vous en apercevrez très vite. » Et de prendre un air de gourmandise ironique qui exaspère Jeanne, ainsi offerte sur un lit de salade à l'amateur de curiosités. Son premier élan pour Didier, c'est quand il a répondu gaiement : « Eh bien, comme cela, vous en aurez deux, madame la Directrice ! »

L'année scolaire a passé. Ils sont devenus amis. C'est ainsi que Jeanne formule des rapports encore hésitants. En juin 87, à la réunion de fin d'année, Elisabeth offre un verre de xérès dans son bureau, où trône son père, le vieux M. Mermont (latin-grec). Extrêmement vénérable, barbu, chauve ce qu'il faut, il s'est donné tant de mal pour ressembler au buste de Sénèque qu'il se dispense de tout autre effort. Du reste, il a une belle voix de basse, dont il se sert parcimonieusement, mais à bon escient. Il y a encore des élèves assez naïfs pour le prendre pour un vieux sage.

Il y a Rasetti, un bel homme onctueux ; Lavieuxville, véritable répertoire de citations et de renseignements utiles ; Jean-Marie, travailleur acharné, tweed, pipe, trois enfants, catholique militant dans ce collège non confessionnel, grand organisateur de kermesses, de ventes de charité, de quêtes pour les cadeaux au personnel : il fait partie des gens qu'on appelle par leur prénom. Il y a Mlle Lécuyer, jolie femme ; Mme Dupuy, femme effacée ; et d'autres, les favoris d'Elisabeth, qui varient d'une réunion à l'autre, pour des raisons qui restent mystérieuses. Il y a toujours Jeanne, qui n'est pas regardante sur les horaires, et Evelyne qui s'occupe des cours de rattrapage. Bénévolat et sacerdoce sont des mots qu'Elisabeth affectionne. Il se trouve encore, dans le bureau riche et sévère (ébène et acajou), quelques autres personnages d'arrière-plan, dont aucun n'aime le xérès, dont certains même contestent les chips molles datant de la dernière petite fête (Pâques), mais qui seraient profondément vexés de ne pas être conviés à ces frugales agapes. Elisabeth s'en sert, du reste adroitement, comme d'un appât. Il est rare qu'on se retire sans se trouver, comme par magie, chargé de quelque corvée, pour laquelle il faut encore la remercier.

– Un verre de xérès, Jean-Marie ?

– Volontiers. Mais pourquoi appelez-vous cela xérès ? Est-ce qu'on ne dit pas sherry ?

– Le vrai nom est Jerez..., dit Lavieuxville en insistant sur la *jota*.

Il sait toujours tout, mais son apparence banale, sa voix sourde font qu'on ne l'écoute jamais. Ou alors on l'interrompt, on s'empare de ses idées, on profite de ses informations sans le remercier, on le contredit sans l'avoir écouté... L'amertume s'amasse, goutte à goutte, dans ce cœur de bouvreuil timide. Il finira peut-être méchant...

– ... de la ville...

– De la ville de Jerez de la Frontera, reprend avec autorité Rasetti. Il est délicieux, Elisabeth. Mais trop rare, comme votre présence.

– Buvable, parce que rare, comme moi! dit Elisabeth avec cette coquetterie mélancolique qui lui est propre.

C'est une femme grande et svelte, sans âge, sans couleur, mais non sans charme ni sans savoir-faire. Elle sait que Jeanne est la seule à braver l'usage en réclamant parfois un second verre du breuvage symbolique; aussi désamorce-t-elle habilement la transgression et la transforme en privilège :

– Reprenez-en un verre, ma petite Jeanne. Si, si! Vous aimez ça...

– Pas aujourd'hui, merci, a dit ce jour-là Jeanne.

Pur hasard.

– Pourtant vous ne craignez pas pour votre ligne, dit Rasetti. Moi si!

Et il fait le geste de refuser le verre qu'on ne lui offre pas.

– Et vous avez raison tous les deux, a dit Elisabeth en souriant. Il faut tant de personnalité pour ne pas se préoccuper de son apparence!

C'est bien Elisabeth, élégante dompteuse de fauves, toujours faisant coup double, ou triple, avec sa voix gris tourterelle.

Didier éclate d'un rire de collégien, qu'il étouffe aussitôt.

– *Qu'est-ce que le physique ? Cela fait gagner quinze jours...*

C'est Lavieuxville qui réussit à placer une citation dans un petit silence gêné.

– Talleyrand ? demande Jean-Marie.
– Le prince de Ligne ?
– Qu'est-ce que vous en pensez, Jeanne ? dit Rasetti, qui n'ose s'attaquer à Elisabeth.
– De l'auteur ou de la citation ?

La voix de Jeanne est trop douce. Evelyne se jette tête baissée entre les combattants.

– Est-ce que ce n'est pas Mme de Sévigné ?

Tollé général. Rires (de soulagement ?).

– Mais non, voyons ! C'est typiquement XVIIIe !
– Ou plutôt c'est typiquement une phrase d'homme !
– Casanova était très laid !
– Lauzun...

L'orage s'éloigne. Mais Rasetti ne veut pas lâcher sa proie. Encore qu'il ait à plusieurs reprises (elle ne l'ignore pas) traité Jeanne de « boudin », il ne lui pardonne pas le regard moqueur, qu'il sent peser sur ses rodomontades.

– Vous m'en voulez, Jeanne ? Je vous taquinais.
– Jeanne a trop d'humour pour se formaliser d'une taquinerie, même un peu lourde, dit Elisabeth, si soucieuse de la paix de son troupeau qu'elle ne s'aperçoit pas que c'est elle, cette fois, qui gaffe.

Nymphe un peu lasse de la géographie, qu'on imagine bien une main sur le globe terrestre et l'autre rejetant ses cheveux éplorés, Evelyne, qui rêvait, s'éveille et s'élance à la rescousse.

– Mais est-ce que vous ne sortez pas, ce soir ? demande-t-elle conjointement à Jeanne et à Didier. Est-ce que vous ne deviez pas aller à *votre* ciné-club ?

C'est la catastrophe. Mais qu'est-ce qu'elle peut faire, Jeanne, devant le « votre » complice, attendri d'Evelyne ? Devant la publicité donnée aux délicates relations qui s'esquissent entre elle et Didier ? Elle sent, sans le voir, qu'il se raidit. Elle prend les devants.

– Mais oui ! Didier (avec un air de détachement), est-ce que nous n'avions pas, plus ou moins, projeté d'aller revoir *L'Atalante*, ce soir ?

– Mais bien sûr, dit Didier Schmidt avec un empressement excessif. C'est même moi qui vous en ai parlé le premier. Ces vieux films ont un tel charme... Le noir et blanc... Mais j'ai quelques parents d'élèves à voir. Il y a tant de redoublants, cette année... Et puis mes bagages... Je pars demain pour la propriété de ma mère en Touraine.

Jeanne a serré les dents. Quelle maladresse, pauvre petit : « C'est moi qui en ai parlé le premier » ! Ne pas la froisser mais ne pas sortir de la pièce à son bras... Elle a très bien perçu la nuance.

La conversation a repris très vite, autour du cinéma, des programmes, de mille choses. Jeanne s'est astreinte à rester là, vidant son verre, le remplissant une deuxième et même une troisième fois, avalant les chips rances avec un semblant d'appétit, écrasant ses mégots dans une coupe en opale : Elisabeth ne possède pas de cendrier pour décourager les fumeurs. Donnant la réplique. Puis, au bout d'un temps raisonnable, elle est partie prendre son bus, faire quelques courses. C'est à la pharmacie, ce jour-là (elle avait besoin d'un tube de dentifrice, elle s'en souvient très bien), qu'elle a dû acheter la petite boîte blanche qui se trouve dans l'armoire de la salle de bains depuis lors. Depuis un peu moins d'un an.

*
**

Dans son univers intérieur qui est plein de références, de surnoms, d'une chronologie à elle où de menus faits tiennent une place énorme tandis que des événements prétendument importants (le divorce de sa mère, par exemple) disparaissent à jamais, engloutis par sa mémoire indépendante et sélective, Jeanne a appelé ce jour (il y a un peu moins d'un an), dont elle n'arrive pas, exceptionnellement, à bannir le souvenir cuisant : le « Jour de l'Atalante ».

Et elle n'a pas oublié non plus que, dans la semaine qui avait suivi ce jour, elle avait acheté un livre. Pas dans une librairie du quartier où on aurait pu la reconnaître : dans une grande surface. Elle y avait étudié avec application des recettes nouvelles pour elle, à base de yaourt maigre et de poudre de protéines. Elle en avait essayé quelques-unes. Pendant huit ou dix jours, elle avait confectionné ces plats étranges, pauvres en hydrates de carbone, pauvres en calories, pauvres en tout. Le neuvième ou le dixième jour, elle s'était pesée : elle n'avait pas perdu un gramme.

Stupeur. Indignation naïve. Finalement, à Evelyne :

— Continuer, non ! Je craque, je ne tiens plus. Tu veux savoir pourquoi ? C'est qu'au fond je ne me donne pas raison. Comment veux-tu que je réussisse si je ne me donne pas raison ? Ils n'ont qu'à me prendre comme je suis.

— Tu veux dire : il n'a qu'à...

— Après tout, le poids, c'est une convention ! Au siècle dernier...

— Un homme a son amour-propre, avait murmuré Evelyne.

— Et moi, je n'ai pas le droit d'en avoir, de l'amour-propre ?

Cette question est restée sans réponse. Jeanne et Didier Schmidt sont restés amis. Il n'a plus été question de régime. Aujourd'hui, devant les efforts de Jeanne, Evelyne marque un certain scepticisme fondé sur cette tentative avortée.

— Mais ça n'a aucun rapport ! s'indigne Jeanne, tandis qu'elles attendent l'autobus qu'elles prennent ensemble chaque fois que leurs heures de sortie coïncident. La situation est tout à fait différente ! Je croyais vraiment, tu vois, qu'on m'acceptait comme j'étais. Par amitié, par estime, par respect de la liberté, parce que ça n'a aucune importance les apparences..., que sais-je ? Et tout à coup, pour un ascenseur en panne, qu'est-ce que je découvre ? Que pour toi, pour mes voisins, mes collègues, je suis un *cas*. Un CAS ! Autant dire une handicapée ! A qui on passe ses fantaisies par pitié, parce qu'on n'ose pas la contredire ! Je quémandais l'indulgence sans le savoir. De la mendicité, oui, comme ces femmes dans le métro, assises par terre avec des enfants maigres. Moi, c'était mon poids qui me servait de moignon, de sébile : je tendais la main !

Evelyne riait.

– Jeanne ! Jeanne ! Tu t'emballes ! Tu délires. Tu vas d'un extrême à l'autre ! Tu es un peu caractérielle, tu sais. Ce n'est pas parce que tu as quelques kilos en trop...

– Je vais les perdre. Je vais les perdre, je te dis.

– Et ce sera une excellente chose. Mais de là à t'imaginer...

– Oui. J'exagère peut-être un peu. Mais enfin il y avait de la condescendance dans l'air. Et au fond, au point de vue santé, vous n'aviez peut-être pas tort. Enfin, j'ai pris ma décision. Et puis le temps a passé, on ne peut pas faire de suppositions qui...

– Tu veux parler de Didier ? Moi je trouve qu'au contraire... Vous êtes tout le temps fourrés ensemble !

– Oui... Enfin, tout le monde voit bien que c'est de l'amitié. Rien que de l'amitié. D'ailleurs il lui arrive de sortir avec des femmes, on voit bien...

Evelyne l'a interrompue avec une violence inattendue.

– Avec des femmes ! Parce que toi, tu n'es pas une femme ? Ce n'est pas pour quelques kilos de trop qu'on cesse d'être une femme !

– Je veux dire qu'il ne me considère pas comme

une femme. Je suis sûre qu'il serait épouvanté à la seule idée...

— Peut-être. Mais moins que toi. C'est toi qui es épouvantée. Qui meurs de peur. Peur de ce qu'on pourrait dire, penser, bien sûr. Mais aussi peur de ce qui pourrait se passer. Et si tu pèses ces kilos de trop, si tu n'as pas essayé plus tôt de t'en débarrasser, c'est pour pouvoir te dire que tu n'es pas une femme. Pour t'en dispenser. Parce que ce n'est pas si facile !

— Oh !

Jeanne a regardé Evelyne, vibrante de conviction, son visage de blonde tôt fatiguée, dont la finesse sombre dans la fadeur mais qui se transfigure en affirmant avec force son credo. La féminité. L'amour. Le don de soi. Toute la panoplie.

« Pour un peu, elle me découragerait ! » s'affirme-t-elle.

*
**

Comme un fils. On peut aimer comme un fils quelqu'un qui a votre âge, ou à peu près. Un fils peut être, parfois, un peu négligent, peut préférer parfois d'autres compagnies, oublier un rendez-vous, une attention ; ce n'en est pas moins un fils. Et il le prouve en revenant vers vous tout à coup, avec un grand sourire, parfaitement inconscient de la petite blessure cachée qu'il a pu vous infliger ; il revient vers vous avec le sentiment évident, inscrit sur son front, dans ses yeux bleus, francs jusqu'à l'effronterie, qu'il a sur vous un *droit*. Cet instant ferait tout oublier, s'il en était besoin. Droit divin ! Flèche de soleil !

Jeanne déteste prêter des livres qu'on ne lui rend pas. Ses collègues le font assez souvent, tablant sur la richesse de sa bibliothèque. Elle les réclame alors avec véhémence, avec hargne, en pleine salle de réunion, parfois au mépris de toute bienséance. Mais quand c'est Didier, elle admet. Plus : elle en est secrètement ravie. Lui réclamer des livres pendant une réunion de professeurs, c'est proclamer aux yeux de tous qu'un lien les unit. Et que Didier oublie fréquemment de les lui rapporter donne à Jeanne la satisfaction de penser qu'il a chez lui des objets qui lui appartiennent. Elle sait maintenant les livres qu'il aime, ceux dont il a besoin. Il lui arrive d'en acheter aux seules fins de les lui prêter. Il lui arrive de les annoter pour lui fournir, de cette manière discrète et délicate, des éléments pour la thèse qu'il poursuit assez nonchalamment. Parfois une page de blanc est tout entière couverte d'une écriture étonnamment timide, d'un graphisme un peu vieillot. La main appuie à peine sur la page, et l'encre, ainsi, paraît délavée. On dirait, à travers les années, la jeune fille Ludivine, celle qui a eu si peu de temps pour exister, aimer, le dire, qui enverrait un message à ce garçon qui ne doit pas être si différent de celui qu'elle a connu.

Il parcourra ces notes. Il s'en servira. Ce n'est pas un garçon à rien laisser perdre. C'est un cueilleur de fruits, un de ces beaux vagabonds rieurs d'autrefois qui trouvaient toujours au passage un bol de lait et la laitière pour se refaire une santé ; c'est un gentil matelot en bordée qui donnera sa montre ou sa veste pour l'éternité d'une bouteille. C'est un beau soldat en permission qui roule un peu les épaules, pour paraître viril, qui fait tâter son biceps par les autres garçons, dans le compartiment enfumé, et qui se demande s'il ne va pas se laisser pousser la moustache. C'est... C'est un fils. Il est normal qu'elle se donne un peu de peine pour lui. Un fils ? A travers le scientisme poétique de Pontus de Tyard ou la Saint-Barthélemy, les petites notes qu'elle rédige, les références, les suggestions, passent des émotions naïves et fortes, des jugements tranchants et secrètement tremblants, des idées neuves, des idées fausses, et le bouleversant « Vous aussi ? C'est comme moi, je vous assure. Tout à fait comme moi » de toute créature humaine qui cherche, avec une farouche timidité, la fraternité possible.

Un frère. Elle l'aime comme un frère.

Comme un frère cadet, qui lui demande conseil, qui n'a pas encore beaucoup de méthode, ne voit pas très clairement les possibilités de son sujet...

— Allons donc ! dit Manon, qui n'a vu Didier que deux fois mais lui trouve « l'air voyou » parce qu'il portait un polo ouvert et pas de cravate. Te demander une méthode, à toi ! C'est ta sueur qu'il te demande, oui !

« Du moment qu'il me demande quelque chose... », pense Jeanne, pleine de délices cachées.

*
**

— Jeanne, ne vous sauvez pas comme ça ! dit Elisabeth avec grâce. Vous savez que j'ai toujours besoin de vous...

— J'ai un cours à l'instant et je suis invitée à déjeuner, je n'ai que le temps...

— Justement, il faut que je vous saisisse au vol. J'ai un petit problème avec Geneviève Faroudji.

— La fille de...

— Parfaitement. La fille de Selim. Figurez-vous que Geneviève se présente en classe depuis plusieurs jours, et vous allez le constater puisque vous l'avez en sciences naturelles dans un moment, avec une sorte de voile sur la tête.

— Tiens !

— Sous prétexte de conversion à l'islam, de loi coranique, que sais-je ! Je n'aurais jamais cru... Les Turcs, tout de même, ce ne sont pas les Arabes... Et voilà que sa sœur, la petite Jacqueline, suit le mouvement ! Des enfants élevées dans ce collège ! Et dont le père est un de nos employés ! Le comble, Jeanne, vous ne devinerez jamais, c'est que Geneviève m'a demandé de modifier le registre des inscriptions et de les réinscrire sous les prénoms de Fatime et de... je ne sais même plus... Aïcha, je crois.

Jeanne a envie de rire. Pour Elisabeth, évidemment, modifier le registre des inscriptions, c'est l'équivalent de la profanation d'un autel ! Elle s'amuse aussi de ce qu'Elisabeth prononce « Fatime » comme dans une tragédie de Voltaire. Puis elle ne s'amuse plus.

— Je sais que vous vous êtes occupée avec beaucoup d'altruisme de cette famille. Vos leçons gratuites au neveu de Selim...

— Selim m'avait rendu beaucoup de petits services. Mon déménagement, cette histoire de fuite d'eau...

— On pourrait dire aussi que vous lui avez fourni beaucoup de petits travaux, dit Elisabeth avec un rire indulgent. Vous me paraissez donc tout indiquée pour... Enfin, vous allez raisonner Geneviève, et m'arranger cette ridicule histoire !

— Moi ? Mais je n'ai aucun titre à...

— C'est l'une de vos élèves.

— Comme celle d'une demi-douzaine de professeurs ! Evelyne...

— Mme Berthelot n'a pas votre autorité naturelle. Ni vos liens avec la famille Faroudji. Et puis on vante toujours votre influence sur vos élèves qui, dit-on, excuse tout. Eh bien, pour une fois, faites-nous-en profiter...

Jeanne entre dans sa classe de mauvaise humeur. « Pourquoi pour moi toutes les corvées ? Tout au plus si je lui avais parlé dix fois, à Geneviève... »

Non seulement elle ne lui a que rarement parlé, mais elle ne l'interroge presque jamais, ne la fait pas venir au tableau et l'a placée tout au fond de la classe, à droite, près de la fenêtre. Et il faudrait la prendre à part, ouvrir une controverse ? Et cela où ? Dans la classe ? Certainement pas. Pendant une récréation, sous les yeux de dizaines d'élèves s'intéressant, prenant parti ? Encore moins. Dans la loge de Selim ?

Jeanne commence son cours :

— L'ordre des chiroptères...

Oubliant un instant sa perplexité, Jeanne s'anime ; ses belles mains tracent des voltes dans l'air ; elle se déplace sur l'estrade avec légèreté. Le petit Jean-Luc somnole, la grande Patricia prend des notes ; deux garçons jouent discrètement à la bataille navale ; les premiers rangs écoutent ; tout est dans l'ordre.

Cependant Lorenza s'attendrit sur la chauve-souris :

— Ce que c'est mignon !

Walter, le nouveau venu, éclate d'un gros rire et l'une des trois Ségolène (les prénoms de ces enfants ! Evelyne en a une, en troisième, qui s'appelle Gardénia !) proteste :

— Ah non, alors ! C'est affreux ! Imagine : tu entres dans une grotte, et ces horreurs s'accrochent dans tes cheveux !

Jeanne rectifie :

— Légende ! D'ailleurs la chauve-souris n'est pas laide. Qu'est-ce qui est laid, voyons, dans la nature ? (Elle éprouve un bref malaise, se situant au fond de la classe à droite. Le surmonte.) Plus d'un poète a parlé avec humour ou avec sensibilité des animaux les plus curieux, depuis *Le Blason de la caille* de Géroult, un auteur du XVIe siècle, jusqu'aux vers de D. H. Lawrence... (qu'est-ce que j'ai fait de ma fiche ?) :

Avec ses yeux protubérants, perles ou baies, noirs,
Et ses oreilles inconvenantes et moqueuses
Et ses ailes repliées
Et son corps brun et pelucheux...

— Le poème est joli, si on veut, concède Ségolène, mais la chauve-souris c'est moche, moche et dégoûtant.

– Justement, reprend Jeanne avec une patience exaspérée, ce que veut montrer Lawrence dans ce poème, c'est le droit de la chauve-souris à être ce qu'elle est : yeux protubérants, corps brun et pelucheux, et qu'il la trouve belle parce qu'elle est un fragment palpitant de la vie, une manifestation...

Elle a hésité, une seconde.

– De Dieu ? demande une voix au fond de la classe.

D'autres voix font :

– Hou, hou...

– Si vous voulez, répond Jeanne, tolérante, Dieu, nature, cosmos...

– C'est un cours de sciences nat', ici, demande insolemment Ségolène, ou c'est un cours de morale ?

Le flot des élèves s'écoule. Jean-Luc demande un éclaircissement que Jeanne lui donne volontiers. Bérengère lui accorde en passant ce sourire aérien, angélique, qui signifie qu'elle n'a rien écouté et que ça ne la trouble pas. Des cahiers tombent, des feuilles s'éparpillent.

– Alors, on se dépêche ?

Jeanne elle-même rassemble ses fiches, les yeux baissés. Du fond de la classe, une masse sombre s'ébranle, descend vers elle, va passer devant son bureau. (« Je lui parle ? Je lui donne un rendez-vous ? Qu'est-ce que je fais ? ») Quand elle relève la tête, il est trop tard : Geneviève passe la porte et s'éloigne dans le couloir, vêtue d'une djellaba bleu foncé, la tête couverte d'un foulard (en parlant de voile, Elisabeth a un peu exagéré). Elle marche très droite. Elle a un beau port, cette jeune matrone de quinze ans qui dépasse le mètre soixante-dix et, sûrement, les quatre-vingt-dix kilos.

A l'heure du déjeuner, Jeanne a toujours tenté d'échapper à la cantine (noblement baptisée « cafétéria » par les Mermont). L'inévitable œuf-mayonnaise huileux, le turbot congelé et, gâterie réservée aux enseignants, la coupe de fruits de la veille rajeunie d'une pointe de marasquin de cuisine : merci ! Il y a quelques semaines encore, elle cherchait de petits bistrots sympathiques et pas chers, comme on en trouve dans le XIIIe. Aujourd'hui, et puisque la saison est belle, elle s'en va dans un square proche et poursuit, avec un entêtement un peu provocant, son régime. Elle a découvert, à côté du gymnase, une issue de secours qu'elle croyait condamnée, mais dont Selim se sert comme d'un raccourci. Bon moyen d'échapper aux serres d'Elisabeth. Et Selim ne la trahira pas. Ainsi se glisse-t-elle, ce jour-là comme les autres, par cette porte discrète, au fond du couloir à poubelles, et s'en va-t-elle assez gaiement vers le square. Elle s'est découvert un banc confortable, à l'abri d'un massif, derrière les balançoires. Le temps est doux, en ce début mai. En octobre, on verra. Pendant qu'elle s'installe, les cris des enfants s'éteignent peu à peu, un dernier ballon roule à ses pieds, le grincement des poussettes et des landaus s'éloigne. Le XIIIe arrondissement déjeune.

Assise, Jeanne joue au clochard. Son grand sac avachi sur les genoux, elle en tire deux œufs durs, roulés dans du papier d'aluminium et salés à l'avance. Une tomate, un petit pot de fromage blanc « allégé », une cuillère en plastique complètent le paysage. Pour s'amuser, créer un personnage, penser à autre chose qu'à ce régime qu'elle s'est fixé à elle-même et qui lui semble inimaginablement mauvais, elle « met la nappe » avec le journal du matin, laisse s'affaisser ses épaules et, si on lui parlait, répondrait d'un grognement. Il manque évidemment le litre de rouge pour parfaire le tableau. En revanche, Jeanne sait admirablement retirer toute expression à son visage, ternir son regard, laisser s'installer sur ses traits la vacuité de l'épave humaine dont elle se donne le spectacle. Divertissement puéril, secret, plein de charme, mais qui ne suffit pas tout à fait à faire passer le maigre repas. L'œuf dur, en particulier, compact, avec son petit goût métallique, lui reste en travers de la gorge, et l'arroser d'un coup de Volvic (demi-bouteille au fond de son sac) est évidemment une solution, mais une solution sans agrément.

Pour se soutenir, elle s'imagine en face d'Elisabeth, dans la « cafétéria ». « Mais quand cesserez-vous de fumer, du moins entre les plats, Jeanne ? Votre estomac ! Vous tuez le goût des plats, vous qui vous prétendez gastronome... Et quel besoin aviez-vous, en cours de botanique, de citer Hildegarde de Bingen ? Cela trouble les élèves, elles ne savent plus ce qu'elles doivent retenir ou non... Sans doute, vous obtenez des résultats, mais auprès d'une élite de la classe, ne l'oublions pas ! J'estime... » A ce rabâchage éternel se serait ajoutée aujourd'hui cette absurde histoire de foulard. Mieux vaut encore l'œuf dur.

Ce jour-là, comme par hasard, la tomate est fade et aqueuse. « Le courage que j'ai ! » pense Jeanne en se rengorgeant. Deux jours avant elle était moins faraude. Comme elle s'installait, jambes écartées, journal étalé, œuf écalé dans la main, du bout de la pelouse des graminées elle a cru voir arriver Didier. Dieu ! En un instant, l'œuf, le journal, la bouteille d'eau minérale ont disparu dans le sac sous le banc ; elle s'est redressée, a lissé ses cheveux, rajusté son visage, tout cela pour un jeune homme en noir, l'air malpropre et égaré, qui lui a demandé cinq francs. Rougissante elle les lui a tendus, obligée pour cela de se baisser, d'extraire le sac de sous le banc et, ce faisant, a observé que les chaussures du garçon étaient de bonne qualité, presque neuves. « Un chômeur, ça ? Un drogué, oui ! » La remarque caustique lui est restée au bord des lèvres. Si ç'avait été Didier, pourtant !

Elle a beau avoir été sincère en donnant les raisons de sa résolution à Evelyne, elle n'aimerait pas que Didier la découvrît dans ce square. Pas plus qu'elle ne voudrait (« Sois franche avec toi-même ! ») qu'il la rencontrât en compagnie de Geneviève. « Mon poids, il peut ne pas le remarquer, ou n'y attacher aucune importance. Mais mon poids multiplié par deux... » Et n'est-ce pas pour cela qu'elle évite Geneviève ? Qu'elle l'a placée au fond de la classe ? Qu'elle refuse de se mêler à cette histoire de foulard ?

« Alors, la chauve-souris ? Ce que j'ai dit, ce que j'ai pensé pendant des années ? Que tout, des troncatures du cristal à la naissance de l'amibe, était beau dans la nature ? Y compris, au-delà des beautés, des laideurs convenues, Ludivine la revêche, la laide, l'admirable Ludivine ? »

Elle baisse les yeux sur ses genoux : les coquilles d'œuf, la demi-tomate abandonnée. « Est-ce vraiment si courageux, ce que je fais là ? Ou est-ce que je suis en train de faiblir, de céder à des pressions tacites, de trahir ce qui serait, pour parler comme Ségolène, une morale ? »

***

Jeanne revient vers le collège, déjeuner terminé.

Un groupe la regarde arriver (cette fois par l'entrée principale) à travers les fenêtres ouvertes de la salle de réunion.

— Quelle touche elle a, vraiment, avec son mégot au coin de la lèvre !

— Et son vieux sac ! On pourrait tout de même lui dire...

— J'ai essayé, soupire Elisabeth. Je lui ai même interdit de fumer dans l'enceinte de l'école. Alors elle se cache dans les toilettes et, naturellement, les élèves s'en aperçoivent et trouvent ça désopilant.

— Elle est comédienne dans l'âme. C'est de l'affectation.

— Vous voulez dire de la démagogie. Quand il n'y a plus de respect pour le professeur, il est bien obligé de se transformer en clown.

— Ou en spectacle télévisé...

— J'admire votre patience, madame Mermont.

— Monsieur Rasetti, vous voulez prendre en charge les horaires de Jeanne ?

— Les élèves l'adorent, dit timidement Evelyne.
— Evidemment ! Dès qu'il y a provocation, démagogie... Mais vous qui avez de l'influence sur elle, Didier, vous devriez...
— Mais moi aussi, je l'adore ! dit-il légèrement. Elle est divine ! Tellement drôle ! Et puis je n'oserai jamais rien lui dire, elle me terrorise aussi !
— Elle vous fait travailler. Excellent pour vous. Mais on pourrait tout de même lui faire comprendre qu'une tenue un peu plus soignée...
— Ce ne serait plus Jeanne, dit Didier avec une désinvolture appliquée.

*
**

En somme, plus ils devenaient amis, moins il la voyait. Ou plus il la voyait d'une façon différente de celle dont on regarde une femme. Tenez, un jour, en allant au théâtre, le ticket de sa carte orange s'était démagnétisé. Ils étaient un peu en retard. Didier avait-il eu – ou l'avait-elle cru ? – un geste d'impatience ? D'un mouvement étonnamment léger, prenant appui sur les montants d'acier, repliant ses jambes sous elle et *faisant boule*, Jeanne avait sauté par-dessus le tourniquet. Assez contente d'elle-même, de cette démonstration d'une souplesse que son poids n'excluait pas. Didier était à moitié mort de rire. « Nadia Comaneci ! Plus forte que Nadia Comaneci ! » Il lui avait pris le bras, sans problème cette fois, avec une arrogance gentille de beau garçon qui peut tout se permettre, qui est de taille à imposer ses fantaisies. Et elle était, ce soir-là, sa fantaisie, comme il aurait porté une veste excentrique, un chapeau. Il n'était plus embarrassé. Il ne la voyait plus. « Je pourrais aussi bien être voilée. »

C'était bien ce qu'elle avait souhaité, non ?

Ce qui la ramène à Geneviève. Elisabeth insiste pour qu'elle convainque la jeune fille. « Sans toutefois manquer à la tolérance, n'est-ce pas ? Contrôlez-vous ! » C'est vis-à-vis d'Elisabeth que Jeanne a de la peine à se contrôler. Et voilà Selim qui s'y met, la coinçant au moment où elle sort pour le déjeuner.

– Il faut que vous lui parliez, madame Jeanne !
– Franchement, Selim, c'est tellement personnel... Est-ce que vous ne pourriez pas vous-même... ?

La haute taille de Selim se voûte. Un immense découragement remplit ses yeux noirs, profondément cernés, envahit son visage plein au teint mat et pâle à la fois. Sur la joue gauche de Selim, la tache de naissance qui relève un peu ce visage résigné, agréable cependant, paraît s'assombrir.

– Un veuf, madame Jeanne ! Un veuf ! Qu'est-ce qu'il peut faire, un veuf qui reste seul avec deux grandes filles ? Les battre ? Après tout ce que je leur ai raconté sur la chance qu'elles avaient d'être françaises, les droits de l'homme, le progrès, le racisme, et même l'éducation sexuelle. Oui ! Je leur ai parlé de la pilule ! Et après cela elles viennent me demander... C'est surtout Geneviève, c'est l'aînée, elle influence Jacqueline, elle vient me demander en face de l'appeler Fatima ! Un moment j'ai vu rouge. Je me suis levé, j'ai défait mon ceinturon... et puis j'ai pensé à vous, madame Jeanne, à nos conversations...

– Vous êtes bien bon...

– ...et je me suis dit qu'un père moderne, qu'un père français...

Pauvre Selim !

Jeanne ne sait comment engager le fer. Finalement elle a invité Geneviève à prendre un verre dans un salon de thé marocain qui n'est pas loin du collège. Ainsi du moins ne s'étonnera-t-on ni de la vêture, ni de la corpulence de Geneviève. Ni de *leur* corpulence ? Elles entrent, choisissent l'une des quatre petites pièces qui forment de minuscules salons privés. S'installent. Avec sa djellaba blanche, légèrement soutachée de bleu, Geneviève est tout à fait dans la note. Curieux comme Jeanne se sent lourde, mal à l'aise, devant cette jeune fille calme, à l'air un peu buté peut-être, et qui occupe tant de place sur les coussins de la banquette. Il fait assez sombre, de cette pénombre particulière à certains lieux aux fenêtres voilées en plein jour. Des bibelots, des plateaux de cuivre brillent sourdement çà et là, reflétés par les hautes glaces piquetées des parois. Une grosse dame, couverte de colliers, de sequins répartis un peu partout sur sa personne, pourvue de cils énormes qui lui donnent l'air d'un poisson de dessin animé, vient très cordialement leur verser le thé à la menthe et lâcher la portière d'un autre petit salon où des amoureux s'embrassent avec une concentration silencieuse. Ce n'est peut-être pas l'endroit rêvé pour une discussion ? Jeanne a voulu qu'elles passent inaperçues.

Mais quand elle se voit dans la glace ternie, elle assise au bord d'un grand fauteuil « colonial », Geneviève bien calée sur un divan bas et la dame aux sequins évoluant lentement autour d'elles comme une planète, la masse qu'elles représentent à elles trois, remplissant presque le petit salon – trois énormes coussins ou poufs posés là –, lui donne un sentiment de rêve absurde, presque de cauchemar.

– Allez-y ! Allez-y ! dit cependant Geneviève d'un ton ironique et gentil. Je sais bien que vous êtes là pour me faire la morale.

– Comme si c'était mon genre, dit Jeanne, de mauvaise humeur.

Geneviève sourit. Un sourire long à naître, qui éclaire son visage rond, ambré, sans âge, qu'elle arrive, comme certains mauvais élèves, à rendre inexpressif pour ne pas donner prise. Cette absence d'expression même lui donne un certain mystère. « C'est le sourire du Chat d'*Alice au pays des merveilles* », pense Jeanne, égayée. Seulement, le Chat avait la bienséance de disparaître, tandis qu'il serait bien difficile à Geneviève...

Remise en selle, elle se résigne à sa mission.

– Geneviève, vous savez très bien de quoi j'ai à vous parler. Votre père s'inquiète. Mme Mermont s'inquiète. Et je trouve déplacé que vous affichiez une appartenance...

– Si je portais une petite croix au cou, ce serait mieux ?

Le sourire avait disparu. Le ton était provocant, mais sans violence.

– Vous pourriez porter au cou un petit croissant, une étoile de David, cela ne choquerait personne. Mais avouez que ce voile, c'est un peu ostentatoire, non ?

– Ça ne me va pas ?

– Si vous êtes décidée à faire l'enfant...

La dame aux sequins, dans l'une des petites pièces adjacentes, feint d'arranger les rideaux et d'épousseter, pour suivre la conversation.

– C'est le contraire, dit Geneviève, boudeuse. Le voile, c'est le signe qu'on est devenue une femme.

– Selon la loi coranique, je suppose. Mais est-ce que vous n'êtes pas un peu jeune pour faire un choix aussi définitif ?

– Après ce sera trop tard. Après, je serai la fille qui n'a pas porté le voile.

– Mais aux yeux de qui, enfin ?

Jeanne ne comprend pas. Le XIIIe est plutôt un quartier asiatique qu'arabe, et ce n'est ni au collège, ni dans sa famille que Geneviève a pu rencontrer ce préjugé.

– Je connais une famille syrienne très gentille... Et puis des tas d'amis qui pensent...

– Mais quels amis ?

– Oh ! soupire Geneviève avec une lassitude vraie ou feinte, s'il faut tout vous expliquer... C'est l'Inquisition ?

Jeanne est un peu découragée. D'autant qu'il lui semble, en effet, que ce rôle d'inquisiteur lui va mal.

Et voilà la dame aux sequins qui, sans vergogne

aucune, vient s'adosser à l'embrasure de l'une des portes et, nullement gênée par le silence qui s'ensuit, s'adresse chaleureusement à Jeanne :

– C'est votre fille ?

– Non, dit Jeanne, vexée par cette familiarité qui semble indiquer que, entre trois personnes dotées d'un certain embonpoint, une solidarité existe d'emblée.

Jusque-là, elle a toujours considéré son poids, accepté puis contesté, comme un problème purement personnel, et voilà qu'elle a tout à coup l'impression d'appartenir à une espèce cataloguée, comme le sont les plantes ou les mammifères. Sans doute, cet embonpoint, elle va s'en débarrasser. Mais ce n'est pas chose faite, et elle trouve très désagréable d'être englobée sans préavis dans la complicité qui semble naître entre cette dame qui ressemble à un pouf et Geneviève qui est aussi large que le sofa tout entier. « Passe encore pour avoir l'air d'un coussin, mais faire partie de tout un mobilier, non ! »

Elle répond non sans effort :

– Elle pourrait être ma fille, mais elle n'est que mon élève.

Les sequins tintinnabulent.

– La science ! La sagesse ! Enseigner, merveilleux ! Mais vous ne la garderez pas longtemps. Trop belle fille. Très, très belle fille. Bientôt mariée. C'est la vie.

Le lent sourire sensuel, un peu moqueur, de Geneviève renaît. Elle a une belle bouche, aux lèvres un peu rebordées comme une divinité hindoue, de longs cils très noirs. Maquillée ?

– Geneviève, j'aimerais tout de même que nous puissions parler deux minutes tranquillement.

Geneviève a un regard de connivence pour la grosse dame qui se retire, sans hâte superflue.

– Vous étiez déjà venue ici ?
– Non. Mais elle a vu mon voile. Elle a compris que j'étais de la famille...
– L'islam ?
– L'islam, si on veut. C'est surtout le mode de vie qui me plaît... Mes amis syriens me disent qu'il faut choisir. Et puis je veux vivre ma vie à moi, pas celle de mon père !

C'est la première fois qu'elle élève un peu le ton, et son visage qui s'efforce au sérieux de la revendication paraît paradoxalement beaucoup plus jeune. « C'est presque une petite fille, au fond. Une énorme petite fille. Elle en souffre, peut-être. Elle a dû rencontrer une famille très traditionaliste qui l'accepte telle qu'elle est, et du coup... Mais comment aborder le sujet ? »

– Je ne crois pas vraiment que votre père veuille vous contraindre, vous savez. (Elle est un peu attendrie et en devient maladroite.) Tant de choses peuvent changer à votre âge... Moralement, physiquement... Tout ce qu'il voudrait, je crois, c'est que vous attendiez le moment de faire un choix... vraiment libre...

– Et lui, quand il a choisi la France pour nous, c'était un choix libre ? Et même pour lui... S'il n'avait pas perdu son procès...

– Mais vous, vous avez d'autres possibilités. Vous

102

allez changer encore... beaucoup... Une femme de trente ans et une jeune fille de quinze...

— J'aurai seize ans dans deux mois.

— ... ce n'est pas forcément la même chose. Et, même plus tard..., on évolue. Moi-même je me suis dit tout récemment...

Jeanne s'empêtre, et il lui semble que Geneviève la laisse patauger. Lui parler régime, médecin ? Ou au contraire féminisme, option religieuse, beautés de l'enseignement secondaire ?

Le tintement des sequins interrompt de nouveau la conversation. L'opulente dame réapparaît avec un sourire attendri, porteuse d'un plateau où sont disposés des gâteaux tout petits, des biscuits, des macarons, de petits cubes à la pistache ou dégoulinant de miel.

— Cornes de gazelle ? Kadaïf ?

— Posez-les là. Merci, dit Geneviève comme si elle était chez elle.

Chez elle, dans un pays où les femmes sont énormes, indolentes, écoutent de la musique dans la pénombre, mangent la vie dans un demi-sommeil. Un pays qui n'existe pas ou plus, car, si fortunés que soient les amis de Geneviève, la « famille syrienne », partout tout évolue, tout change, et il doit y avoir des femmes minces même dans les harems...

— Je comprends, dit brusquement Jeanne, que vous essayiez de changer d'entourage plutôt que de vous changer vous-même. Mais prenez garde de faire un choix sur lequel vous ne pourrez sans doute plus revenir, alors que si vous patientiez...

— Mais je crois à l'islam ! Je me suis convertie !

103

« Elle est sincère, ou elle se moque de moi ? »
Jeanne a bien envie de laisser tomber. D'autant plus qu'elle a le sentiment que Geneviève l'a parfaitement comprise.

« Je ne suis pas faite pour ce genre de discours. Evelyne aurait fait cent fois mieux, aurait pris la petite au sérieux, lui aurait donné un sentiment d'importance... Et puis j'ai eu la main malheureuse en choisissant cet endroit. C'est exactement ce qu'elle cherche : à s'enfouir dans un loukoum... »

Enfin, il y a le devoir d'Etat. Et, tout de même, une certaine révolte devant cette liberté que revendique Geneviève, et qui consiste à l'abdiquer alors que tant de jeunes filles, de femmes luttent pour conquérir des droits... Jeanne parle donc, avec une demi-conviction. Parle de combat féministe, de progrès, des débouchés possibles sur le marché du travail, d'indépendance, du danger des choix prématurés. Elle parle, puisqu'elle est là pour ça. Elle parle. Et tout à coup s'aperçoit que Geneviève, en face d'elle, qui semble l'écouter poliment, étend la main à intervalles réguliers, prend un biscuit, le porte à sa belle bouche sensuelle, le croque de ses belles dents saines, le mâche paisiblement, l'avale, étend la main, recommence...

***

– Et si je lui racontais l'Escalier ? demande Jeanne à Evelyne.
– Pourquoi ?
– Pour lui montrer que toute liberté est relative.

— Et si tu lui racontais Didier ? rétorque Evelyne, caustique ce jour-là. Le jour où vous deviez aller voir *L'Atalante*, tu te souviens ? Pour lui montrer que le goût des hommes est relatif...

— Tu m'agaces. Tu cherches à m'agacer. Il n'y a aucun rapport...

— Ah non ? Le poids aussi, tu sais, c'est un voile.

*
**

Pour Evelyne, tout est simple. Geneviève, qui selon ses normes à elle, Evelyne, si occidentales, ne peut pas plaire, se dissimule sous des voiles, des djellabas, tout ce qu'on voudra. Et le poids de Jeanne lui a servi d'alibi pour se dissimuler une passion qui ne risquait pas l'échec puisqu'elle ne pouvait prétendre à aucun accomplissement. Aujourd'hui, quoi qu'en dise Jeanne, Evelyne considère qu'elle est rentrée dans la compétition. Dans ce qu'elle appelle – Evelyne – la « vie normale ».

— Elevée comme elle l'a été ici, ce ne sera jamais pour elle une vie normale !

— Mais qu'est-ce qu'une vie normale ? Et pourquoi serait-ce tellement souhaitable ?

— Jeanne, tu es paradoxale. Tu n'es pas drôle, tu es de mauvaise foi. Geneviève est en révolte contre son père, contre l'éducation qu'elle a reçue, contre son corps, contre son adolescence même, qu'elle trouve trop longue. Pour l'instant, elle ne désire qu'être une femme mariée, faire l'amour (Evelyne rougit légèrement) et faire des enfants. Mais, dans quelques années, elle s'apercevra qu'elle n'a écouté que son instinct, et que son âme...

— Pitié !

L'instinct. Le corps. Est-ce vraiment ce que choisit Geneviève ? Et dans le contexte qui lui permettra de les assumer ? Ce serait presque du cynisme. Et pourquoi pas ?

« On a bien le droit d'avoir un corps ? » demandait Evelyne dans ses grandes crises de scrupules, quand elle se reprochait d'aimer Xavier « trop physiquement ». Et voulait qu'on lui dise oui. Et voulait qu'on lui dise non. On a le droit de posséder un corps, mais ce corps a-t-il le droit de vous posséder ? De vous dicter sa loi ?

Jeanne songe. Si Geneviève était sa fille (en rêve elle veut bien l'imaginer), elle ne lui raconterait pas l'Escalier. Elle ne lui raconterait pas le jour de *L'Atalante*. Si Geneviève était sa fille, elle lui raconterait l'Episode. Du moins, elle essaierait.

Comment elle rentre, ne tourne pas la clé dans la serrure et feint que c'est par distraction. La lampe qu'elle éteint dans l'entrée. Puis, après s'être déshabillée, la lampe au pied de bronze qu'elle éteint, près du lit. Quelqu'un surveille-t-il sa fenêtre ? Et d'où ? Est-ce l'interstice lumineux de la porte palière qui, en disparaissant, donne le signal ? Le temps qui suit l'extinction des deux lampes marque une frontière : ce temps s'écoule dans l'obscurité et Jeanne en ignore la durée. Il *est* l'obscurité déroulée, s'étendant devant elle comme un tapis. Le silence est au bout.

Elle y entre. Elle a, bien plus tôt, enfermé le réveil dans la table de nuit. Il est assez bruyant et a un cadran lumineux. On n'entend plus que le vent, toujours perceptible à cette hauteur. Jeanne sent autour d'elle le grand corps de pierre de la tour érigée. La tour est signal. C'est l'obscurité qui appelle, et non la lumière. La tour devient phare.

A son sommet, la chambre attend.

Jeanne attend. C'est Ludivine, c'est Divine qui attend son amant secret, celui qui n'a pas de visage. Son corps nu jeté sur le lit comme un vêtement, parfois le cœur affolé, s'en échappant comme un oiseau perdu qui ne reconnaît rien, s'élève, se cogne au plafond, se heurte aux poutres, à la vitre qu'il veut briser, puis, meurtri, y renonce pour se blottir dans un trou, attendre, lui aussi, attendre.

Alors se produit l'Episode, muet, cruel comme un bourreau de sérail, qui s'empare du corps et lui inflige sa profonde révélation indéchiffrable.

Pénétration. Coups sourds du sexe aveugle, destructeur, comme ceux que frappe la mer contre les digues, la nuit, dans un pays où la pitié n'existe pas. Possession. Tous les sens du mot possession : peur (les jambes tremblantes comme celles d'un cheval qui s'arrête juste au bord du gouffre), envahissement, anéantissement de la pensée ; seul le corps tressaute, agité de spasmes et de frissons, énorme grenouille blanche dans le noir, monstrueuse et belle, belle grenouille qui se laisse traverser par la vie et l'adore au passage. Inerte et magnifique grenouille.

La métamorphose accomplie, lentement la mer se retire (et un imperceptible froissement d'étoffe, un imperceptible grincement de la porte l'accompagnent) ; la pensée (ou le cœur, ou l'âme, elle n'en est pas aux finesses de vocabulaire) redescend sur elle en planant, comme un Saint-Esprit sombre et doux. Mais elle retient encore en elle un rythme de marée.

Et qu'importe ce qu'elle a représenté pour lui : grenouille, chauve-souris, ou même femme ? Il n'y a pas eu de mots, pas de regard, il n'y a pas eu *reconnaissance* d'un acte qui, par là même, n'a pas vraiment eu lieu. « Il est pour moi étalon, chien, racine, et je serais chienne, cavale ou fleur sans que cela y change rien, à cette grande fusion indifférente. »

Puis – c'est ainsi que cela s'est passé jusqu'ici –, puis les cercles sur l'eau se rétrécissent, la pierre jetée descend plus bas, toujours plus bas, se repose sur la vase obscure. L'eau se referme, opaque.

Jeanne se relève, allume non la lampe à pied de bronze dont la lumière trop vive la blesserait, mais la petite veilleuse. Elle se lave, peigne ses longs cheveux emmêlés ; plus tard, elle ira dans la cuisine et mangera quelque chose.

Elle qui, à l'ordinaire, par tradition, par piété même, est difficile et même délicate en matière de nourriture, ces soirs-là mange sans savoir ce qu'elle mange. Des nouilles froides, un reste de salade, du pain rassis, des noix. Elle mange, tout court. Elle mange la vie sans se demander si elle est bonne. Elle ne choisit pas. Son corps veut vivre, manger, faire l'amour. L'esprit regarde faire, doucement étonné. Jeanne s'essuie la bouche, avec un grand soupir rassasié. Il n'y a rien à comprendre. Le lit s'offre à elle, comme une table encore, où le sommeil l'attend, étale. Du lait dans une jatte. Il n'y a pas à choisir. C'est ça le repos.

« Mais le lendemain je me réveille, Geneviève. Je repars, cette Jeanne indépendante et cabocharde, dans le monde où vivent Didier, Evelyne, Rasetti, des individus aimés ou pas, mais bien nettement définis, dotés de particularités ; un monde où j'ai des fonctions définies. Et j'oublie, je m'arrange pour oublier... On ne peut pas vivre en étant simplement une femme, n'importe laquelle, Geneviève. On s'y noierait. Non ? »

Sans doute Geneviève n'a pas de réponse à cela. N'y a même jamais pensé, probablement. « Et pourtant, se demande Jeanne, si c'était elle la courageuse, celle qui suit sa logique, sa morale ? »

Une faille s'ouvre dans les certitudes de Jeanne. Elle découvre les tourments de l'hérésie.

*
**

Quand vient le doute, force est d'avoir recours à la loi. Jeanne se décide à consulter le médecin.

Pour qu'il lui indique un régime plus équilibré ? Si on veut. Pour qu'il l'encourage ? A peine. Pour qu'il lui dise qu'il s'agit de sa santé, de rien d'autre, et lui donne l'absolution ? Exactement. Et pourquoi le Dr Pierquin ? Et pourquoi au collège même, où sa démarche risque d'être ébruitée très vite ? Pour pouvoir prétendre qu'elle y est contrainte ? Peut-être. Qu'il s'agit d'une obligation, presque d'une menace, de la médecine du travail ? Pourquoi pas ? Par peur panique de tout diététicien qui lui semblerait appartenir au monde des « soins de beauté », pour elle avilissant ? Sans doute. Parce qu'elle sait qu'elle a toujours déplu au Dr Pierquin (« Je ne vois vraiment pas ce que vous lui trouvez ! ») ? Exactement. Il ne saurait même pas imaginer qu'il a en face de lui fût-ce l'esquisse d'une femme. Les suppositions de Manon (« Amoureuse ? ») lui paraîtraient du délire.

Voilà pourquoi Jeanne consulte le Dr Pierquin, au sein même du collège, et pourquoi, accessoirement, elle le déteste.

Naturellement, il la fait attendre. Elle l'aurait parié. Jeanne représente pour le Dr Pierquin un défi à la médecine et à l'écologie. Elle n'est pas cardiaque malgré son poids, ne souffre pas du foie malgré ses excès de table, ni des poumons malgré les innombrables cigarettes qu'elle fume. « Est-ce ma faute, à moi, si j'ai une bonne santé ? » a-t-elle coutume de dire avec cette vanité ingénue que certains trouvent attendrissante et drôle, d'autres exaspérante. Mais c'est que, pour Ludivine, une mauvaise santé était un laisser-aller, une faiblesse du caractère plus que du corps, et ce n'était pas la moindre de celles qu'elle reprochait à Gisèle. Pour elle, on vivait, et alors il était bien vain de s'en plaindre, ou on mourait, d'un bloc. Elle en avait donné l'exemple.

Ainsi, assise dans la petite salle d'attente du collège (elle aurait pu aller rue Vavin, mais tout plutôt que d'affronter la bienveillance de Rose !), Jeanne se sent vaguement en faute. Ainsi veille toujours à l'horizon de sa conscience une fruste déesse, lare, pénate ou simple borne – mais sacrée –, qui délimite le territoire où elle se meut ; elle s'élance : la silhouette mal équarrie de Ludivine l'arrête, tel un blâme en forme de pieu enfoncé dans le sol.

Jeanne, la petite Divine, n'a jamais été malade. Elle n'a jamais demandé ni aide ni conseil et, en dépit des apparences, c'est tout de même ce qu'elle vient faire. Pour la première fois. « Ai-je jamais demandé conseil ? On sait ce qu'on se doit. Ai-je jamais reçu une aide ? On n'aurait pas osé me la proposer. » Toi aussi, Ludivine, tu as passé ta vie couverte d'un voile qui était ta laideur. Pour ta petite-fille seule, parfois, le voile s'écartait... Parfois, dormant dans cette grande chambre pleine d'armoires (où l'on devait retrouver après la mort de Ludivine une quantité invraisemblable de draps, de nappes, de linge n'ayant jamais servi), l'enfant ouvrait des yeux demi-voilés de sommeil et voyait, en face d'elle, sur le lit étroit au drap rabattu et si blanc, le rude visage appuyé sur un poing rude. Accoudée à une table de chevet, Ludivine pensive laissait enfin une douceur, une douleur jumelle monter jusqu'à ses traits. Parfois leurs yeux se rencontraient, se détournaient en silence. Pudeur, confiance. La grand-mère n'avait jamais voulu qu'une cloison partageât en deux la grande pièce, qui aisément eût pu l'être. C'était tout dire.

Un jour pourtant – l'enfant devenait adolescente, approchait de ses quatorze ans –, un sentiment d'urgence, un pressentiment peut-être, lui fit enfreindre la tacite convention et murmurer : « A quoi penses-tu, grand-mère ? » Et Ludivine, dans la pénombre : « A un endroit, là-bas, dans le bois de châtaigniers... » Et, leurs regards se rencontrant, naquit sur le visage de Ludivine un délicieux et rare sourire de connivence. Un moment, l'amoureuse touchante et laide réapparut, qui avait attendu d'un si grand cœur, d'un si grand espoir, quelque part dans le bois de châtaigniers. C'était son legs, ce secret, ce silence, à la petite-fille qui lui ressemblait bien peu, mais, peut-être, lui rappelait un garçon brun et rieur, un beau coq de village. Par ce bref miracle païen elle était demeurée brûlée jusqu'au cœur, et n'essayant pas plus, respectueuse, de comprendre, qu'une petite fille de campagne qui croit voir la Vierge ou saint Michel lui parler en patois du lieu.

Voilée pour tous et pour toujours, Ludivine. « C'était une maîtresse femme. » Plus femme, par ce secret, que Gisèle, toute mises en plis et pâmoisons. Mais faut-il être femme ainsi ? Et, faute d'une vocation cachée comme une source, faut-il afficher en la voilant cette féminité fabuleuse ? Que la femme, que toute femme soit proche de la fable, tu le sais peut-être par un héritage inconscient, Geneviève. Mais l'accepter... Mais l'assumer... Y disparaître...

Une porte s'ouvrit.

— Enfin ! s'écrie le D' Pierquin.

C'est un mot d'ogre.

— Non, ne prenez pas cette chaise. Elle est un peu... Prenez celle-ci.

C'est plutôt un fauteuil, et assez massif. Elle est bloquée là-dedans. Elle n'en sortira que quand il le voudra bien, c'est évident.

— Vous savez que je suis très, très content de vous voir ?

— Je me demande bien pourquoi.

Mais il ne se laisse pas décontenancer. Il est grand, il la domine, son crâne chauve brille, ses lèvres, ses yeux brillent ; il roule les mots dans sa grande bouche, et les pourlèche. Elle sent combien elle s'est mise à sa merci.

— Mais à cause de notre amitié, ma bien chère Jeanne, une amitié qui s'alarmait...

Elle tente de se ressaisir. Mais inopportunément lui revient à l'esprit une anecdote trouvée dans un vieux livre, compulsé pour rendre service à Didier. *Au XVIe siècle, cuisiniers et pâtissiers utilisaient parfois les chairs des écartelés, les restes des suppliciés, pour préparer une sorte de vol-au-vent.* La jovialité du D' Pierquin lui paraît prendre une coloration féroce. Elle se sent pieds et poings liés. Il va la disséquer, la torturer, la faire parler, lui extorquer elle ne sait quel aveu qu'elle redoute cependant... « Pense à autre chose ! Et *L'Auberge des Adrets* ? »

— Rose, vous savez, s'en faisait sérieusement pour vous. Elle va être bien contente !

— Vous... vous allez lui en parler ?
— Non ? Vous voulez lui faire une surprise ? Alors bien sûr nous ne lui dirons rien. Nous apparaîtrons tout à coup comme une sylphide ! Allons, venez vous peser. Mais si, déshabillez-vous... Enfin, Jeanne, nous sommes de vieilles connaissances !

Il rit. Il ose rire. Ah ! que dirait Ludivine si elle voyait sa petite-fille soumise à cette humiliation ? Pourquoi, pour faire ce que l'on veut, doit-on faire ce que l'on ne veut pas ? « J'aurais dû faire cela toute seule. Je n'aurais pas dû venir... »

— Mais c'est très, très bien, ça ! Quatre-vingt-deux kilos et des poussières... La dernière fois que je vous ai vue, vous dépassiez les quatre-vingt-cinq, vous vous souvenez ?

— Non !

Elle ne s'en souvient pas et ne veut pas s'en souvenir. La dernière fois elle était décidée à ne pas céder aux pressions, à ne pas maigrir, et aujourd'hui elle est décidée (décidée ? oui, décidée) à essayer de maigrir. Plus mince, n'échapperait-elle pas aux offensantes familiarités du Dr Pierquin, qui est un grand bel homme, quoique chauve, à la pitié d'Evelyne, à la condescendance de Manon ? Sans doute s'expose-t-elle à d'autres curiosités. Mais quoi ! Elle ne va pas passer sa vie à ruminer. « J'ai pris une décision ! »

— Rasseyez-vous donc ! Bon ! Bon ! Eh bien je suppose que vous avez commencé un régime sans trop savoir, un peu à tort et à travers, comme toutes les femmes. Nous allons mettre un peu d'ordre là-dedans.

« Au fond, ce que je ne supporte pas, chez le Dr Pierquin, c'est qu'il a une tête trop grosse pour son corps. Elle a l'air posée sur ses épaules comme l'un de ces géants de carnaval. Et le fait qu'il soit chauve avec ce visage jeune augmente encore cette impression. Et qu'il parle avec cette voix sonore qui vient de l'intérieur de cette grosse tête, dans laquelle il y aurait un nain armé d'un porte-voix ! Je le déteste à un point !... »

— Prenons une journée. Celle d'hier par exemple, vous ne risquez pas de l'avoir oubliée, celle-là. Qu'est-ce que vous avez mangé hier ?

Elle se sent traquée.

— Non, ne me répondez pas n'importe quoi. Procédons par ordre : petit déjeuner ?

Un supplice. Il pénètre dans son appartement, si bien défendu, ouvre les placards, les boîtes, les tiroirs... A l'aide !

— Du café, des biscottes sans beurre...

— J'en étais sûr ! Je l'aurais parié ! C'est l'erreur type ! Mais, ma chère petite Jeanne, les biscottes, voyez-vous, sont aussi nourrissantes que le pain ! Plus même, quelquefois, car elles contiennent généralement du sucre ! Et avec vos biscottes... Combien ? Deux ?

— Trois, avoue-t-elle.

Elle croyait que c'était peu, mais sous son regard ironique elle se rend bien compte que c'était encore trop. Il lui arrache une biscotte de la bouche, il la force à lâcher prise, la secoue comme un chien qui refuse de lâcher un os dérobé.

— Vous prenez du beurre ? De la confiture ? Non ? C'est bien vrai, ça ?

Le Dr Pierquin est toujours bronzé. Il va souvent

en vacances de neige, parfois sans sa femme. Ils ont deux filles qui font de l'équitation et jouent au tennis. Rose a une fortune personnelle. Il continue à faire de la médecine générale parce que, dit-il, il adore ça. Jeanne voit bien que c'est vrai. Il adore la torturer. Il salive, à la lettre, de la tenir là, en son pouvoir. Il ne tient aucun compte du fait que la décision vient d'elle, qu'elle est venue dans son bureau de sa propre volonté. Elle s'est jetée dans le piège : il la tient, maintenant.

— Plus de biscottes. Une, vous m'entendez, ma petite Jeanne, *une* tranche de pain complet, et ce sera la seule de la journée. Passons au déjeuner. Hier midi ? Allons, allons !... Restaurant ? Je ne vous ai pas vue à la cantine, justement j'y étais. Alors ? Vous étiez bien quelque part ?

Il s'acharne. C'est l'Inquisition. Doit-elle avouer aussi le petit square, la pelouse déserte, le banc ? Elle prend une cigarette dans son sac.

— Non !

C'est tout juste s'il n'a pas hurlé.

— Vous fumerez n'importe où, puisque vous n'avez pas encore été sanctionnée, mais pas dans mon bureau ! Du pain, à déjeuner ?... Je vous demande : du pain à déjeuner ?

— Non, j'ai pris deux œufs durs, une salade, un fruit.

— Pas de fruit au départ. Nous compenserons cela par des vitamines et, comme nous supprimons momentanément le pain sauf une tranche, je vais vous prescrire un laxatif léger pour éviter une constipation qui pourrait...

Voilà. Il a pris possession de son corps ; il en parle comme d'une propriété à lui, qui ne l'intéresse qu'à demi du reste, mais au sujet de laquelle il lui donne ses instructions. Il fait une ordonnance maintenant, avec un joli stylo à ses initiales. Il fait cette ordonnance d'un air dégagé, presque distant, qui contraste avec sa joie de tout à l'heure. Il a obtenu ce qu'il convoitait. On dirait qu'il a engagé un domestique qui, une fois examiné, admis, devient quantité négligeable, ou qu'il a obtenu l'aveu d'un criminel, devenu inculpé et vidé de sa substance.

– Vous vous présenterez une fois par semaine, si possible à jour fixe, à mon bureau, ma petite Jeanne, pour que nous constations vos progrès, dit-il d'un ton encore grondeur, mais déjà presque indifférent. Je vous sais un peu fantaisiste, mais, si nous voulons obtenir un résultat, il faudra un peu de rigueur.

Voilà. Elle se « présentera » comme un prisonnier libéré sur parole. Il lui faudra, chaque semaine, rendre compte. Se déshabiller devant cet homme. Subir ses mercuriales ou ses compliments, plus humiliants encore. On tuerait à moins. « Je ne sais pas si je pourrai le supporter. » Comme elle se lève, repousse avec effort le lourd fauteuil dans lequel il l'avait encagée, une autre anecdote lui revient à l'esprit, qu'elle avait signalée à Didier : Ravaillac, arrêté et s'attendant aux atrocités promises aux régicides, portait sur lui en guise de talisman des *Stances pour empêcher la douleur des supplices*. Quelle foi en la poésie ! Des stances, vraiment ! « J'aurais bien dû avoir un porte-bonheur sur moi, moi aussi ! »

Enfin, presque humblement, elle s'arrache les mots qu'elle est venue dire :

— J'ai raison, n'est-ce pas ? C'est indispensable à ma santé ?

Et le géant, charmé d'être indispensable, omniprésent, répond de toute son autorité virile et médicale :

— C'était *vital* !

Ah ! merci ! Un moment elle l'aimerait presque.

— A bientôt, docteur.

— A mercredi prochain, ma petite Jeanne.

Fuir ! Mais au moment même où elle referme la porte du bureau, voilà Didier qui débouche du couloir venant de la direction ; il a une cravate, il pilote une dame blonde au long cou, d'une élégance de girafe.

— Tiens, Jeanne ! Vous n'êtes pas malade, j'espère !

Elle résiste au désir de scandaliser la dame (peut-être parent d'élève) en rétorquant : « Une vérole sans importance » et, à cause de la cravate, dit civilement :

— Non, non, du tout. Un simple renseignement...

Mais que devient-elle quand elle entend Didier déclarer :

— Je voudrais vous présenter : Mme Jeanne Grandier, notre professeur de sciences naturelles..., ma mère...

La dame blonde regarde Jeanne, lui sourit d'un sourire *très* aimable où entre, semble-t-il, une pointe de soulagement et déclare :

— Je suis *tellement* ravie de vous connaître ! Didier m'a *tellement* parlé de vous ! J'espère que nous aurons l'occasion de nous voir un peu plus longuement, peut-être de déjeuner ? Didier arrangera cela ! Je suis vraiment ravie, ravie... Je ne vous imaginais pas du tout comme cela !

Naturellement, elle est rassurée. Ce n'est pas encore celle-là qui lui enlèvera son poussin. Ah ! Si Jeanne avait sur elle les stances de Ravaillac !

*
**

Réunion. Regards insidieux. Puis quelqu'un se décide à *en* parler.

— Il me semble que vous avez perdu un peu de poids, Jeanne, non ?

— C'est possible. Je peux me le permettre.

— Mais cela vous va fort bien !

Le groupe tout entier s'y met. Les yeux brillent.

— Vous n'êtes pas malade, au moins.

— Je ne suis jamais malade.

— Vous faites un régime ?

— Elle suit un régime.

— Mais c'est très bien, très courageux. Vous avez raison. Ne serait-ce qu'au point de vue santé...

— Il y a d'autres points de vue ?

— Allons, Rasetti ! Vous êtes agaçant, toujours à...

— Jeanne a trop d'humour (c'est un leitmotiv) pour se formaliser.

— De quoi se formaliserait-elle, puisqu'on lui donne raison ?

— C'est vrai... On n'osait pas vous le dire, mais...

— Attention ! Il ne faut pas non plus exagérer, passer d'un extrême à l'autre ! Je connais des cas...

- L'anorexie...
- La boulimie...
- Le régime dissocié...
- Atkins ? Quiberon ? Basses calories ?

Les regards. Ceux qu'elle a toujours bravés, défiés, et au jugement desquels elle est tout à coup soumise. Exposée.

- Je ne vous demande pas combien vous pesez...
- On ne demande pas cela à une dame ! Pas plus que son âge !
- ... mais la prudence s'impose !
- ... parfois la nature se venge !
- N'allez pas trop vite, vous reprendriez tout !
- Avez-vous un *bon* diététicien ?
- Il y en a qui vous donnent, sans même qu'on le sache, des amphétamines !
- On maigrit, oui, on maigrit... mais après : la déprime !

Comme ils sont contents ! Comme ils s'empressent autour d'elle ! Une satisfaction gloutonne se lit dans tous les regards. Ils ont bien conscience qu'elle abdique quelque chose, qu'elle « met les pouces ». Elle le sent. N'est-ce pas qu'elle avait un statut à part de bouffonne tolérée, de presque infirme sur laquelle on s'apitoie (non sans ironie, tout de même), un personnage d'extravagante à qui on « passe bien des choses » parce que, la pauvre... ? Mais oui, elle en a profité de son poids, la coquine, pour sortir des sentiers battus, prolonger ses cours au-delà de l'horaire et des programmes, s'habiller comme une bohémienne (« Vous ne la voyez pas, tout de même, dans un petit tailleur cintré ? »), se livrer à des facéties... Fini tout cela ! Elle s'aligne. Elle se conforme, elle a reconnu tacitement le bien-fondé de leurs observations, la supériorité de leur mode de vie ; elle les rejoint.

« J'exagère peut-être un peu, peut-être beaucoup. Evelyne dit toujours que je me monte la tête, mais on ne peut pas nier qu'ils aient l'air triomphants... Cinq ou six kilos, ça fait donc une telle différence ? Ou c'est vraiment l'idée de la concession que je leur fais ? »

— Vous allez pouvoir vous habiller un peu, dit Mlle Lécuyer.

— Vous devez déjà vous sentir mieux ! dit Mme Dupuy.

— Oh ! il y a encore fort à faire ! répond Jeanne avec fausse modestie.

— Pas tant que ça, pas tant que ça ! Courage !

— Oh ! le courage, ce n'est pas ce qui manque à Jeanne, dit Didier.

Elisabeth conclut, suave :

— Et puis, vous ne voulez pas devenir mannequin, n'est-ce pas ?

Mannequin ! Comme si elle cherchait à plaire ! « Sois honnête. Si tu vivais dans un de ces pays qui existent peut-être encore où l'embonpoint passe pour une beauté, est-ce que cela changerait quelque chose pour toi, quelque chose d'important, d'être considérée comme une beauté ? Est-ce là ce que cherche Geneviève ? Ne te dérobe pas. Est-ce que cela changerait quelque chose ? »

Oui.

Mais quoi ?

Car enfin, la beauté du monde ! La chauve-souris ! Elle l'avait si fortement sentie ! Cela ne pouvait pas être totalement faux ! Les apparences ne pouvaient pas triompher sur tous les plans.

La création, toute la création est belle ? Oui ! Mais c'est que la création passe par le regard des hommes, s'y altère et s'y souille. Ludivine n'est belle qu'au royaume des anges.

Quand Jeanne pensait à cela, elle posait sa main au niveau du plexus et sentait se contracter sous ses doigts un petit muscle très méchant.

Elle continuait son chemin. Elle n'était pas femme à abandonner une entreprise, la jugeât-elle elle-même absurde et folle. D'ailleurs, elle en était extrêmement curieuse. Cela suffisait à la faire aller de l'avant.

Il ne s'agit pas *que* de perdre du poids. Le soir, souvent, dans son vieux peignoir effrangé, elle s'assied dans la cuisine qui, dépourvue de provisions, devient comme un petit sanctuaire, la cellule d'un moine, seul éveillé dans la niche qu'il creuse dans le sommeil des autres. Se demandant si toutes ces austérités ont un sens, ou si elles sont bonnes en soi. Si lui (le moine) qui veille, un trou de plus dans le gruyère de la nuit, elle qui veille, que la faim fait veiller, qui se dédouble, s'ils ont raison, si cela a un sens véritable, et si le jeûne (elle), la prière (lui, le moine imaginaire, le compagnon qui s'est imposé à Jeanne solitaire), la foi (lui, le reclus, l'ermite, le stylite peut-être), la perte de poids (elle, au but qu'elle s'est fixé à l'aveuglette), si tout cela a vraiment une importance. Si les variations, les diversités, les choix de la pensée sont autre chose que les formes en mutation de la matière, du reptile à l'oiseau, de la larve à la piéride, et valent les douleurs de la métamorphose ?

Elle regarde Geneviève au fond de la classe, ses djellabas de couleurs variées, ses voiles de plus en plus coquets, et elle brûle de lui demander : « Est-ce que ça vaut le coup ? Est-ce que vraiment ça vaut le coup de renoncer à tout pour être une femme ? »

Elle la rencontre, l'évite, la cherche. Un après-midi, près du gymnase, Geneviève, debout, droite, sa petite tête surmontant son corps massif, attend. Elle ne suit plus les cours de gymnastique pour des raisons évidentes. Jacqueline, sa cadette d'un an, s'y refuse aussi, maintenant. A l'approche de Jeanne, Jacqueline, mince et légère, fuit. Geneviève ne bouge pas.

— Geneviève ?
— Oh ! madame Grandier, on ne va pas en reparler ?
— Il faudra bien qu'on en reparle, comme vous dites, à la rentrée, dit Jeanne, plus sèchement qu'elle ne voudrait. Mme Mermont a bien insisté sur le fait qu'il ne s'agissait que d'une tolérance provisoire,

pour vous laisser le temps de la réflexion... Et si elle vous renvoie ?

Geneviève a un geste qui signifie : « Que voulez-vous ! » et ne paraît pas troublée outre mesure par cette menace.

— Vous savez que votre père en sera très contrarié. Je dirais même qu'il en aura de la peine.

Le visage si jeune, si frais, si fermé s'attriste un moment, puis reprend sa sérénité.

— Il aurait bien tort... (Elle ajoute, au bout d'un instant, d'un ton raisonnable :) Ce n'est pas comme si j'étais malade.

« Comme si la seule chose qu'un père puisse demander à son enfant, c'était d'être en bonne santé ! C'était de vivre ! Elle n'a peut-être pas tout à fait tort. » La paisible assurance de Geneviève l'attire et l'agace. Qu'est-ce qu'elle cache sous son air somnolent, ses yeux bridés par la rondeur des joues ? — et pourtant elle n'est pas laide.

— Mais, au cas où... vous ne continueriez pas vos études, vous avez bien des projets ?

— Pourquoi ? Il faut ?

Non, ce n'est pas de l'insolence. C'est une lueur d'amusement que Jeanne lit au fond de ces yeux comme endormis. Un moment, Geneviève n'a pas quinze ans, seize ans : elle en a cent. Elle est une très vieille femme qui sait, qui n'a plus besoin de rien apprendre, ni de rien dire. Qui voit tout, d'un bout de la vie où les hommes et les événements sont devenus minuscules, tous pareils. Certains enfants très petits regardent ainsi, parfois.

— Enfin, insiste Jeanne, presque intimidée, vous

n'allez pas rester sans rien faire ! Rien, vraiment rien dans les cours ne vous intéresse ?

Geneviève semble se réveiller, redevenir un instant l'adolescente trop grosse et gauche qui gratte du pied le sable de la cour. La masse de son corps se balance sous la djellaba. Sa voix remonte dans l'aigu :

– Oh ! je ne dis pas... Les cours, je n'ai rien contre... Il n'y aurait pas les examens, les interros, ça irait encore... Vous, au moins, vous êtes gentille, madame Grandier, vous ne m'interrogez jamais (Jeanne rougit), mais il y en a, on dirait qu'ils le font exprès, c'est toujours moi !

Jeanne imagine bien. Rasetti, Mlle Lécuyer doivent éprouver un plaisir légèrement pervers à faire s'ébranler cette masse, à secouer cette indolence. Et peut-être les moqueries de ses camarades..., qui sait même si des allusions à son concierge de père... Alors elle se retire sous sa tente, elle se tourne vers une autre communauté plus accueillante aux filles de sa sorte, où ses manques font figure de qualités.

Jeanne éprouve un léger remords. On pourrait dire : un remords professionnel. Elle a peut-être des moyens, cette fille qui a toujours l'air de dormir. On se défend comme on peut. « J'aurais peut-être dû... Je pourrais peut-être encore... »

– Si encore on pouvait venir quand on veut... assister seulement aux cours qu'on aime. De toute façon, personne n'écoute, vous savez.

– C'est charmant ! dit Jeanne, furieuse. Et si encourageant !

– Enfin, je veux dire..., il n'y en a pas beaucoup qui écoutent.

– Et encore moins qui comprennent. Merci de me l'apprendre.

– Vous savez ce qu'elles m'ont dit, madame, les filles, les élèves d'ici, quand j'ai commencé à porter le voile ? *C'est marrant.* Elles n'ont pas posé de questions, elles ont ri. Ce n'était même pas méchant, c'est tout juste si elles n'ont pas eu envie d'essayer, comme ça, pour rire. C'étaient de bonnes élèves, madame. De celles qui écoutent.

– Et ça veut dire quoi, tout ça ?

Jeanne a perdu l'initiative de la conversation et s'en trouve décontenancée.

– Que tout n'est pas dans les livres, madame. Mon père, il est tout le temps plongé dans les livres : il a perdu son procès, sa maison, son pays, et tout ça pour devenir concierge...

– Et vous croyez que s'il était resté analphabète ça se serait mieux passé ?

– Il l'aurait mieux supporté, dit Geneviève.

Comme elle est sûre, de nouveau ! Comme descend sur elle une sorte de sagesse physique, une paix étrange, qui l'éclaire comme un astre discret, et que Jeanne ne veut pas reconnaître ! Comme elle est sûre d'elle-même, de l'univers qu'elle s'est créé au mépris de tout ce qui l'entoure, de tout ce qu'on a tenté de lui enseigner ! Et comme Jeanne devient consciente, soudain, qu'au centre de cette adolescente trop grosse, paresseuse, si peu éveillée en apparence, il y a un noyau dur, une pierre ! La pierre noire de la Kaaba ? Ou, dû aux moqueries, aux rejets, à une forme d'inintelligence peut-être, un cal ?

La curiosité de Jeanne s'est éteinte. Elle sent naître en elle une aversion profonde devant ce tranquille refus.

– En somme, s'il vous faut choisir entre abandonner vos études ou renoncer à ce voile, vous n'hésitez pas ? Geneviève... ou dois-je dire Fatima ?

– Comme vous voudrez. Si on doit me renvoyer à la rentrée... De toute façon, ma vie changera. C'est pour cela que j'ai voulu changer de prénom. *Nous* pensons que cela veut dire quelque chose. D'ailleurs, les premiers chrétiens donnaient eux aussi un nom de baptême qui était différent, non ?

Jeanne ne répond pas. Elle ne cherche qu'une chose : clore cet entretien, tout différent de ce qu'elle en attendait. Un peu au hasard et par réflexe professionnel, elle se reprend et, pour en finir :

– Mais sans diplôme, Geneviève, même pas votre bac, comment allez-vous vous débrouiller ?

A-t-elle laissé percer l'étrange animosité qui la gagne ? C'est en souriant que Geneviève répond :

– Mais, madame Grandier, je me marierai, *moi*.

« Est-ce qu'elle me déteste, cette fille ? Non. Est-ce qu'elle a voulu se moquer de moi ? A peine. Son étonnante assurance vient-elle de l'ignorance, de la stupidité ? Ou, au contraire, d'une maturité précoce, d'une prescience ? Est-ce qu'elle me devine ? Pourquoi m'a-t-elle parlé d'un nom de baptême ? »

Nom de baptême... Elle rougissait un peu quand Evelyne enfant, pleine d'une ferveur touchante et un peu niaise, lui racontant monts et merveilles de ce catéchisme où elle n'allait pas, lui disait :

– Tu portes le plus beau nom : Divine.

– Ce n'est pas Divine, c'est Ludivine ! On pourrait aussi bien m'appeler Lulu, ou Didi !

Et elle était fière et honteuse à la fois du beau prénom démodé. Du beau prénom de sa grand-mère qui n'était pas belle. Jeanne se souvient d'un jour où, évoquant à sa façon la résurrection des corps, Evelyne lui avait parlé de cet autre monde où, disait-elle, « il n'y aurait plus d'hommes ni de femmes, rien que des corps glorieux, tous lumineux, tous beaux ».

– C'est dommage, avait dit Divine, déjà caustique, déjà blessée, que grand-mère ne soit pas catholique. Elle en aurait drôlement l'usage, d'un « corps glorieux » !

Et Evelyne, sincèrement surprise, avait dit avec son doux regard effaré :

– Mais pourquoi ?

Ne comprenant pas. Ne voyant vraiment pas. C'était pour de tels moments que Jeanne l'avait aimée.

Car Jeanne enfant (Divine) voyait que sa grand-mère était laide, était triste et farouche, refusant la moindre transaction avec son propre malheur, plantée dans ce monde tel qu'il était, comme un pieu dans un champ. Comme, dans la peau, une profonde écharde. Et que ces plats qu'elle inventait, ces décors qu'elle créait pour le restaurant (feuilles mortes, baies, venaisons à l'automne, primevères, œufs tachetés du vanneau, chatons d'acacia au printemps), que cette célébration qui ne cessait pas des odeurs, des couleurs, des saveurs fines, revêtait une splendeur brutale, barbare et sans gaieté. Eclatant sacrifice sur un autel sans dieu, narquois comme une vengeance. Derrière ces raffinements, c'étaient la présence de la mort, l'affirmation tacite des limites de la jouissance et de son opacité qui attiraient l'enfant et l'écœuraient, aussi. Elle suivait la haute silhouette noire qui passait l'inspection de la salle, redressant ici un feuillage, ajoutant là quelques baies rouges à l'harmonie d'un bouquet (dans le bruit de percussion lointain des cuisines, cuivres des casseroles, grondements des mixers, sifflements des cocottes, et ces tambours voilés : les grandes cuillères en bois dans les saladiers), allumant sur chaque table la bougie rituelle qui crée l'intimité, donnant la dernière touche à ce temple de la gastronomie, achevant d'en faire ce lieu prestigieux, fascinant, mais légèrement funèbre. Ainsi sont les chapelles ardentes où le parfum des fleurs, de l'encens et des cierges imprègne toute fin d'un érotisme délicat.

Jeanne avait aimé ce qu'il est convenu d'appeler les sciences naturelles – mais l'on pourrait aussi bien dire : Jeanne avait aimé la création – de la même manière que Ludivine ses cuisines. Pour son abondance, sa diversité, sa générosité, l'inattendu qu'elle comporte. Sans choix. Tout est beau à qui l'accepte. Tout est bon à qui sait l'apprêter. Que soient incomparable la bouillabaisse quand elle est authentique et passionnante la formation des roches cristallines, que le véritable jambon à la virginienne dût mariner vingt-quatre heures ou que l'évolution des reptiles mammaliens durât plusieurs millions d'années, c'étaient des éléments de la fresque d'une superbe incohérence où elles s'inscrivaient toutes les deux : la grand-mère avec sa laideur, son délaissement taciturne (la douleur aussi a sa croissance, sa loi ; elle forme des hexagones et des étoiles aux pointes aiguës ; elle se durcit dans sa géode humaine) ; l'autre, la petite-fille, avec son avidité gaie, son goût de vivre, son courage relevé d'une pointe d'insouciance et de frivolité. Mais toutes deux sans contester et sans choisir. Sans même imaginer qu'elles eussent un choix à faire.

Jeanne a-t-elle changé ? A-t-elle changé le jour où, sa grand-mère morte, elle a choisi de s'appeler Jeanne ?

*
**

Le gouffre des vacances approchant, Jeanne a éprouvé un léger pincement au cœur quand elle a entendu Didier parler d'un « petit dîner d'adieux ». Comme il y a encore près de quinze jours avant la fin des cours, cela signifie qu'ils ne se verront plus en tête à tête. Il s'en va chez sa mère, à Blois, fera peut-être une petite croisière (« Le mot est excessif, une simple balade en bateau... ») dans le Midi. Elle restera à Paris. Elle a refusé d'accompagner sa mère dans une villa d'amis, à Etretat ou à Arcachon, elle ne sait plus. Seule, elle poursuivra son régime. Quitte à l'abandonner à la rentrée, d'ailleurs. Mais elle se sera prouvé quelque chose, n'est-ce pas ?

Les voilà de nouveau attablés dans un petit restaurant italien où ils ont leurs habitudes. Au lieu des aubergines au parmesan dont elle se gorge d'ordinaire sans scrupules, Jeanne a pris une salade de tomates. Puis un poisson sans sauce. Le vin dort dans son verre. Didier boit, mange, ne semble rien remarquer. Peut-être ne remarque-t-il rien. Peut-être que Jeanne fasse un régime ou n'en fasse pas lui est complètement indifférent ?

– Vous ne buvez pas, Jeanne ?

Elle s'est laissé distraire par ses pensées. Il ne fallait pas. Avec Didier – croit-elle –, il faut toujours être présente, attentive, drôle, bavarde. Créer le rideau (le voile !) bariolé qui l'empêche de la voir telle qu'elle est. Elle lève son verre :

– A vos amours de vacances ! dit-elle un peu maladroitement.

Il lui faut du temps pour remonter sur la corde raide, pour retrouver l'équilibre. Comme elle a peur tout le temps, avec lui, de cet ange qui passe et qui pourrait jeter l'ombre d'un trouble ! Il doit l'avoir senti car, un moment dépouillé de sa radieuse assurance, il a dit avec un tout petit peu de gêne, une nuance (elle se souvient, *L'Atalante*, « c'est moi qui en ai parlé le premier ») :

– Et réciproquement, ma petite Jeanne, et réciproquement !

Un danger est dans l'air, un de ces malaises imperceptibles qui font qu'on se sépare plus affectueusement que d'habitude – « Il faudra revenir, ce petit bistrot est épatant, on s'appelle dès la fin de la semaine, on s'embrasse, surtout n'oubliez pas de... » – et qu'on ne se revoit jamais. Alors elle s'est lancée (tout en refusant le dessert d'un geste) :

– Ah ! mes amours ! Mais c'est tout un roman !

Il fallait absolument qu'elle le fasse rire. Il ne fallait pas qu'il la quittât sans avoir ri, sans l'avoir vue à nouveau coiffée du bonnet à clochettes, un être exceptionnel, asexué, une relation exceptionnelle, sans rapport avec la vie quotidienne, un *épisode*...

Elle lui a raconté Auguste. Pourquoi pas ? « Faire feu de tout bois », dit-on. Et comme ce bois-là flambait ! Didier s'était installé, le verre à la main, pour savourer le passé qu'elle lui accommodait, sucre et épices, de ces sauces qui font oublier que ce que l'on mange c'est de la viande, c'est de la vie. Elle lui a raconté Auguste.

Auguste, jeune et bel élève de l'Ecole vétérinaire de Maisons-Alfort, rencontré lorsqu'à dix-sept ans elle hésitait encore sur un choix de carrière. Elle était alors une grande et forte fille, pas trop massive encore, portant des pantalons informes et des pulls marine, bretons, boutonnés sur l'épaule. « Je voulais faire croire que mes formes, c'était du muscle. Je prétendais faire de l'aviron. » Auguste, un peu rouquin mais bel homme, logeait sous les toits dans une vaste mansarde à courants d'air. Il conseillait l'enseignement à Jeanne qui finit par se décider, au moment où sa meilleure, sa seule amie, Evelyne, se mariait pour la première fois dans un grand déploiement de tulle blanc, une avalanche de larmes et de grains de riz qui remplirent bien leur office : des jumelles dans l'année et, deux ans après, le petit Francis. « Elle était encore enceinte qu'elle divorçait déjà. » Et Jeanne avait rompu avec le futur vétérinaire. Cela s'était passé ainsi : un soir, dans la nef de poutres et de vents coulis de la couche défoncée mais vaste qui servait à leurs ébats, Jeanne entendit des couinements, des grincements, dont elle s'enquit. Elle n'ignorait pas la présence, dans les coins impénétrables du grenier à l'ancienne, de souris errantes et minuscules. Elle ne s'en alarmait pas, faisant profession d'aimer ces petites bêtes, d'ailleurs discrètes, vite effarouchées. Mais Auguste s'était mis en tête de tirer profit de cette cohabitation. Il consacrait ses loisirs à l'élaboration de pièges tous plus ingénieux les uns que les autres, en faisait l'expérience et comptait bien, après démonstration, faire breveter les plus réussis. « Ce que j'avais entendu, en sortant de ses bras, c'étaient les menus cris d'agonie de ses victimes ! J'ai essayé de m'y habituer. Je n'ai pas pu. » Ce cri léger, ces cent ou deux cents grammes de fourrure tiède qui tressautaient... Parfois le piège fonctionnait mal et, d'un coin sombre, s'élevait un couinement interminable auquel Auguste mettait fin – « Je vais l'achever » – avec une vieille chaussure réservée à cet emploi. Le visage innocent, il revenait tranquillement vers le lit, vers cette jeune femme un peu agacée : « Mais jette ça ! Jette ça ! » – la chaussure où il devait y avoir des traces de sang. Après cela, pendant six mois, elle avait été végétarienne pour se punir d'avoir donné son corps au bourreau des souris.

Didier en pleurait de rire.

– Divine ! Vous êtes divine !

Il lui disait cela quelquefois. Quand elle le faisait

rire. Et cela la touchait inexplicablement, comme s'il avait pu deviner, par intuition ou par magie, que c'était là le doux nom de son enfance. Une fois ou deux elle avait eu ces mots au bord des lèvres : « Vous savez, quand j'étais petite... » ou bien : « Mon véritable prénom, vous savez... », et s'était tue, comme si le fragile équilibre de leurs rapports tenait à ce qu'ils se déroulaient dans le présent, dans l'immédiat, sans passé et sans avenir. Un épisode, encore, un épisode...

Plus tard, rentrée, elle eut faim. Plus faim que les autres soirs. Vraiment très faim. Le carré vide, bleuâtre du réfrigérateur, qui avait depuis quelques jours commencé à lui inspirer une orgueilleuse satisfaction, redevenait redoutable. Une brûlure, dont elle n'avait pas eu conscience au moment même, commençait à se faire sentir. Elle ressentait que l'on peut perdre ce que l'on ne possède pas. (Et c'était l'inverse d'une des éternelles et pieuses citations d'Evelyne : qu'on peut *donner ce que l'on n'a pas*. Le contraire du vrai est, souvent, encore le vrai.) Du moins avait-elle eu jusque-là la consolation, l'orgueil de se dire qu'elle n'avait jamais rien tenté. Elle n'avait pas tendu la main, elle n'avait, de sa vie (pensait-elle), tendu la main. Et voilà que ce soir elle se demandait, soudain coupable, si, en racontant cette aventure ancienne à Didier, elle n'avait pas voulu, fût-ce inconsciemment, fût-ce de façon pittoresque et bouffonne, associer son image à celle de l'amour ?

***

Elle rentre chez elle. Demain : 1er juin. Dehors, le silence. Il y a un silence d'été et un silence d'hiver. Celui de l'été – plus sonore, plus vide, qui vous offre l'espace : portes, fenêtres ouvertes, l'espace et rien d'autre – est plus triste. Au prix d'une difficile gymnastique, Jeanne a ressorti le pèse-personne de dessous la baignoire où il avait été repoussé d'un coup de pied en d'autres temps. Maintenant il est rangé à portée de main. Elle le tire au milieu de la salle de bains, vérifie gravement l'horizontalité du plateau, allume les appliques qui encadrent le miroir, le plafonnier lui paraissant tout à coup bien faible. Elle jette ses souliers dans l'entrée. Elle monte sur le plateau ; il serait plus juste de dire qu'elle se plante sur le plateau, avec résolution. Elle s'efforce à l'immobilité parfaite ; elle ferme les yeux. Cela fait vingt et un jours qu'elle suit son régime. Elle ferme les yeux : ne faut-il pas laisser à l'aiguille le temps de s'apaiser ? Il ne s'agit pas de se tromper d'un gramme. Puis elle baisse la tête, lentement, lentement, comme si elle craignait de casser quelque chose, rouvre très doucement les yeux, évite un moment le voyant, enfin se décide et fixe l'aiguille bien en face : quatre-vingts kilos, « tout rond », comme dit la marchande de fruits quand le poids tombe juste.

Elle a perdu plus de deux kilos depuis la visite à Pierquin. « Mais ça fonctionne ! Ça fonctionne ! » Elle sort de la salle de bains, triomphante, et quelques minutes après se demande : « Mais de quoi est-ce que je me sens vaguement coupable ? » Puis elle hausse les épaules et tente de se mettre dans la peau d'un criminel endurci, qui fait tinter gaiement dans sa poche l'argent du délit.

*
**

Les derniers jours de classe, les élèves n'écoutent plus rien. Jeanne s'y résigne mal. Elle erre dans les couloirs, ne regarde même pas les résultats d'examen affichés près du gymnase et médite ses résolutions de solitude et de retraite avec un orgueil mêlé d'appréhension.

Passe Geneviève, majestueuse ; aujourd'hui sa djellaba est blanc et noir, d'un joli dessin, et elle porte non un foulard, mais un véritable voile, presque transparent il est vrai, blanc, bordé d'un galon d'or.

– Enfin, Geneviève ! Je ne veux pas en faire un drame trois jours avant les vacances, mais ça va durer longtemps, cette comédie ?

Pourquoi s'en prend-elle à Geneviève, que tout le monde a pris le parti d'ignorer, pour le moment ?

– Si vous espérez être admise en septembre dans cette tenue, vous vous faites des illusions !

Pour Jeanne, cette remarque un peu acerbe termine le débat, mais Geneviève vient sans hâte placer sa masse imposante entre Jeanne et la porte ouverte de la classe.

– Elle ne vous plaît pas, ma tenue, madame Grandier ? Vous trouvez qu'elle ne me va pas ? Pourtant c'est très agréable à porter, on est à l'aise... Vous devriez essayer, ça ne vous irait pas mal non plus...

Jeanne en reste suffoquée.

– Vous ne vous imaginez pas qu'on va transformer le collège en mosquée, ou en bal costumé ?

– Mais non, dit Geneviève avec indulgence.

Elle se rapproche, soudain familière, complice (et qui a mis dans ces yeux sombres d'enfant ce regard de matrone avertie, indulgente à tout, d'une amicale bassesse, et si intime que Jeanne frissonne comme si on l'avait touchée ?).

– ... Mais non, je veux dire chez vous, quand vous recevez... Essayez, vous verrez. Cela vous mettra en valeur...

« Est-ce qu'elle essaie de m'insulter ? Mais non. Mais non. Le pire, c'est qu'elle veut être gentille ! »

– ... Je vous dis ça pour vous. Ça marchera, vous verrez. Vous aussi vous vous marierez, vous aurez des enfants. Seulement, il faut vous dépêcher un peu !

Le regard malicieux, le doigt sur les lèvres indiquant qu'elle va rentrer dans son rôle d'élève docile, Geneviève ressemble de nouveau, un moment, à une divinité hindoue, un peu perverse, un peu gentille. Puis, contente d'elle, laissant Jeanne clouée sur place, elle s'éloigne vers le bâtiment principal, droite, majestueuse, toute sa démarche indiquant qu'elle n'est pas gênée par son poids, qu'elle l'assume, qu'elle le trouve beau. Qu'elle se trouve belle.

« Ça marchera, vous verrez... » *Ça marchera !* Comment sait-elle ? Comment a-t-elle deviné ? Comment ose-t-elle... ?

Jeanne entre dans sa classe rouge de fureur. Ses tempes battent, elle se contient avec peine. « Moi qui avais pitié d'elle ! Petite salope ! Petite garce ! Ça marchera... ! » Ce désir tant combattu, tant nié, peut-être vaincu, il se lisait donc sur son front ? Se dégageait d'elle comme une odeur ? Et une élève, une fille de quinze ans, ose lui donner des conseils ! Discute, peut-être, son cas avec d'autres élèves ! « Je la tuerai ! » pense Jeanne, impuissante. La fureur, la stupeur l'ont empêchée de couper la parole à Geneviève. Et les choses sont dites, maintenant. La conversation impossible à reprendre : ce serait aggraver les choses. Comment ébranler la paisible conviction de cette créature, de ce monstre ? « Je la ferai renvoyer ! Je ne la verrai plus jamais ! »

Jeanne a commencé son cours. Elle a suffisamment de métier pour qu'il se déroule tout seul, sans presque qu'elle y pense. Ce à quoi elle pense, c'est à cette forme massive, au fond de la classe, posée, sans trouble, dans la pénombre verte de la fenêtre, comme une grande poupée maléfique.

Jeanne entend sa propre voix résonner dans la classe, mécanique. Ce n'est pas aujourd'hui qu'elle se laissera aller à citer un poète, à raconter une anecdote, perdant son fil par excès d'enthousiasme. Dieu merci, c'est le dernier cours de la journée. Elle avance au milieu de ses propres paroles comme dans un champ de ronces qu'il lui faudrait écarter.

– Le système digestif... Le duodénum...

Elle veut faire un schéma, se retourne, voit le tableau noir encore couvert d'équations. Geneviève, qui doit avoir un vague sentiment d'être allée un peu loin dans la familiarité, se précipite lourdement pour saisir le chiffon, essuyer le tableau. Jeanne recule.

– Retournez à votre place ! Immédiatement ! Je ne vous ai pas autorisée...

Sa voix déraille, elle ne se maîtrise plus.

– Mais, madame..., je voulais rendre service, proteste Geneviève, tout à coup redevenue une très jeune fille désemparée.

Jeanne tente de se reprendre.

– Si vous tenez à assister à mes cours dans cet attirail, si Mme la directrice vous y autorise, j'exige, vous entendez : j'exige que vous limitiez votre exhibitionnisme en ne bougeant pas de votre place ! Je ne veux pas vous voir ! Je ne veux pas vous entendre ! Et si vous tenez à porter un voile, que ce soit un voile de couleur sombre et sans ces ornements ridicules ! Il est trop facile de prétexter de prétendues observances pour servir d'alibi à une coquetterie grotesque !

Personne ne rit. Personne ne bouge. Toute la classe a perçu dans la voix de Jeanne cette note aiguë qui précède la crise de nerfs. Geneviève recule, épouvantée, remonte vers sa place à reculons, sans quitter des yeux le visage de Jeanne, comme si elle y déchiffrait quelque chose d'effrayant. («Ah ! pense Jeanne dans un bref délire, le sort s'est retourné contre toi ! C'est moi, maintenant, qui te fais peur !») Geneviève s'est heurtée à un banc, est enfin allée se rasseoir. Mais aussitôt, aux yeux de Jeanne, elle cesse d'être ce visage familier pour redevenir, avalée par l'ombre du rideau blanc, mouvant, et des feuillages, cette masse immobile qui guette et qui sait.

«Il faut que j'arrive au bout de l'heure !» pense Jeanne, terrifiée. Elle ne sait plus ce qu'elle fait, ce qui a été en elle si profondément remué. La sonnerie qui indique la fin du cours retentit et, automatiquement, Geneviève se lève. Mais, comme traumatisé par ces derniers instants de tension, le reste de la classe ne se lève pas. Tout le monde regarde Geneviève, puis Jeanne, puis Geneviève.

Celle-ci a eu le temps de se remettre. Qu'est-ce qu'une algarade avec un professeur, aujourd'hui ? On n'est plus au Moyen Age ! Elle qui avait voulu être gentille ! Bien fait. Les profs seront toujours les profs. Tous ces regards fixés sur elle la flattent. A quinze ans, presque seize dirait-elle, on n'est jamais absolument mécontente d'être le point de mire de ses camarades. Elle a rassemblé ses livres, elle quitte sa place, elle descend vers l'estrade. Elle est grande, Geneviève, douée d'une sorte de majesté naturelle qu'accentuent la lenteur et même la lourdeur de ses mouvements. Son énorme poitrine, ses épaules grasses contrastent avec son frais visage d'enfant. Dans son avancée lente, presque menaçante, on sent le défi. Un vent d'admiration, voire, chez certains, de désir, se lève. Cette masse imposante, cette petite tête dressée seraient, après tout, désirables ? Les Jean-Luc, les Patrick un moment oublient les stéréotypes et se troublent.

Arrivée devant Jeanne, Geneviève s'arrête. Sans bien analyser ce qui s'est passé, son indolence naturelle reprend le dessus. Elle est aussi pacifiée par l'atmosphère qui l'entoure et dont elle est parfaitement consciente.

– Madame, je n'ai pas voulu... L'autre jour, vous m'aviez autorisée...

— Je vous ai autorisée momentanément à porter un foulard, si vous y teniez absolument. Je ne vous ai pas autorisée à vous accoutrer de n'importe quelle coiffure destinée à vous faire remarquer.

Le visage rond, presque enfantin, que l'étonnement dépouille de toute dureté plus ou moins feinte, attendrirait Jeanne sans la masse sombre, menaçante, qui bouge doucement sous la djellaba blanc et noir. Le corps. Ce corps énorme, porté avec tant de sérénité, tout proche d'elle, vivant sous l'étoffe lustrée, respirant, dont on pourrait percevoir la chaleur, ce corps à peine caché (un sein, une hanche se dessinant sous le tissu léger qui suit les mouvements de Geneviève), ce corps, qui revendique avec celui de Jeanne une parenté, lui est odieux, insupportable. La brûle. « Ça marchera ! » a dit Geneviève.

— Puisque Mme la directrice veut bien que je porte mon voile, j'ai tout de même le droit de le choisir ! revendique Geneviève, d'un ton plus puéril que méchant, s'attardant là tandis que les élèves commencent à sortir.

« Ça marchera ! »

— Que vous vouliez cacher votre corps, je le comprends. Mais votre visage, on se demande pourquoi. C'est tout ce que vous avez de passable !

— Je ne remettrai pas les pieds dans cette classe ! crie Geneviève.

— Et vous vous marierez, n'est-ce pas ?... Vous aurez des enfants ? Vous ne vous rendez pas compte que, même médicalement, cela vous sera impossible ? Vous pourrez toujours vous produire dans une foire !

Horribles paroles que Geneviève reçoit comme une

gifle. Ce chuchotement de pure méchanceté, ce jet de fiel et de feu les épouvante toutes les deux. Les frappe de stupeur l'une autant que l'autre. Un moment elles restent face à face, et Dieu sait ce qui se passerait si le flot des élèves de troisième n'envahissait la classe, les séparant brutalement. Et c'est Jeanne qui, dévalant l'escalier, traversant la cour, empruntant la porte dérobée sous les yeux de Selim stupéfait, sanglote irrépressiblement.

La rue, le supermarché, l'ascenseur, tout a des airs de cauchemar. Rentrer ! Rentrer chez elle ! Echapper à sa propre violence, soudain découverte ! « Non, je n'ai pas dit ça ! Je ne l'ai pas dit ! » Elle court, se souciant peu des passants qui se retournent sur le passage de cette jeune femme aux cheveux défaits qui court et qui pleure. Personne dans l'ascenseur B. Vite, vite... Elle appuie sur le bouton « Fermeture » avec une force disproportionnée et telle qu'elle se fait mal au doigt. Si M. Adrien ou, comble de l'horreur, Bérengère devait s'y trouver, elle croit qu'elle en mourrait.

Le palier, dernière étape. Sa main tremble, la clé tâtonne dans la serrure. Une sueur froide coule le long de son dos, comme un doigt inquisiteur, humiliant, qui en suivrait la courbe. Si quelqu'un surgissait derrière elle, Larivière, Adrien, si elle se trouvait obligée d'émettre un son, de dire un mot, un seul mot... Mais la porte s'ouvre. Elle se jette dans l'entrée, d'un élan. Elle repousse violemment la porte. Elle remet la clé dans la serrure, un tour, deux tours. Et la chaîne. Elle ne sera jamais assez enfermée.

Elle se laisse tomber, haletante, sur le canapé défoncé. Les piles de livres amis, les gravures de botanique, les minéraux posés un peu partout, rien ne retient son regard. Elle cache son visage dans ses belles mains, elle se balance d'avant en arrière comme pour bercer, endormir la terrible révélation de sa propre cruauté. « Je n'ai pas dit ça ! Faites que je ne l'aie pas dit ! »

A quelle divinité s'adresse-t-elle ainsi ? A quel juge jure-t-elle qu'elle n'a jamais eu, jamais, aucune animosité pour Geneviève ? C'est le régime. Ce sont les nerfs, le surmenage de fin d'année. Allons donc ! N'est-ce pas plutôt cette vague de désir autour de la jeune fille, si imprévue, qui l'a suffoquée, elle, Jeanne, comme un parfum, comme un danger ? Comme l'irruption de la lumière dans la chambre secrète d'une pyramide et qui menace de tout détruire ? Cette conviction tranquille de Geneviève (descendant vers elle, menaçante, maléfique), cette conviction du corps de Geneviève qu'elle est belle, et non seulement belle mais détentrice d'un secret que le voile annonce plutôt qu'il ne le cache ? Quelque chose à l'intérieur du corps de Jeanne (le même corps, dépositaire du même secret) avait hurlé, s'était débattu, aurait griffé, mordu pour se sauver. Les paroles d'Evelyne, déjà anciennes, déjà desséchées, avaient repris tout leur venin, leur niaiserie inspirée : « Ce ne sont pas quelques kilos de trop qui te dispenseront d'être femme... »

Et son trouble profond, sa peur qui était double et

contradictoire avaient soudain pris la forme de ce corps majestueux, obèse et cependant désirable, qui respirait si près d'elle, comme un double, comme un miroir. Elle avait souhaité le détruire.

« Mais alors je l'ai dit ! Je l'ai vraiment dit ! Oh ! je me déteste ! » Et elle pressent, pressent seulement, comme une vague de fond qui déferle, encore lointaine, mais se rapproche à une vitesse terrifiante, que c'est vraiment une part d'elle-même qu'elle déteste, qu'elle a humiliée, insultée, une part d'elle-même qu'elle va devoir regarder en face.

Alors la vague arrive sur elle, éclate, l'assourdit, l'écrase, et une véritable terreur efface toute autre pensée que ce long gémissement angoissé : « Tout de suite ! Tout de suite ! Il faut que je mange tout de suite, ou je vais mourir ! »

Ce n'est pas seulement l'estomac secoué d'une nausée brutale qui l'exige, c'est le corps tout entier, crispé, parcouru de spasmes ; ce sont les dents, devenues sensibles comme une peau, qui veulent mordre, malaxer ; ce sont les mains qui cherchent, qui tremblent ; c'est le cerveau perdu qui exige de retrouver une prise sur la réalité, n'importe laquelle, la plus simple, la plus brutale. Echapper au vertige, au vide : manger. Survivre à l'insoutenable angoisse, survivre à n'importe quel prix, à n'importe quel poids : manger. S'assurer qu'on est là, que tout n'est pas, autour de nous, fuyant, inconsistant, brouillard, nuée : manger. La pulsion, le sein, l'élan premier vers la vie (tant de fois blessé, freiné – irrépressible) : manger.

Rien ne pourra freiner cette panique, cette déroute, ce que Jeanne appellera plus tard, avec stupeur, une possession. « J'étais comme possédée. » De nouveau le réfrigérateur, objet magique, a repris sa blanche existence maléfique, ricanante. Rien qu'à imaginer son vide cubique, baigné d'une bleuâtre lumière, elle est saisie d'une nausée aqueuse qui la jette vers l'évier.

Un instant, follement, elle espère en un fond de rhum abandonné par la femme de ménage dans le placard à balais, et qu'elle a feint d'ignorer. Disparu. Elle se hisse sur le tabouret de cuisine, se heurte la tête au plafond bas, le sent à peine, retrouve, souvenir enfoui depuis un mois, le paquet de biscottes offert, au moment de la panne, par Bérengère et relégué tout en haut du placard. Elle en arrache l'emballage pourtant ouvert, y plonge la main, elle mange, elle mange déjà, la bouche pleine de ce sable insipide, avant même d'être descendue du tabouret branlant. Puis ouvre, en détournant la tête, le réfrigérateur où, se souvient-elle, une tablette de beurre attend le week-end. Mais une délirante nervosité ne lui permet pas de tartiner les biscottes qui se brisent, dont elle saisit les fragments gras à pleines mains, qu'elle fourre précipitamment dans cette bouche avide, suppliante – et encore, et encore, jusqu'à presque étouffer –, dont elle tente de combler le vide, d'étouffer le cri, remplissant, rassasiant cette bouche dont elle ne sait même plus qu'elle est la sienne. « Arrête ! Arrête, enfin ! » supplie-t-elle cette faim – qui est elle et qui n'est pas elle. Mais c'est en vain ; elle mange, elle mangera jusqu'à la nausée ce repas de sable, jusqu'à ce que, hors d'haleine, elle s'effondre – elle a mangé debout – sur le tabouret, au milieu des miettes.

Elle est épuisée. Après, c'est la voix calme, séduisante de la folie qui parle, sans plus rencontrer de résistance. « J'ai faim. J'ai encore faim. Qu'est-ce que je pourrais manger maintenant ? » Mais son imagination affolée ne lui fournit aucune image qui lui paraisse capable de la rassasier complètement, de la rassasier pour des semaines, des mois, de la rassasier définitivement.

« Du Stilton, fort et moelleux, avec une salade composée et un bon pain de seigle ? On a beau dire, les choses les plus simples sont parfois celles qui... Des huîtres tellement fraîches qu'on peut en manger indéfiniment sans s'en lasser ? Un foie gras aux raisins, avec une bouteille de Sauternes un peu écœurant et des toasts croquants, beurrés ? Et du gigot-flageolets, tout bêtement, la viande cuite au feu de bois comme chez Simonnet, et le jus... » L'incantation dure, s'amplifie. C'est comme si elle voyait défiler sur sa table tous ces mets qu'elle aime, les dégustait et retrouvait, au-delà des saveurs les plus fines ou les plus fortes, une invincible faim, une autre faim.

Elle regarde, hébétée, les miettes de biscottes sur la table, le petit bout de beurre restant. Elle a cru, dans son calme délire, conjurer le raz de marée qui l'a jetée sur cette fade provende. Mais l'impossibilité de trouver, fût-ce dans un imaginaire sans limites, un mets, une boisson qui correspondent à son besoin, à son manque, à son creux, qui lui donnent – fût-ce en esprit – cette satisfaction simple et totale du ventre plein, des digestions heureuses, du sommeil consenti des facultés, la terrorise.

En vain se rejette-t-elle vers le passé, y cherchant, comme des cailloux dans le sable, des moments comblés, compacts. Les noces de campagne de ses cousins de la Vienne, et ces immensités de nappes blanches, ces pyramides de charcuterie, ces sculptures de saindoux parsemées de verdure, ces tonneaux de vin généreux, écumant d'être versé trop vite. Et ces cris autour d'elle, d'un garçon qui connaissait son endurance à la danse, d'une jeune fille qui voulait qu'on rajustât sa coiffure, d'une grand-mère qu'on n'avait pas servie de gâteau, d'un groupe de vieux qui voulaient lui voir deviner le poids du cochon exposé, prix de la tombola, ce cri partout, joyeux, enivrant comme le Jurançon.

– Tu viens, Divine ? Divine ! Par ici, Divine...

Où était-elle cette Divine de treize ans, qui paraissait plus que son âge ? Où était-elle ? Disparue avec l'instant qui avait été pour elle plein, compact, sans transparence et sans regret. Jeanne errait follement dans cette enfance désaffectée, comme au milieu d'une brocante, d'un déménagement ; comme, hélas ! après des obsèques, on cherche l'objet, la photographie qui un instant ressuscite... Mais non. Aussi précise que fût l'évocation (Petit Léon pissant dans un chapeau ; une demoiselle d'honneur circulant une tartelette collée derrière sa jupe et sur laquelle on faisait des paris : tombera, tombera pas ; les mariés, qui venaient de la ville, se querellant déjà au dessert), elle restait figée : tableau de cire où la ressemblance des personnages faisait ressortir davantage la matière. Seuls s'animaient, la faisant brièvement tressaillir comme une piqûre d'épingle, les brefs instants, au contraire, où l'harmonie s'était rompue ; des échappées mélancoliques qu'elle ne se souvenait pas d'avoir observées et qui resurgissaient contre sa volonté... Un bout de pelouse où personne n'allait, extraordinairement vert et parsemé de pâquerettes vraies qui avaient l'air d'être peintes – petit espace de silence ; un bouquet d'arbres se découpant au loin ; un petit garçon solitaire qui essayait de jouer un air sur un peigne enveloppé de papier de soie ; un bébé sur une couverture, qui regardait le ciel.

Mais la satiété, le sentiment grossier et triomphant de la satiété, la ceinture débouclée, le sommeil qu'on tire sur soi comme un édredon et la faim dont on se souvient comme d'un amant qui vous a comblée et qu'on n'éprouve pas le besoin de revoir tout de suite, la satiété, elle n'arrivait pas, fébrile, à en retrouver le sentiment. Et même la faim plaisante, amie facile à satisfaire, de ce temps et d'autres plus proches, la fuyait. C'était une autre faim, terrible, à laquelle il lui fallait trouver remède, maintenant, tout de suite, définitivement, sous peine de mort.

L'Episode traversa son esprit, vite rejeté dans les limbes. La puissante, la nourrissante colère éprouvée contre Geneviève – que la honte étouffa tout de suite. Un instant passa dans son esprit éperdu, trop fébrile pour s'y attarder, le souvenir d'une plénitude, le sourire de Didier, l'acceptation éblouissante de son ingratitude ingénue. Mais la férocité de son besoin l'emportait loin de toute analyse, de toute réflexion. Tout à coup, fulgurant, un dernier recours lui apparut : ce numéro, ce numéro de téléphone que Manon lui avait donné, d'un service de livraison de plats tout préparés dont elle disait grand bien...

Elle le forma, se trompa, l'obtint. Elle assura sa voix, rassembla ses forces, surprise de trouver au bout du fil une voix banalement aimable. Sa propre voix lui parut neutre, un peu trop articulée peut-être. Elle s'en servait comme d'un instrument que l'on tient à distance, avec dégoût et par nécessité.

– Mes coordonnées ? Oui, je vous les donne. Vous pouvez me livrer tout de suite ?... Vingt minutes, bien... Combien de personnes ? Je ne peux pas vous dire... Je ne suis pas sûre... Je... C'est ça : je veux pouvoir...

– Faire face à toute éventualité, dit la voix aimable. Très bien, madame. Je vous lis la liste des plats, entrées, desserts disponibles ce soir...

Elle commanda de l'avocat aux crevettes, une tranche de foie gras, un panaché de poissons, des aubergines au parmesan. Elle commanda des noisettes d'agneau aux pâtes fraîches. Du saumon à l'oseille et, à la réflexion, une portion de saumon mariné à l'aneth. Du canard aux pêches, des blancs de poulet farcis. De la moussaka, de la salade de pommes de terre. Des fromages, des charlottes aux fruits, des brownies au chocolat. Et du vin : un Aloxe-Corton 82 qu'elle aimait, un Pouilly-Fuissé pour accompagner le poisson, un bordeaux qu'elle ne connaissait pas –

sait-on jamais ? c'était peut-être ce verre de vin-là qui l'apaiserait –, un champagne dont elle ne boirait qu'une coupe, ne l'aimant pas : c'était une chance ultime à tenter, un billet de loterie.

– C'est entendu, madame. On vous livre. Et puis, si vous avez moins de monde que vous n'en attendez, vous pourrez toujours congeler puisque nos plats sont frais. Et comme cela vous êtes tranquille.

Tranquille, en effet. Se maintenant au bord du gouffre, en un équilibre qui pouvait durer, si elle ne bougeait pas, ne pensait pas. Le livreur vint, émit quelques borborygmes sonores. Elle paya. Elle ne vérifia pas l'addition, ne pensa pas à la fin du mois, elle avait hâte seulement que l'homme fût parti.

La porte refermée, elle la reverrouille soigneusement. C'est une épreuve, une bataille qui commence. Elle met la chaîne, traverse le living, ayant fermé les portes de la salle de bains et de la chambre à coucher qui donnent dans l'entrée. Elle baisse soigneusement les stores de la porte-fenêtre donnant sur le balcon. Il ne s'agit pas d'être vue. Elle referme sur elle la porte de la cuisine, où l'homme a déposé cette multitude de petits paquets. Elle s'efforce, en les déballant, de contrôler ses mains tremblantes comme elle a contrôlé sa voix. Faire les choses posément lui paraît, en cet instant, d'une importance capitale. Elle est en proie à une sorte de transe minutieuse et froide. « Il ne s'agit pas de se tromper », murmure-t-elle.

Elle débouche les bouteilles, sauf le champagne qu'il faut mettre au frais. Pour ce faire, il faut rouvrir le réfrigérateur. Ce vide, ce carré parfait souligné de lumière, depuis des jours elle en a peur, détourne la tête en y plaçant les deux côtelettes, le yaourt nature. Eh bien, il faut pourtant – elle le ressent comme une nécessité absolue, faisant partie de l'opération délicate, dangereuse qu'elle prépare –, il faut que le champagne soit frais, bien frais. Un seul détail peut tout faire échouer. Elle se décide, les dents serrées, ouvre la porte, place à tâtons la bouteille de champagne dans le freezer, claque la porte. Elle sait qu'elle a un peu triché : elle n'a pas regardé en face l'ennemi dérisoire et puissant, ses clayettes vides, son tiroir transparent qui ne contient qu'une salade, son éclairage bleuâtre, glacé. Mais tant pis, elle économise ses forces.

Enfin elle s'assied. Repoussant le tabouret de chêne qui est son siège habituel dans la petite pièce, elle y a traîné une chaise plus confortable sur laquelle elle s'installe, se carre, s'assurant sur ses larges hanches, se ramassant dans sa propre masse, défiant quelque chose d'innommable qui était le monde, la faim, la peur, et qu'elle voulait anéantir.

Et elle se mit à manger et à boire. Elle « attaquait », au sens propre, son repas. Elle procédait lentement, sans gloutonnerie imprudente (l'indigestion est le contraire de la satiété) ; elle prenait une bouchée d'aubergines, la mâchait, la savourait... Pas assez de sel. Elle salait. Une bouchée de foie gras. Ces foies gras de traiteur, ce n'est jamais tout à fait ça. Ludivine faisait cuire ses foies gras elle-même (tout en se posant l'éternel dilemme : les Landes ou Strasbourg ?). « J'aurais peut-être dû commander du sauternes ? » C'était peut-être l'absence d'un vin un peu fruité, un peu sucré qui l'empêchait de retrouver dans le foie gras sa saveur totale, la satisfaction douce, moelleuse, et pourtant un peu âpre au fond, qu'elle avait toujours aimée avec prédilection. Tout à coup la douceur lui paraissait suspecte et cet arrière-goût, âpre et sucré, se mettait à évoquer une décomposition à peine masquée. Elle repoussa l'assiette. C'était sûrement les biscottes, toutes ces biscottes imprudemment avalées qui, en lui bourrant l'estomac sans profit, empêchaient le soulagement, la détente, de se produire. Garder son sang-froid. Si le foie gras lui paraissait fade, passer tout de suite à une saveur plus accentuée. Réveiller l'estomac pour mieux le satisfaire. Tant pis pour les entrées, elle les mettrait au congélateur. Demain est un autre jour.

Le curry d'agneau. Il lui avait été livré dans une barquette de papier d'aluminium encore tiède, mais elle alluma le four – heureusement il chauffait vite –, y plaça la barquette, patienta. Son visage était grave, tendu. Un moment la tête lui tourna dans ce silence ; la pensée se réveillait. « Mais qu'est-ce que je fais là ? Mais qu'est-ce que j'attends, au juste ? Assise devant un four comme si j'attendais une naissance... »

Elle se détourna, se versa un plein verre d'Aloxe-Corton, regarda la belle couleur pourpre. Rien que le mot est savoureux ; elle le chuchota : « Pourpre... » Sans doute n'était-il pas assez chambré, et puis le livreur avait dû le secouer pendant le transport ; mais elle n'en imaginait pas moins, ne se préparait pas moins à recevoir en elle la vague *pourpre* et tiède, sa chaleur bienfaisante qui dénouerait le mauvais petit nœud placé à la base de l'estomac, ce malaise mesquin, ce noyau d'angoisse qui ne « passait » pas. Elle prit le verre bien rond, bien plein (ses amis la plaisantaient toujours sur sa façon de remplir les verres), profita à peine un instant de cette rondeur, de cette densité dans sa main, porta le verre à ses lèvres, but lentement mais d'un trait, comme on respire en ouvrant, au matin, la fenêtre, et attendit le choc. Le vin l'envahit, l'habita, rayonna un bref moment au centre de son corps, s'éteignit. La faim, bizarre, narquoise, était toujours là.

Alors, oubliant le curry d'agneau qui devait déjà se dessécher dans le four, elle but un deuxième verre, un troisième, plus vite, sans ménagement, avec une angoisse grandissante. Où, l'apaisement ? Où, la satiété ? Où, la résolution de l'angoisse en somnolence de la pensée ? Elle but. De temps en temps elle étendait la main et saisissait au hasard, sans véritable espoir, dans l'une des barquettes disposées sur la table, un morceau de canard dont la sauce poissait ses doigts et tachait sa robe, une aubergine déjà froide, un morceau de fromage. L'effet produit n'était qu'un pâle écho des joies d'autrefois. « Je n'aurais jamais dû m'arrêter », pensa-t-elle dans un début d'ivresse sarcastique. Un dernier fragment de boulette d'Avesnes, poivré, puissant, véritable tremplin pour le vin généreux, la retint un moment au bord d'un désespoir noyé d'ébriété. Puis plus rien ne l'arrêta ; elle dépassa la deuxième bouteille, d'un geste démesuré balaya la table des nombreux petits plats encore étalés devant elle et qui jonchèrent le sol, appuya sa tête sur ses bras repliés, rit et sanglota un moment avec incohérence, avant de s'endormir, là, d'un coup, avec la soudaineté de l'enfance.

3

Rien n'est plus peuplé qu'un désert, qu'une solitude. Le moindre scarabée, la brindille qui vole, l'ombre d'un yucca, et ce remodelage constant des dunes par le vent, tout y prend un relief singulier. Le souvenir fossile, le visage vu en rêve, un clou découvert dans le sable, tout est signe, tout est alphabet. Le solitaire, l'ermite, l'artiste, le voyageur égaré sont confrontés dans le désert, dans la solitude, à une extrême économie de moyens et à une surabondance d'interprétations, quand le désir leur vient (inséparable de la solitude, du désert) de récrire l'histoire de leur vie.

Description du solitaire ?

On pourrait le comparer au conservateur d'un petit musée, en possession d'éléments restreints (poteries toltèques dépareillées ou pastels d'authenticité incertaine), et qui prend conscience tout à coup que de la façon dont il les présentera dépendra la vision que l'on aura, dorénavant, du Mexique de l'an mille ou d'un certain XVIIIᵉ siècle. Soucieux de découvrir toutes les ressources d'un matériau donné, il pourra lui arriver de se jucher sur une hauteur, dune ou escabeau, de se faire, pour une heure, stylite, afin de renouveler sa perspective. De se coucher au contraire au ras du sol. De se faire borgne, tête inclinée. Aveugle, mains tendues vers l'élan d'une statue. De tourner autour. D'essayer de la surprendre, brusquement accroupi. Ces positions, ces tâtonnements valent pour l'esprit. Tantôt humble, tantôt juché, l'esprit mettra longtemps à donner leur place, dans la phrase, l'histoire ou la réflexion qu'il construit, à chacun des idéogrammes que sa vie lui propose : ce palmier, ce pied de marbre, cette boîte rouillée pleine de lettres, qui ne s'ouvre plus. Ce pèse-personne.

Rien n'est plus peuplé que la solitude.

La solitude est fille de Dieu ! clamaient les prédicateurs d'autrefois. Craignez le monde et ses dissipations ! Le monde qui offre ses côtelettes d'agneau persillées le vendredi, les cuisses de ses danseuses dans les agglomérations de plus de mille habitants, les honneurs, les dangereux honneurs, les palmes académiques, le Nicham Iftikhar, que sais-je ! qui mènent à la concussion et au crime ! L'argent ! Les joies cruelles de la cupidité ! L'obsédé qui suit les cours de la Bourse et prie, PRIE (car les études de son fils ou les traites de sa maison de campagne en dépendent) qu'on se massacre encore quinze jours – seulement quinze jours ! – au Honduras.

Certes, il y a le péché. Mais le péché si distrait, si mal savouré, si peu conscient et par là même si peu peccamineux ! C'est la mise en scène de l'Opéra pour chanter *Frère Jacques*. C'est la montagne qui accouche d'une souris, que dis-je ? d'un ciron ! Quel gaspillage ! Toutes ces petites ambitions, cupidités variées, démangeaisons sans grandeur ne sont que barbouillage sur le beau mur blanc de l'âme. Quant à la solitude (fille de Dieu, certes, mais fille émancipée), elle dédaigne ces graffitis. D'un trait simple, d'un point de départ insignifiant, elle crée un monde. La souris accouche d'un saint-bernard, qu'on le prenne comme on voudra ! Et de la décision la plus banale... Vous voyez où je veux en venir.

N'importe. Un exemple est toujours bon à prendre, surtout quand il est absurde. Faites du jogging au bois de Boulogne ou supposez une coccinelle embarquée par erreur dans le métro à Strasbourg-Saint-Denis. Ecrasez en courant, sous vos joyeux Adidas, ou en piétinant, sous vos chaussures André encore mettables, le frêle insecte. Vous posez-vous la question du péché ? De l'importance de toute vie ? *Nada. Niente. Furt...* La merveilleuse petite parcelle de création qu'est même un cafard vous échappe complètement.

Mais écrasez donc ce fameux scarabée qui traverse le désert ! C'est une œuvre de mort. Un acte irréversible. Il s'inscrit quelque part, dans quelque céleste vitrine, sur un cartouche calligraphié : *Assassinat volontaire d'un scarabée. XXᵉ siècle apr. J.-C.* Sur son dos de scarabée, la petite bête a reçu sous forme de pied tout le péché du monde. Si vous êtes ermite, vous ne vous en tirerez pas à moins de dix ans de macérations. Mais voilà où la situation devient réellement palpitante : quand on réalise qu'assassin au moment où vous écrasez le scarabée, vous devenez hautement louable quand, selon l'orthodoxe tradition des ermites, vous vous nourrissez de sauterelles. Il y aurait là matière à thèse ! Car un insecte rachetant l'autre, n'accèdent-ils pas, d'obscure façon, au mystère de la communion des saints ?

On peut en rire. Tout est dans tout. Mais surtout tout est dans rien. Solitude, désert, liberté des espaces sans chemins, doute, inquiétude, contradictions : divine géographie. Relève-t-elle de ce phénomène : que si dans une forêt l'on se perd, l'errant, par des cercles involontaires, revient toujours, dit-on, au même point central ? Ou de celui-ci : que dans la variété monotone du désert il advient que, croyant retourner sur ses pas, battre en retraite, on l'ait justement traversé ? Inéluctabilité des bois ? Paradoxe des sables ? La solitude doit s'aborder sans projet, sans idée préconçue. Je dirais presque : sans boussole.

C'est ainsi que Jeanne Grandier aborda les vacances scolaires.

Didier était parti dès la fermeture du collège pour la propriété de sa mère en Touraine. Après, il ferait du bateau. Où ? Jeanne lui avait remis au dernier moment un viatique, ses notes sur Agrippa d'Aubigné. « Je lirai ça dès que j'aurai un moment, merci. » Evelyne bouclait les derniers sacs à dos : elle envoyait les jumelles dans une école de voile en Bretagne. Xavier, après avoir protesté contre cette dépense exorbitante, avait disparu en direction de Golfe-Juan, avec des amis qu'il ne nommait pas. Evelyne elle-même irait chez son grand-père à Enghien ; au moins elle ne ferait pas la vaisselle et il y avait un jardin. Manon était déjà partie en croisière Figaro.

Jeanne alla dire au revoir à sa mère, dont elle avait refusé les invitations réitérées. Dans quelques jours elle serait seule à Paris. Elle le savait, l'avait voulu, mais attendait cette épreuve avec un peu d'angoisse et d'exaltation. Le bruit, l'agitation se retiraient du quartier comme une vague. Jusqu'à Selim qu'elle rencontra à Inno et qui achetait une bouée en forme de tortue de mer.

— C'est pour Salah ? demanda-t-elle.

C'était ce petit neveu du concierge auquel elle avait donné quelques leçons particulières. Elle n'osa pas demander de nouvelles de Geneviève.

— Oui, madame Grandier. Il part en colonie jeudi, pour la première fois. Ça va le fortifier, vous ne croyez pas ?

— Oh ! sûrement ! dit Jeanne, qui se demandait comment le timide petit boiteux allait se débrouiller avec des dizaines de gamins turbulents. L'air de la mer... Où va-t-il ?

— A Etretat.

— Tiens ! Comme ma mère...

Les yeux de Selim brillèrent d'un espoir insensé.

— Ecoutez, madame Jeanne : la colonie est facile à trouver, ça s'appelle « Les Petites Mouettes », c'est drôle, d'ailleurs, pour des garçons, je trouve... Est-ce que votre maman ne pourrait pas, une fois de temps en temps, aller jeter un coup d'œil...

— Non, Selim. Non, dit Jeanne fermement. On ne peut pas compter sur ma mère.

— Ah oui ! dit Selim avec tristesse, comme s'il l'avait su de toute éternité.

— Son état de santé...

— Ah oui !... Geneviève... Vous lui avez parlé ?

Evidemment il n'était pas au courant de ce que Jeanne appelait, en minimisant les choses, « la dispute ».

— J'essaierai à la rentrée... Peut-être pendant les vacances va-t-elle évoluer...

— Peut-être...

Les grands yeux marron, au blanc un peu bilieux, la contemplèrent avec résignation, partageant avec elle l'injustice du monde, puis se reportèrent avec perplexité sur la tortue en caoutchouc.

— Prenez plutôt l'hippocampe, dit Jeanne, c'est plus mode.

Et elle s'en alla très vite, car elle n'était plus sûre de nouveau de l'endroit où allait Gisèle. Etretat ou Arcachon ?

Les Mermont étaient en Vendée où ils organisaient des cours de rattrapage au bon air. Rasetti emmenait sa femme et ses enfants en Italie, Lavieuxville « faisait » la Turquie, Jean-Marie un circuit « Grèce et Méditerranée », Mlle Lécuyer allait voir sa tante, l'épicier allait voir sa mère, au Maroc ; les nettoyeuses matinales, si souvent croisées dans l'année, étaient déjà parties qui en Espagne, qui au Portugal.

Les restaurants chinois se vidaient. Le silence s'installait, gagnait du terrain, de rue en rue, parfois rompu par des touristes qui s'étaient trompés d'autobus.

Autour de la tour, c'était comme un désert de pavés ensoleillés, très secs, qui résonnaient sous le pas. Le square où Jeanne, un mois plus tôt, trouvait refuge jaunissait faute d'arrosage : une savane, sauvage et triste. Les enfants qui n'avaient pas la chance de partir en vacances se réfugiaient dans les parkings et les sous-sols, plus frais, pleins de choses à détruire.

Privée de voitures ou presque, la topographie même du quartier paraissait modifiée, l'ossature des rues plus nette, plus définie. La courbe d'un banal passage, enfin dégagé des camions de l'entreprise de déménagement Maillard, offrait à l'œil sa pureté de demi-lune. Les croisements étaient géométriques. Les feux rouges, inutiles, clignaient avec ironie leur œil cyclopéen. Les chantiers s'assoupissaient, leur poussière déjà retombée. Les commerçants fermaient l'un après l'autre. Il faudrait aller chercher son pain, disait Mme Mathurin la boulangère, loin, loin, derrière l'église Jeanne-d'Arc. Jeanne s'abstint de lui dire qu'elle n'en mangeait plus. Il ne faut vexer personne. Le marchand de journaux faisait ses adieux. Le commis de l'épicerie arabe partirait fin juillet. La poissonnerie fermait carrément tout l'été.

Les Pierquin s'apprêtaient aussi à partir pour leur opulente maison bourguignonne.
— Naturellement elle ne t'a pas rappelé ?

— Je ne l'espérais pas beaucoup. Tu verras, à la rentrée, elle aura repris tout son poids.

Rose Pierquin riait sans méchanceté. On rit des petites faiblesses des autres. Elle, elle mangeait tout ce qu'elle voulait, elle ne prenait jamais un gramme. « Je n'y ai aucun mérite », disait-elle. Mais où est le mérite ? Et elle éprouvait tout de même un certain plaisir à blâmer Jeanne, quand elle vivait dans le péché d'obésité...

Au sommet de la tour, dans l'appartement de Jeanne, le silence pénétrait lentement, comme un parfum frais. Elle s'y faisait sa place, s'y lovait comme sur le vieux sofa, espérait y trouver l'apaisement. Car si le souvenir de sa colère, du visage bouleversé de Geneviève, restait cuisant, si l'horrible soirée où elle avait si désespérément mangé et bu, bu et mangé, lui restait présente comme un cauchemar, le plus fort de son inquiétude, c'était d'avoir agi ainsi poussée par une force incontrôlable. Eût-elle prémédité cette double explosion, la honte en eût été encore plus grande, mais moindre l'inquiétude. Désormais, le « régime » ne serait plus seulement un défi, sa revanche sur l'escalier, un pari en somme joyeux, mais une reconquête de sa liberté.

Elle s'attaqua d'abord à la faim du soir. C'était la plus simple, la moins défendue. Plus d'une fois elle l'avait vue à visage découvert quand, rentrant de dîner chez sa mère ou quittant quelque restaurant gastronomique avec Manon, elle éprouvait tout de même le besoin, une fois chez elle, de courir à la cuisine, de manger encore quelque chose. Peu de chose d'ailleurs. C'était une faim de petite fille, une faim blanche, le grignotement sucré de la friandise interdite. Cette faim-là se satisfaisait de peu de chose : une tablette de chocolat oubliée par la femme de ménage, quelques biscuits mous restés au fond d'une boîte offerte par les élèves... Elle vit que ces broutilles compensaient ce que le repas avait eu, tout de même, d'un peu frustrant – l'affection de Gisèle, sans doute sincère, n'ayant pas plus de consistance qu'un échaudé, les confidences de Manon, pleines d'arêtes, devant s'absorber avec précaution.

Puis venait la seconde vague : l'heure s'avançant, elle s'enfonçait dans la tiédeur du vieux canapé. Lisait, prenait des notes. Elle n'aimait pas la musique, prenait rarement le temps d'en écouter. Mais était capable, sur un mot rencontré par hasard, de s'embarquer dans une aventure de l'esprit qui pouvait durer plusieurs mois. Ainsi l'art de la calligraphie, l'astronomie selon Reeves, les sagas islandaises, les techniques primitives l'avaient tour à tour captivée. Elle lisait, lisait : ce qu'on appelle communément « dévorer ».

Mais on ne peut lire ni travailler sans cesse. Et on ne peut à volonté tomber du travail au sommeil. La faim revenait l'assaillir. Epuisée, mais se sentant encore à quelque distance du sommeil, elle recommençait à manger. Fromages, noix, des tranches de pain longues comme des autoroutes, et un quart d'heure de télévision faisait passer le tout, avec un petit coup de rouge. C'était le second visage de la faim du soir. La lutte contre la nuit qui s'obstine à ne pas coïncider exactement avec le sommeil, comme un lit mal bordé, une feuille de papier qui dépasse de la liasse. Dès qu'on cesse de penser, on devrait pouvoir s'endormir. Mais ce qu'elle appelle penser, n'est-ce pas penser à quelque chose ? Quelque chose de précis ? Les graffitis sur le mur blanc ? Et si le mur se trouvait vierge, libre ? Quelle que soit la chose à laquelle on pense, on se l'approprie. On la mange. Et quand on dort, on est mangé. Reste l'espace entre les deux. La faille. Est-ce que ce n'est pas quand on cesse de penser *à* quelque chose (quand on cesse de manger) qu'on pense vraiment ? Il y a donc un moment, en fin de journée, où il faut supporter à la fois le vide de la pensée et le vide du réfrigérateur. Voilà le combat du soir.

Il lui arriva, après une soirée particulièrement dure (elle s'était extraite du divan tous les quarts d'heure, courant vers la cuisine, se souvenant qu'il ne fallait pas, allant vers la porte palière, s'imaginant dans l'ascenseur, dans le hall, arrivant devant la petite épicerie chinoise toute proche, ou chez l'Arabe dont le lumignon brillait jusqu'à onze heures, ou encore tentée par l'ultime recours qu'offrait *toute la nuit* le pub *Chez James*, qui proposait une soupe à l'oignon, cent fois recuite, aux appétits vaillants), et ayant triomphé de ces pulsions pourtant violentes, de se dire tout en se couchant, en sachant que trouver le sommeil allait être encore un combat, de se dire avec rage : « Mais à quoi bon ? Mais pourquoi ? Enfin, pourquoi ? » Alors le souvenir de l'incontrôlable colère, de l'incontrôlable fringale réapparaissait comme un spectre (le spectre de l'*autre faim*, de la satiété impossible), elle s'enroulait dans ses couvertures et finissait par s'endormir, furieuse et résignée.

Le 1er juillet, elle remonta à nouveau sur son pèse-personne et, pour la première fois, se fit cette remarque : que cette appellation était étrange. Que pèse-t-on, en somme ? Elle n'en conclut pas encore que les appellations, les objets même changeaient. Elle n'en était pas là. Mais elle nota son poids : soixante-dix-neuf kilos quatre cents grammes. Elle avait donc franchi, dans le bon sens, la barre des quatre-vingts. Elle avait dépassé un sommet, une colline, un *tell*... Quel paysage allait-elle découvrir ?

— Allô ? C'est toi, Divine ?
— On ne voit pas qui ça pourrait être, maman.
— Je vois que tu es toujours de bonne humeur ! Ça doit être ton régime ! Ça marche ?
— Plus ou moins... Tu as beau temps ?
— Ma chérie, radieux ! Et la villa est un bijou, un chef-d'œuvre de goût, de... Les salles de bains ! Un rêve !
— Eh bien, tant mieux, ma petite maman...
— Tu as eu tort, tu sais, de ne pas en profiter. D'autant plus qu'ici le poisson est d'une fraîcheur !... Tu aurais pu faire ton régime, puisque tu t'es mis cette idée dans la tête. Tout le monde trouve ça stupide,

d'ailleurs. Tu es comme tu es, et on t'aime comme tu es !

— Qui ça, tout le monde ?

— Eh bien, Marguerite, Edgar, la petite Marine qui est arrivée avec son fiancé, enfin, quand je dis fiancé, tu vois ce que je veux dire !

— Je vois surtout qu'on parle beaucoup de moi. Tu avais bien besoin de raconter...

— Oh ! ma chérie ! Ça t'ennuie ? Je t'assure que je ne voulais pas... Mais il fallait bien que j'explique... Personne ne comprenait que tu aies refusé de venir. Eloi m'a dit que Marguerite te croyait fâchée, alors j'ai bien été obligée...

— Parce que Eloi est là aussi ?

— Seulement pour quelques jours. Il a trop à faire au *Relais*, tu penses... D'ailleurs il est à l'hôtel *Excelsior*, pas à la villa. Et rien ne m'ôtera de la tête..., si, si..., tu peux rire, qu'il espérait un peu te trouver ici...

— Allons, maman ! Pas de cinéma ! Il a mon numéro de téléphone, tu sais, Eloi. Et tu sais bien qu'il est fou de toi !

— Tu te figures toujours que tout le monde est amoureux de moi ! Une vieille dame !

— Tu es plus jeune que moi, voyons ! Et plus hypocrite aussi.

— Divine, tu me flattes. Mais attends que je te raconte le bridge d'hier soir. Je jouais avec Edgar... Bon, je raccroche, je te rappellerai, ça fait des heures, j'oubliais que je ne suis pas chez moi...

— Dis donc, maman, au fait, tu es bien à Etre...

Raccroché.

*
**

Ces conversations avec sa mère sont toujours les mêmes, pense Jeanne. Légères. Evidemment, le vocabulaire a pris pour elle, ces jours-ci, un sens, un *poids* accru ; il lui est apparu que tout, en Gisèle, la laissait un peu sur sa faim. Une parfaite copie de mère agréable, point trop possessive, sachant cependant affirmer ses droits... Comme elle a été une parfaite copie d'épouse de petit industriel jusqu'à ce que le petit industriel soit saturé de cette perfection et aille s'installer avec la caissière d'un cinéma.

Gisèle : une vie languissante et tenace qui s'accroche toujours, comme un lierre – ou une ronce –, à une tige robuste dont elle épouse le mouvement. Marguerite Pujols est le dernier modèle en date : si laide, si noire, si élégante, le menton dur à la duchesse de Windsor, une vieille guêpe dangereuse qui a gardé fine taille et le jaune et noir distingué de son corselet. Gisèle l'entoure d'attentions, de soumissions de jeune fille. Il suffit à Marguerite, de la pointe de son menton, d'indiquer l'inadéquat d'un bijou fixé au corsage de Gisèle, d'un brandebourg, d'un foulard : « Ce n'est pas ça », dit le menton, et Gisèle court, se change, revient, légère. Légère. Elle suit une loi. Elle obéit à un code ; elle n'a pas la peine, le poids de vivre. Pour la première fois, Jeanne s'avise qu'il pourrait s'agir là non d'un trait de caractère, mais d'une méthode, d'une ligne de conduite. Consciente ? Cynique ? Jeanne n'a jamais soupçonné sa mère d'avoir la moindre affection véritable pour Marguerite Pujols.

Ni pour le petit industriel, fugitif beau-père. Ni, maintenant qu'elle y pense, pour la patronne du salon de beauté *Cléopâtre*, brave grand cheval blondasse et tintinnabulant de bijoux, courageux, qui a bien aidé Gisèle séduite, abandonnée, jeune mère. Ce pour quoi Gisèle lui témoigne une reconnaissance officielle, chaque année, par l'envoi d'une boîte de chocolats. Mais Jeanne, bien que toute petite à l'époque où sa mère faisait les ongles des messieurs avec de jolis soupirs, se souvient du grand cheval qui se faisait appeler Cléo et donnait aux petites coiffeuses les chocolats qu'on lui offrait en fin d'année parce qu'elle ne les aimait pas. Mais qu'importe à Gisèle qui s'est donné les apparences de la reconnaissance ? Cynique ? Consciente ?

C'est bien la première fois que Jeanne s'interroge sur sa mère. C'est une nouveauté mais elle ne le sait pas.

Peut-être Gisèle est-elle pourvue seulement d'un instinct que Jeanne ne possède pas. Détentrice de parts du *Relais Limousin* édifié par sa mère, pourvue d'une bonne pension alimentaire par l'imprudent propriétaire de Cuirs et Peaux qui a eu « tous les torts », Gisèle ne s'est jamais beaucoup fatiguée. Est-ce parce qu'elle a su respecter toujours cette loi des apparences que Jeanne commence seulement à découvrir ?

Elle avance, Jeanne, le long du ruban que déroule le petit voyant du pèse-personne. Le ruban gradué à soixante-dix-neuf kilos quatre cents, soixante-dix-neuf kilos trois cents, soixante-dix-neuf kilos deux cents... Ce ruban qui est aussi un chemin.

Apparences. Jeanne a toujours cru aux grandes causes. Elle a milité pour diverses formes d'écologie ; depuis longtemps elle fait une part, dans son cours, à la pollution ; elle ne trouve pas Brigitte Bardot ridicule. Il y a quelques années, c'est de tout cœur qu'elle a consacré une partie de ses soirées à ronéotyper des tracts contre la faim dans le monde. Evelyne et bien d'autres les distribuaient sur les marchés, près des églises. « Je peux y aller aussi, je prendrai le temps ! » a proposé Jeanne. « Oh non, Jeanne ! Vraiment..., ce n'est pas possible. » C'est bête, mais ça aurait fait rire. Une femme de quatre-vingt-cinq kilos qui quête pour la faim... Toujours le coup des petits Chinois. Alors elle a quêté pour la lèpre, mais c'était bien pour faire quelque chose. La lèpre, inexplicablement, ça ne lui disait rien.

Parce que la faim, elle connaissait. Justement parce qu'elle était *un peu trop grosse*. Elle connaissait. Elle avait été vraiment émue par la pétition qu'on a fait circuler peu après dans le collège, pour cet Irlandais qui faisait la grève de la faim – il en est mort, d'ailleurs. « Non, c'est Jean-Marie qui rassemble les signatures... » Cette fois elle n'avait pas compris tout de suite, puisque cela se passait à l'intérieur de l'école. « Mais ça ne suffit pas ! Il faut être plusieurs, et je connais bien le problème... » Alors Evelyne avait dit (avait été chargée de lui dire) : « Non, Elisabeth préfère que ce ne soit pas toi, parce que tu n'es pas catholique. » Dans un établissement non confessionnel, c'était peu vraisemblable. D'ailleurs Evelyne avait rougi si follement que, pour un peu, Jeanne aurait rougi aussi.

Et pourtant, catholique ou non, elle la comprenait bien cette faim qui était aussi une faim de liberté.

Elle la comprenait de mieux en mieux.

La faim du soir est faite de fantasmes, elle est goyesque, elle engendre des monstres sans consistance, mais finalement elle est furtive, assez peureuse, elle a mauvaise conscience. On arrive à la fuir dans le sommeil. La faim du matin est triomphante, radieuse. Légitime. L'odieux Pierquin n'a-t-il pas dit : « S'il faut que vous mangiez, mangez le matin » ? Cependant ce droit est limité, codifié. Un règlement lui a été remis. Encore des chiffres. Cent grammes de jus d'orange frais titrent 9 dans la colonne H (hydrates de carbone) et 54 dans la colonne C (calories), alors que cent grammes de pain de seigle complet cotent 46 dans la colonne H et 239..., oui, 239, dans la colonne C ! Manger le matin ! Ce serait une si belle phrase si on n'était pas venu la lui souiller avec des H et des C ! *J'ai embrassé l'aube d'été...* J'ai mangé le matin qui s'offrait... Elle ne mangera plus « le matin ». Elle mangera quelque chose, le matin. C'est bien différent.

« Et il y a des salauds, à je ne sais quel étage, qui ne sont pas partis en vacances et qui font griller du pain, fenêtres ouvertes, tous les jours ! » Elle s'assied, rageuse, devant l'unique tranche de pain sans beurre, la pâle tranche de jambon qui lui fournira des protéines (et 335 C, selon la liste). Au fond, ces listes sont peut-être uniquement destinées à vous couper l'appétit ?

Choisir, comptabiliser. Un œuf dur ou une tranche de jambon ? Un jus de tomate ou une petite salade (à l'huile de paraffine) ? Choisir, éliminer ! Et par un matin d'été où il semble qu'il n'y ait qu'à s'avancer dans les rues, dans les jardins, et à cueillir, à absorber la vie par la bouche, par les yeux, par les narines ! Rue Pinel, il y a un coin où se mélangent l'odeur d'un lilas hystérique et celle de la friture des merguez, c'est absolument délicieux ! Choisir ! Devant la fenêtre ouverte, contemplant sa table couverte de livres et de papiers, le tilleul qui s'épanouit avec arrogance et le petit catalpa qui se hisse, essaie de lutter, n'y parvient pas et humblement offre en compensation ses feuilles plus larges, en forme de cœur ou d'assiette (le tout sur un fond de bruits bien humains, porcelaines qui tintent, casseroles heurtées et même chasses d'eau, gargouillements de baignoires et de diverses tuyauteries – il reste encore quelques locataires), devant ces bruits, ces couleurs, le monde, choisir ! « Ah ! pense Jeanne, rejoignant sans le savoir à l'autre bout de la raison une petite sainte en biscuit, je choisis tout ! » Et dans cet élan qui va retomber, mais l'illumine un moment de joie et de malice (et qui verrait à la fenêtre cette tête fine, cette lumière dans de longs yeux, cette chevelure profonde dirait : quelle jolie femme ! et le dirait en souriant), elle voit apparaître alors Didier comme le jeune dieu cruel du matin.

Maintenant elle la découvrait, la faim qu'elle avait eue de lui ! La privation, qu'elle s'était imposée, de lui. Oui, elle avait « choisi » de ne pas l'approcher trop, de ne pas lui plaire quand bien même cela lui eût été possible. C'était la première privation qu'elle s'était imposée. Etait-ce à cause de cela que les autres avaient suivi ?

Etait-ce à cause de cela que, soudain, le manque de lui devenait intolérable ?

*
**

La pensée de Didier l'obsédait comme jamais. Allait-il lui faire signe ? Avait-il dit : « Je vous appellerai », comme elle l'avait cru, ou seulement : « J'essaierai de vous appeler » ? Elle attendait un coup de fil, une carte postale, avec une nervosité qu'elle n'avait jamais ressentie et dont elle rougissait. Elle savait que le facteur était passé déjà, ne repasserait pas avant la fin de l'après-midi, et pourtant il lui fallait descendre, aller s'assurer (espérant qu'un voisin ne l'apercevrait pas, qui l'aurait déjà vue deux heures plus tôt) que la boîte était vide. C'était à tel point inconscient qu'elle se surprit dans l'ascenseur plus d'une fois, sans le moindre souvenir d'être sortie de l'appartement, mue par un besoin qui se passait de sa volonté ; le même qui la précipitait vers la cuisine où elle se retrouvait, toute bête, debout devant le fourneau où rien ne chauffait. Alors, pensant à une citation de Colette, que pourtant elle n'aime pas tant que ça (et qui s'était écriée, devant une panthère du Jardin des Plantes, croit-elle : « Il n'y a qu'une bête ! »), Jeanne s'arrête et découvre avec stupeur : « Il n'y a qu'une faim. »

*
**

Juste avant midi (le moment où elle regarde, toutes les deux, trois minutes, le gros réveil posé sur son bureau : il ne s'agit pas de s'attabler avant douze heures trente, sous peine de décaler la faim du soir qui se prolongerait alors d'une heure ou deux, et deviendrait intolérable), le téléphone. Gisèle ? Une certaine curiosité est née en Jeanne, à l'égard de sa mère, tout récemment. Il y a des questions qu'elle voudrait lui poser, mais lesquelles ? Et comment questionner une personne dont toute l'habileté consiste, depuis toujours, à se dérober ?

Mais ce n'est pas Gisèle. C'est Evelyne, et Jeanne en ressent un brusque plaisir inattendu.
– Allô, ma chérie, c'est moi. Je voulais prendre un peu de tes nouvelles. Il fait un temps superbe, radieux vraiment. A Paris aussi je suppose, mais ici ! Si tu voyais le jardin, il n'a jamais été si beau ! Grand-père s'y attendait du reste, il avait préparé ses semis...
Douce Evelyne dans son jardin d'Enghien, heureuse de peu, entre son grand-père octogénaire, sa mère, veuve à rhumatismes, le « pavillon » (pas trop laid, il faut le reconnaître, petite dépendance d'un château disparu), les fleurs, l'été, une pauvreté limpide.

— Je suis contente de t'entendre. Qu'est-ce que tu fais, toute la journée ?

— Je me repose, c'est tellement agréable ! Et puis je fais les confitures de maman, je tricote pour l'hiver, pour les jumelles, comme ça je m'avance pour la rentrée, tu comprends. J'ai trouvé des modèles de pulls tout nouveaux à Régilaine...

Jeanne faillit demander : « Mais tu ne t'ennuies pas à mourir ? » Elle connaissait le grand-père, vieil ours, buveur, taciturne, et la veuve – très veuve –, avec des douleurs partout dont elle parlait. Elle connaissait Evelyne, aussi ; craignit de la peiner ; s'abstint.

— ... et j'ai de si bonnes nouvelles des jumelles ! Elles sont ravies du Club, Diane prend des leçons d'équitation, il paraît qu'elle est très douée, si seulement elle pouvait continuer à Paris, mais Xavier ne voudra jamais. Et Claire, figure-toi, suit une sorte de cours de botanique, mais très nouveau, très écologique...

— Je croyais qu'elles allaient faire de la voile ?

— Oh ! mais elles en font ! Elles vont revenir toutes bronzées. Ce sont seulement des cours facultatifs qu'elles ont pris en plus.

— Et que tu paieras en plus. Ce qui fait qu'on te reverra encore, en automne, dans ton petit tailleur brun-vert.

— Tu sais, c'est que je le veux bien... Et puis Xavier va reprendre son rôle d'*Ouragan sur le Caine* en octobre...

Douce Evelyne, soupirant, mélancolique sans tristesse, avec cette résignation mélodieuse, cette voix de flûte qui tient à distance les serpents charmés.

– ... et puis j'aurai bonne mine, cela fera passer le tailleur. Et toi ? Ça va, ma chérie ? Ça va vraiment ?

– Ça va, ça va. Je prépare mon cours pour les quatrième et cinquième sur les insectes. Mais je ne sais pas pourquoi, cette année ça me soulève le cœur. Tu sais : les larves, les cocons... Ça doit être l'estomac.

– Pauvre chérie ! Ton régime ?

– Ça doit jouer un peu.

– Mais tu continues ? Ça ne t'affaiblit pas ?

– Je prends des masses de vitamines. Tout ça est calculé.

– Div... Je veux dire Jeanne, tu n'es pas triste ?

Drôle de question.

Triste... Est-ce bien le mot ? Evelyne dispose, comme les écrivains populaires, d'un bien petit choix de vocables : triste, beau, amour, enfants, coupable, malheureux, pauvres gens, ce n'est pas sa faute... Elle fait avec ce qu'elle a, pauvre ange ! Mais triste ?

– Tu devrais venir ici quelques jours : on a beau dire : l'air de la campagne, et maman serait ravie. Tu sais, elle se ferait une fête de parler avec toi, qui lis tellement. Moi je n'ai guère le temps, mais toi... Vous pourriez discuter. Et puis, tu ne sais pas, grand-père s'est lancé dans l'apiculture, il a quatre ruches, maintenant...

Doucement, très doucement, Jeanne raccroche. Elle voudrait qu'il y eût un autre moyen d'interrompre une communication, sans la « couper » : terme brutal, geste définitif ; un moyen d'atténuer la voix, la perception, pour qu'elle s'éteigne pour ainsi dire sans le savoir : une source qui se perd dans la terre. Peut-être qu'à l'autre bout du fil Evelyne continuerait à parler sans fin, les fleurs, les abeilles, quel dommage que Xavier... Pourquoi cet univers m'est-il inaccessible ? Et pourtant j'y figure. Pour Evelyne, je suis à jamais Divine, son amie d'enfance ; Divine qui « ose tout », Divine qui est « impossible », Divine qu'on aime tendrement, sans questions, sans problème. « Je lui dis tout », déclare Evelyne qui a bien peu de chose à dire. Sans questions... Elle en a pourtant posé une, aujourd'hui : « Est-ce que tu es triste ? »

Mais jamais ! Jamais Jeanne n'a été triste ! Désespérée, furieuse, stupéfaite, indignée, oui. Exultante, aussi. Mais triste... Ses yeux se sont posés sur le réveil. Et tout à coup elle sursaute. Une heure et quart. « J'ai dépassé ma limite de trois quarts d'heure ! » Et, décontenancée sans doute, la faim de midi ne se manifeste pas. Jeanne triomphe. Puis s'assombrit : « Si Evelyne m'appelait avant chaque repas, est-ce que l'effet se reproduirait ? Si Didier... ? »

Il n'y a qu'une faim... Pensive, Jeanne allume le gaz sous la casserole à vapeur qui va cuire ses misérables filets de poisson. Elle les regarde sans le sentiment de pénurie, de punition même qui préside depuis des semaines à des repas absorbés d'un appétit rancunier. Elle mange. Il faut bien manger. Mais (si l'horrible Pierquin ne l'avait pas mise en garde : ne jamais sauter un repas) elle pourrait tout aussi bien ne pas manger. C'est donc que l'affection si fidèle, si chaleureuse d'Evelyne l'a *nourrie* ? Absurdité ! Elle se révolte. Il y a près de trente ans qu'Evelyne est son amie, son féal, son page, l'a toujours soutenue, admise, admirée même. A ce compte-là, chère Vivi, si ton amitié avait dû suffire, je serais mince comme un fil ! Oui, mais pour être *nourri*, il faut manger. Ai-je accepté, reçu, mangé l'affection d'Evelyne ? Si elle ne me posait jamais de questions, n'est-ce pas parce qu'elle était sûre de ne pas recevoir de réponses ? Ai-je été si égoïste ? Si insuffisante ? Ai-je tout pris sans rien donner ? Ou tout donné sans rien prendre ? Cela peut être de l'égoïsme, aussi.

Tout donné sans rien prendre. Didier. Comme un fils, disais-je. Comme un frère. Je l'aime ainsi. Je lui impose d'être aimé ainsi. Mais il ne le souhaite peut-être pas. « Qu'en sais-tu ? En as-tu pris le risque ? Et fallait-il le prendre ? »

Avec sa joyeuse humeur à la Falstaff, ses extravagances théâtrales, ses foucades et, pourquoi ne pas le dire, son apparence, son poids, ne l'avait-elle pas dissuadé de toutes les façons de voir en elle une femme ? Cette féminité qu'elle fuyait, qu'elle avait vue apparaître, dangereuse et ridicule comme une idole, sur le visage buté, le corps imposant de Geneviève, elle la lui avait refusée. Mais quoi ? Il fallait se faire bafouer, alors ? Rejeter ? Etre pour lui un objet de dérision ou, pire, de pitié ? Elle avait beau se souvenir, dans un passé qui n'était tout de même pas si lointain, d'Eloi adolescent, essuyant à son tablier bleu ses mains pleines de farine, ou d'Auguste, plus tard, avec son grand sourire – il était d'une nature gaie, ce bourreau des souris –, quand elle imaginait un homme penché vers elle, quel que fût son visage, il s'y superposerait toujours, comme une ombre, l'image du volage amant de Ludivine.

A supposer même qu'on pût (qu'il pût) l'aimer, combien de temps ? Comment juger l'amour que l'on vous porte ? Et si l'on trahit un appétit supérieur à ce que l'on vous offre ? Une capacité d'amour plus grande ? Des deux amants, lequel est le plus humilié : celui qui peut le plus, celui qui peut le moins ? Et où s'arrête le désir de possession ? Et est-ce de posséder ou de ne pas posséder qui vous rend le plus dépendant ?

Elle soupirait ; une fois de plus se rendait dans la salle de bains, se pesait. Mais sa récente mélancolie, qu'elle découvrait à l'égal d'un paysage jamais vu, la rendait presque indifférente au résultat. Soixante-dix-neuf kilos cent. Soixante-dix-huit kilos huit cents... Elle maigrissait, c'était indubitable. Mais en même temps ces pensées neuves, déconcertantes, qui éclosaient dans le silence comme des larves dont elle eût ignoré longtemps la présence obscure, l'alourdissaient. « Faut-il dire que je perds du poids ou que j'en prends ? » Et en même temps elle s'agitait. « Que c'est long ! » La cigale noir et fauve qui, en ce mois de juillet, accomplit sa métamorphose n'y met pas si longtemps. A peine quelques heures.

Elle se remit à préparer son cours sur les insectes. Mais avec prudence, comme si elle craignait d'y faire quelque découverte, encore prématurée.

Des après-midi s'écoulèrent, dans un silence plein d'élytres. Elle ne retrouvait pas cet enthousiasme sans faille qui lui avait fait choisir ce qu'on appelle les « sciences naturelles », à cause de leur diversité. De leur diversité, de leur unicité. Une méfiance ténue s'était mise à ronger même cet appétit-là. Dans la grande ruche du monde, des alvéoles fichaient le camp. L'insecte dit « livrée fauve » qui fait des cocons si jolis qu'ils rappellent certains motifs de céramique, la loi des troncatures rationnelles qui fait que les cristaux se brisent toujours sous le même angle, Pontus de Tyard qui décrivit des tableaux avant qu'ils n'eussent été peints et Jules Verne qui descendit sous les mers avant le commandant Cousteau, tous ces fragments avaient été parties d'un tout harmonieux, cimenté par une confiance fondamentale, joyeuse, qui se fissurait.

Cette confiance de Jeanne n'avait rien d'une foi, mais c'était une acceptation. Elle admirait que Ludivine eût été intègre et acceptait qu'elle eût été laide. Que Gisèle fût gracieuse et que cette grâce fût dérobade. Que Baltard eût, le premier, marié la pierre et l'acier, mais aussi donné le jour à cette terrible bâtisse : Saint-Augustin. Oui, Saint-Augustin même et le commandant Cousteau trouvaient leur place dans une économie de l'univers. Ainsi, mêlant le porc et le caramel, la courgette et la menthe, l'œuf et l'ananas, sa grand-mère lui avait dès l'enfance présenté, sous forme de soufflé ou de pièce montée, le microcosme d'un univers savoureux, sans faille et sans illusions, qu'il n'y avait qu'à absorber tel quel.

Mais si on en rejetait la moindre parcelle, si on tentait d'en modifier la plus modeste fatalité, alors venait le vertige. Alors la métamorphose ininterrompue : œuf, larve, cocon, paume fermée qui contient la nymphe, papillon qui devient poussière – et toute cette activité qui paraît joyeuse : élytres, antennes, mandibules, mortels coïts, labyrinthes, pourriture vert et doré qui, à son tour et inlassablement, engendre vers, larves, chenilles –, vous entraîne plus vite, et plus vite encore...

Arrêtez ! Arrêtez de vous transformer ! Que j'aie le temps de me rendre compte ! Que je réfléchisse !

Elle cria vers l'intérieur de son corps : « Arrêtez ! J'ai peur ! »
Le corps entendit, obéit. Il y eut un « palier ».

Du 19 juillet au 29 du même mois, elle ne perdit plus un gramme. Elle suivait son régime avec une rigueur accrue. Les faims s'éloignaient, comme des servantes congédiées, se retournaient encore une fois : « Pas de regret ?... » et refermaient des portes. Jeanne ne bougeait pas.

Elle abandonna quelques jours son travail sur les insectes, devenu insoutenable. Mais même les pierres changent. Des sédiments portés par les vents, par les eaux, deviennent roches : les laves créent des formes qu'érodent les glaciers. Certaines roches sédimentaires se forment par simple évaporation d'eaux salées. Jeanne glissait, dérapait dans une nature qu'elle avait crue fiable.

Evelyne téléphonait. Un bref soulagement suivait ces épanchements chaleureux, un peu niais, et Jeanne en rougissait. « Est-ce que je me prive de tout pour tomber dans la sucrerie ? » Mais, dans sa douce stupidité de pythie, Evelyne savait toujours à quel moment précis (doute, angoisse, résurgence d'une faim sans visage) elle devait téléphoner. Et Jeanne savait que c'était elle. Pas Gisèle. Le bridge (et Eloi, peut-être ?) devait l'absorber trop. Pas Didier. Il avait dit : « J'essaierai de téléphoner. » L'espérait-elle ? Elle recevait la sonnerie du téléphone en pleine poitrine, comme un coup de poing. C'était toujours Evelyne.

Jeanne donnait quelques conseils d'apiculture.

— Tu es bien calme ! disait Evelyne, inquiète.

— Je me repose. Cela me fait du bien.

— Oui ? (Evelyne était dubitative.) Ce n'est guère dans ta nature, de te reposer.

La Nature, encore.

Mais qu'est-ce qui était *sa* nature, maintenant que sa volonté s'était scindée en deux ?

Juste avant de partir en vacances, Gisèle lui avait dit, négligemment :

— Maigris si tu y tiens, mais enfin n'exagère pas. Ce n'est pas ta nature.

Elles avaient été au bord d'une querelle.

— Et tu crois que tu vas perdre du poids, toute seule, à Paris ?

— J'en ai déjà perdu, ça ne se voit pas ?

A ce moment-là, elle avait perdu quatre kilos. Ce n'était pas le bout du monde, évidemment.

— Avec le genre de robes que tu portes, il est bien difficile de juger... Remarque, c'est amusant, ça te va, ça a un petit côté oriental... Je n'aimerais pas ça pour moi, par exemple. J'ai même tendance à m'habiller un peu près du corps. Marguerite me le disait l'autre jour : « Vos pulls, ça fait années 40, Marilyn aux armées... » Elle est si drôle, Marguerite...

— Tu peux te le permettre, maman, avait dit Jeanne, vraiment aussi gentiment que possible. (Et, mise en confiance par sa propre générosité :) Mais imagine... Imagine que je devienne mince. Carrément mince.

— J'essaie, avait dit Gisèle sans excès de bonne volonté. Mais ce ne serait plus toi.

— Parce que, pour toi, je *suis* mon poids ?

— Mais non ! Que tu es fatigante ! Tu es... tu es un ensemble de choses et, forcément, si tu en changes une, le tout change. C'est comme quand on se fait couper le nez. L'équilibre des traits... La Nature...

— Mais enfin, maman, comment peux-tu parler de la Nature, avec un grand N, comme d'une force invincible et sacrée ? Tes cheveux sont châtains et tu te décolores... Tu t'épiles les sourcils, tu mets du fond de teint et tu as dans ton secrétaire une table des calories... Je le sais, je l'ai vue.

Gisèle était restée interloquée un bref, un très bref moment. Puis elle avait éclaté de son rire clair, de son rire *léger*.

— C'est que c'est ma nature d'agir ainsi, avait-elle dit plaisamment, contournant la dispute possible avec une aisance d'acrobate. Et crois-moi, si c'était la tienne, il y a longtemps que tu aurais commencé...

Il y a longtemps ! Et le hasard ? Et la Providence ? Et le libre arbitre ? Et les découvertes que l'on fait en soi-même ? Et le caillou qu'on ramasse par terre, distraitement, et qui est peut-être une pépite ?

Parfois Jeanne s'approche du pèse-personne, n'y monte pas. Elle le regarde comme un vestige trouvé dans le désert, la trace du pied de Vendredi. Ami ou ennemi ? Elle ne sait plus. Elle se détourne.

Dans le silence, le téléphone. « Cette fois la médiumnité d'Evelyne n'a pas joué, je n'avais aucun besoin d'elle. »

— Allô ?
— Didier ?

Elle s'attendait à tout, sinon à cette stupeur qui la frappe, cette stupeur qui précède la souffrance chez les blessés graves.

— Mais oui ! J'étais porté disparu ? Figurez-vous que je suis au large de Cagnes-sur-Mer, sur le bateau d'une amie, et nous venons de faire un pari... Je lui citais les vers : *Justes, ne soyez pas jaloux / De voir qu'au pêcheur en ce monde / Le bien de toutes parts abonde*... Définition qui correspond assez bien à ma situation actuelle, qui est absolument paradisiaque, et Raffaela me dit, avec un petit air de s'y connaître : « C'est de Marot. » Moi, vous savez, avec ma tête en l'air, je dis non mais j'hésite : Maynard, Théophile de Viau..., c'est un peu grave ; un protestant, peut-être : ça fait psaume... Bref, pas bête, au lieu de parier sur l'auteur, je parie sur vous, je dis : « Jeanne saura. Jeanne sait tout ! » Grande et généreuse, Raffaela consent, et une caisse de Gruaud-Larose attend votre réponse et son destin...

— Vous pouvez déboucher, dit Jeanne avec autant d'enjouement qu'il lui est possible d'en rassembler, mais vous ne le méritez pas : c'est presque votre voisin, Honorat de Racan, qui, retiré dans son château, moitié Anjou moitié Touraine, y a traduit notamment ce psaume, le quarante-huit je crois, mais là, je ne garantis pas...

Des cris joyeux retentissent là-bas, à l'autre bout du monde, au soleil, sur l'eau scintillante, à bord de ce bateau (un yacht, s'imagine-t-elle, qui porte du vin couleur de mûre et des femmes aux prénoms ailés). « C'est joli, Raffaela... Mais ce n'est pas si laid, Ludivine... »

— Merci ! Merci. D'ailleurs c'est vous qui devriez me dire merci pour la confiance que j'ai en vous ! J'aurais parié ma tête sur votre savoir !

Une voix féminine, claire, mélodieuse, une Evelyne heureuse (mais c'est antinomique), s'est emparée du récepteur :

— Bonjour, madame Jeanne. Et bravo, bravo ! Vous devriez faire les jeux télévisés, vous deviendriez riche très vite, et on ferait une grande croisière tous ensemble ! Et la suite du poème, vous la savez ?

— Mais... je crois bien... *Justes, ne soyez pas jaloux / De voir qu'au pêcheur en ce monde / Le bien de toutes parts abonde, / Il en sort aussi nu que vous. / Son esprit plongé dans les vices...*

— Dans les vices ! Oh ! Oh ! (Il y a là plusieurs personnes qui entourent sans doute Didier et Raffaela et s'exclament.)

— ... *plongé dans les vices / Qui ne croit point d'autres délices / Que celles que goûte son corps / Ne s'attachant qu'aux choses basses / Croit que Dieu le comble de grâces / Quand Il le comble de trésors... / Et combien... et combien...* Non, c'est plus long, mais je ne me souviens plus.

— C'est déjà formidable de savoir des vers par cœur, comme ça, dit la voix claire. Des vers si anciens ! Mais qu'est-ce que ça veut dire ?

Quelqu'un, à l'arrière-plan, doit le lui expliquer, car Didier reprend l'appareil. Sa voix est chaleureuse, affectueuse même.

— Vous vous rendez bien compte que c'est une croisière de débiles ! Mais ça ne va pas durer. Vivement la rentrée pour que nous reprenions nos petites expéditions culturelles !

Il dit encore quelques mots très gentils, très amicaux. Peut-être la juge-t-il froide, peut-être est-il gêné par son joyeux entourage ? Il va la rappeler. Ils vont à Cassis. Ce n'est pas une croisière, non, rien d'aussi

grandiose, seulement une promenade. Il rappellera
« d'un endroit plus tranquille »... Il l'embrasse. Il rappellera, il rappellera...

Oui, il la rappellera. Il reviendra. Ils iront encore
dîner ensemble au restaurant du *Cherche-Midi*, où
sont les meilleures aubergines au parmesan, ou chez
Katiouchka; ils iront se promener au Jardin des
Plantes, elle lui montrera le moulage du crâne extravagant de l'Arsinoitherium, qui tient son nom de la
reine Arsinoé, et, dans la serre, ces plantes aux noms
latins si drôles, *Glottiphylum Compressum*, qui ont
l'air fausses, l'air faites pour des médecins de Molière; ils chercheront aux Puces une table basse ou
une lampe pour son studio, qu'ils n'achèteront pas.
Ils parleront du Foucault de *La Naissance de la clinique*, de Pontus de Tyard, des guerres de Religion et
de cette période où le sang coulait, abondant, sur les
prés « émaillés » de fleurs... Elle aura faim de nouveau.

Elle souffrira ?

Non ! Pas cet esclavage. Elle a réussi jusqu'ici à ne
rien laisser paraître, à ne montrer que le visage
qu'elle a choisi. Pourquoi cela cesserait-il ? Pourquoi
serait-elle entraînée par la violence, par le désir qui
est souffrance, par la faim qui est le diminutif du désir ? Parce que c'est « la nature » ? Parce qu'on ne
peut pas aimer la nature sans aimer aussi la dou-

leur ? Ah ! c'est bien assez de souffrir ! S'il faut encore l'admettre !

Il la rappellera. C'est elle qui a raccroché la première. Elle raccroche toujours la première. Elle quitte les rendez-vous la première. Elle ne demande pas, ne sollicite pas. S'il l'invite, elle fait quelques difficultés. Supposez qu'il ne l'invite que par courtoisie, qui sait, par pitié... Evidemment la nature ce n'est pas ça. C'est l'enfant qui tend la main et cueille le fruit. Et si dans le fruit se trouve une guêpe, et si la guêpe mord la main confiante, la bouche sensible, c'est la nature encore. Alors ?

Elle regarde le téléphone à peine raccroché. Elle ne pourrait pas rappeler, même si elle le voulait. Elle ne le pourrait pas, même si elle le pouvait. En bateau... Non, elle ne veut même pas l'imaginer, parce qu'elle ne s'imagine pas sur un bateau. En maillot de bain ! Vous vous rendez compte ! Soixante-dix-neuf kilos ! A combien de kilos une femme a-t-elle le droit de quêter pour la faim ? De dire : « Je vous aime » ? A combien : « Vous me plaisez » ?
Mais puisqu'elle ne veut pas le dire !

Oh ! je te déteste, grand-mère ! Je te déteste de m'avoir, dès l'enfance, fait croire que l'amour et la souffrance n'étaient qu'une seule et même chose ! D'avoir nié non pas le souvenir, mais sa grâce : ces quelques heures de miséricorde sur toi descendues. De t'en être servie même, pour affirmer : rien n'est vrai que ce que l'on touche, mange, respire, voit. Et tout ce qu'ainsi l'on respire, voit et touche est insignifiant. J'ai changé l'insignifiant en comestible, c'est tout ce que j'ai pu faire. Oh! que je te déteste, aujourd'hui, de m'avoir convaincue, et de *ne pas* m'avoir convaincue à jamais! Je te déteste pour ton art, tout proche de l'ironie. Je te déteste d'avoir nié toute transparence au moyen d'un salmis de perdreau. De n'avoir pas su dépasser le temps : avant d'être nourriture, le perdreau a été un vol! Et si aujourd'hui il embaume sa propre mort de baies de genièvre, s'il compose pour demain la mort future du gourmet, c'est qu'« aujourd'hui » et « demain » ne veulent rien dire, grand-mère!

Bien sûr que je ne te déteste pas. Tu as cru me protéger : tu m'as gavée.

Et pourtant (si j'avais su ouvrir les yeux), la faim était là. Et pourtant, un soir, sur ton visage une douceur, sur tes lèvres des mots échappés malgré toi : « Je pense... je pense à un endroit, dans le bois de châtaigniers... » Penses-y davantage, grand-mère. Pensons-y ensemble. Très fort. Ne rejetons pas comme un mensonge ce qui a été un moment.

Une larme! Une seule! Et pas cette taciturnité qui t'a rendue célèbre : « Un personnage! » dit-on dans ce pays-ci. Pas ces foucades, ces mauvaises humeurs spectaculaires qui faisaient rire, qui enchantaient le client blasé et tous ceux qui ignoraient que, comme le jeune Spartiate, tu portais un renard très méchant dans tes entrailles!

Si tu vivais encore, grand-mère, je trouverais bien quelque chose. Le souvenir ne serait plus ce méchant renard qui te ronge et que tu supportes, stoïque et bougonne. Il resterait ce rayonnement. Nous nierions les étoiles mortes. Elles nous éclaireraient toujours. Si tu vivais encore, si j'avais su ce que je sais, ce que je découvre, grand-mère, j'inventerais pour toi une vérité. Elle a bien dû avoir une amie, une confidente, cette jeune fille Ludivine ! Cet éternel jeune homme qui serait mon grand-père, il avait peut-être un frère, un ami avec lequel il avait fait son service militaire, ou qui l'accompagnait dans les bals de campagne. Quelqu'un qu'on pourrait toucher. Je te ferais écrire une lettre. Cette lettre que tu n'as jamais reçue, qui dirait en substance : « Ludivine, il vous a vraiment aimée. » Et puis, pour expliquer l'abandon : « Il voulait faire fortune » ; ou : « Ses parents l'ont envoyé au loin. » Peut-être : « Il est mort du choléra, de la grippe espagnole » ; ou, plus légendaire encore : « Il est parti en Amérique du Sud. »

Tu pleurerais, enfin. Comme on le dit d'un clou avalé par mégarde, du fragment d'une balle s'il est minuscule, cette larme remonterait, atteindrait tes yeux. Tu te dirais : « Il m'a aimée ! » Ce serait une larme de joie.

Alors Jeanne, l'enfant Divine, serait différente. Cesserait d'être, elle aussi, un « personnage » pour devenir, tout bonnement, une personne.

Maintenant, il y a bien quinze minutes, un bon quart d'heure, oui, que Didier a téléphoné.

Cette année, la rentrée est le 18 septembre. On est le 1ᵉʳ août. Encore quarante-sept jours avant de retrouver ce que j'ai fui. Ce que je refuse. Ce que j'attends.

Nous irons encore dîner ensemble. Au café, il me dira : « Voulez-vous un taxi ? Je vous raccompagne ? » Je dirai non, je dirai oui. Dans le taxi, il fera sombre et sale. Deux mégots par terre, une très vieille odeur de tabac, de déodorant bon marché ; la banquette sera de peluche comme dans certains vieux cinémas, disparus maintenant, où l'on jouait des péplums italiens, *Maciste et les hommes bleus.* Il ne rira pas. D'habitude je trouve une anecdote, quelque chose pour que nous nous quittions en riant. Je ne trouverai pas. Il dira : « Je vous trouve changée » ; et moi, pour lui faire comprendre que tout est changé, doit changer, je lui dirai : « Vous aussi. » Le vieux taxi nous secouera terriblement, le chauffeur grommelant, écoutant les informations et se les commentant. Nous serons forcément jetés l'un contre l'autre, et je n'aurai pas ce sursaut qui m'écarte de lui, ce spasme de honte : « S'il s'imaginait que j'ai cherché ce contact ! » Je me laisserai aller, puisqu'il fait sombre, il mettra son bras autour de mes épaules comme pour me retenir, et nous serons arrivés. Je ne dirai pas : « Un dernier verre ? » comme dans les feuilletons américains où les femmes ont de belles coiffures bouclées, des maquillages indestructibles. Lui non plus ne le dira pas. Il paiera le chauffeur, tout naturellement, puisque nous serons arrivés, et il prendra l'ascenseur avec moi.

Et ce sera Didier. Pas l'Episode furtif, à peine réel, pas Eloi le marmiton, pas Auguste, pas tel ou tel se disant au sortir de table : « Avec celle-là, au moins, pas de complications », impression qu'elle s'est – par orgueil et par humilité – toujours efforcée de donner. Ce sera Didier. Un gentil garçon qui a trente-trois ans ; un bourgeois français plus riche de préjugés que d'argent, malgré « la propriété de ma mère en Touraine » et « le bateau » ; un garçon soucieux d'originalité sans risque, avec ce côté un petit peu voyou des fils trop aimés de leur mère, ce côté un peu sentimental des voyous – surtout en temps de guerre –, ce côté un peu parasite des garçons restés adolescents qui usent du bien d'autrui (le bateau, la voiture, les invitations gratuites qu'on a par l'ami d'un ami du ministre, et la bonne volonté, la culture d'une « copine », de sa copine Jeanne) ; avec une brutalité un peu gauche, un peu voulue, qui fait les délices de la mère et de l'amante qui croient encore le sentir bouger dans leur ventre.

C'est Didier. Qui est beau comme on l'est aujourd'hui, sans finesse, le trait un peu appuyé au contraire, le front buté, le nez droit un peu large, enfantin, la bouche sensuelle qui vise à l'ironie et n'atteint que l'effronterie gentille. Qui est intelligent comme on l'est aujourd'hui, courant à l'effet, à la généralité, à la trouvaille : s'il n'y avait que les têtes de chapitres à écrire, il serait génial... Qui est susceptible d'élans, de révoltes, de générosités subites, pourvu qu'il n'y ait pas de « suivi » trop durable. Didier qui est vivant.

Si vivant. La seule chose qui importe. Et elle, qui est vivante aussi. Ils entreront dans l'appartement. Il sera peut-être en ordre si Mme Lopez est passée. Peu importe, parce qu'ils iront tout droit dans la chambre. Elle aura laissé allumée la lampe au pied de bronze. Avant même de l'embrasser, elle aura laissé glisser sa grande robe vague, noir et blanc, et adroitement aura fait tomber son sous-vêtement en même temps. Ainsi sera-t-elle nue, d'un seul geste. Il sera encore temps pour lui de fuir, s'il le veut. Il n'aura même pas retiré sa veste... Mais que va-t-elle imaginer là ? Il n'aura aucune velléité de fuir. Il sera pris dans le cercle enchanté de la chambre, du lit – blanc comme les lits où l'on naissait, autrefois –, de la lampe, des douces fleurs endormies, un bouquet rond sur la commode ; il sera sous l'effet d'un charme parce qu'elle, ce jour à venir, saura qu'elle est belle... Comme Geneviève. Pardon, Geneviève, merci. Il n'y aura plus de poids, d'années, de durée, de crainte. Ils seront de vrais amants entrant dans les saisons et les métamorphoses.

Il la verra d'abord comme une montagne blanche, sacrée ; il grossira ses seins encore par la pensée ; il sera son fils, son enfant, il se jettera goulûment vers ses mamelons violets, du ton du jeune artichaut, et il se laissera tomber sur le lit encore vêtu pour qu'elle, nue, soit la géante, le mythe du lait et du miel sourdant de tout son poids moelleux. « Etouffe-moi ! Enveloppe-moi ! » Et il aura sa tête bouclée entre les seins prodigieux, comme un bouquetin poussant du front le ventre nourricier. Mais bientôt il voudra une possession plus complète ; les formes, les odeurs, les poivres de l'aisselle, la morsure dans le cou. Il basculera, lui fera sentir son poids à lui qui ne fond pas, qui ne cède pas, les os durs de son bassin, les mains dures qui étreignent trop fort ; et elle gémira, sa tête à elle roulera de gauche à droite entre les oreillers et – comme son corps échauffé laissera s'épanouir une odeur profonde – ses cheveux se déferont, la nappe obscure se répandant autour d'elle comme un aveu, comme un voile qui en même temps cache et révèle qu'elle est femme. Et ne le sera-t-elle pas, tandis qu'il arrachera ses vêtements, la serrant toujours entre ses genoux, suivant un processus inverse de celui de la naissance (mais elle sait déjà qu'elle l'a mis au monde, que c'est un homme qui prend possession de ce ventre qui l'a connu enfant) ? Et elle sait qu'il va prendre ses mains à elle, les promener sur son corps à lui, connais-moi, reconnais-moi, touche mes épaules, mes bras, je suis unique, ami, amant, touche mon sexe, prends-le dans ta belle main, je ne suis plus personne que ce sexe vivant qu'attend déjà le tien.

Ainsi basculeront-ils sans fin du particulier au général. Qu'elle jette un regard égaré vers la glace de la commode et y aperçoive, corps brun, corps blanc, s'accomplir un acte mille fois saint depuis le début du monde, un rite auquel elle participerait en même temps que des milliers de corps qui la vide de tout ce qui n'est pas en elle pure féminité, ou que tout à coup, dans un renversement qui donne le vertige, elle aperçoive son profil gauche à lui, légèrement dissymétrique (trait pour lequel, incompréhensiblement, elle l'a tout d'abord aimé), et cette imperceptible cicatrice au front d'un coup de balançoire reçu enfant, et elle le retrouvera comme si elle l'avait perdu. Tandis que lui, qui s'acharne encore en morsures préliminaires, animales, sur cette étendue pâle marquée de taches rouges, luisantes d'une salive pure, s'arrêtera soudain devant le sexe, petit, caché d'une mousse plus claire que la chevelure, bien plus secret que la bouche, et qui semble d'une autre femme, ou d'un autre aspect, vulnérable, implorant, de la femme qui sera là, qui ne sera presque plus là dans la grande métamorphose.

Ainsi s'arrêteront-ils plusieurs fois dans leur fougue, bridant les grands chevaux lâchés, les retenant le temps de se reconnaître, c'est toi ! c'est toi ! et s'abandonnant de nouveau dans un grand tumulte de crinières, de vagues, de flancs mouillés, de ces halètements rauques qui sont d'animaux ou de violoncelles, de ces décollements de peaux qui sont bruits de ventouses ou de tambours mayas, puis ne pourront plus arrêter l'enchevêtrement furieux qui mêle le sacré à l'ignominieux, où plus rien ne se distingue, bouche, vagin, bâton du commandement, verge qui est aussi verge de Moïse, anus-anneau nuptial plus secret, jusqu'au double jaillissement de l'orgasme et du cri, l'un aigu comme celui d'un oiseau qui s'envole, l'autre profond comme d'une pierre qui tombe dans un puits. Ah! comme en s'unissant ils se séparent! Ah! comme complémentaire veut dire différent!

Ah! combien le visage de Jeanne sera couvert de larmes!

Le visage de Jeanne est couvert de larmes. Il y a une heure sept minutes que Didier a téléphoné. Exactement.

Le visage de Jeanne couvert de larmes. Ses cuisses humides aussi d'une noble rosée. La force de l'esprit !
Oui. Pauvre grand-mère, elle eût été choquée. Et pourtant..., l'étoile morte... Est-ce que l'imagination est vraiment différente du souvenir ? Est-ce que le bois de châtaigniers, promu au rang d'aire de repos, d'harmonie, éternellement disponible, le fantasme ne peut pas en tenir lieu ? Quelle différence ?
La douleur, voyons ! La douleur.

Le corps possédé en esprit (ou au cours de l'Episode, parfaitement) ne laisse derrière lui aucune frustration. Comment être frustré d'une absence ? La présence, en revanche, la présence réelle, les mots prononcés, les caresses reçues portent toujours en eux la faim d'un mot plus décisif, d'un geste plus symbolique. Si les amants ne se lassent pas des ressassements, des serments, des monotones litanies du corps et de l'esprit, n'est-ce pas à cause de leur insuffisance ? Aller plus loin. Posséder plus... Le désespoir est au bout, ou, pour le plus grand nombre, la lassitude. Ils passent (Jeanne se souvient) du canard aux pêches à la terrine de lièvre, et la satiété, plus noblement la plénitude, si on veut – mais la noblesse est partout : dans mon estomac, entre mes cuisses, dans mon cerveau, mon cœur –, la satiété ne vient pas. Qu'importe qu'il s'agisse d'un aliment ou d'un être si ce qu'on cherche est au-delà ? Passe à travers ?

Incorrigible, tout à coup Jeanne se met à rire. Elle vient de se remémorer ce fait divers d'un Japonais qui débita en tranches et mangea, par petites portions, sa maîtresse, une Hollandaise mise au frigo en pièces détachées. On a eu vite fait de te dire fou, pauvre Jap. Naturellement ça arrangeait tout le monde. Et puis ça dispensait de réfléchir. Et toi-même, après la peu ragoûtante besogne (est-ce qu'il l'a mangée crue ? cuite ? est-ce qu'il a conçu des sauces ?), est-ce qu'un moment, un seul moment tu t'es dit : « Ça y est ! Elle ne peut plus m'échapper. Je la *possède* enfin » ? Ou est-ce que, dégrisé (mais tout de même, il ne l'a pas mangée d'un seul coup, il en a fait plusieurs repas), tu as buté, toi aussi, sur l'impossible satiété ?

Comment savoir ? Mais Jeanne est sûre d'une chose : c'est qu'il n'a pas dû regretter. N'est-ce pas, samouraï ? A défaut de posséder ce corps qu'il ne t'avait pas suffi de pénétrer, cet esprit, ce cœur peut-être rebelles, en tout cas obscurs, tu possèdes dorénavant leur absence totale. Tu as dû apaiser ta douleur. Car l'absence ne réserve rien d'elle-même. On ne peut lui demander d'en faire plus, d'aller plus loin. Tu es comblé, samouraï.

Oh! bien sûr, elle brode. C'était peut-être un dingue pur et simple, et sa Hollandaise, il ne l'aimait pas du tout. Une petite fringale l'avait pris, c'est tout. Mais Jeanne a payé pour savoir ce qu'il y a derrière la petite fringale, le petit creux. Et, moitié riant, moitié rêvant, il lui apparaît maintenant que, s'il est une satiété, c'est dans la faim même qu'on la trouve. Que, s'il est une possession, c'est dans le manque. Et peut-être même que, s'il est un dieu, c'est dans l'absence ? Ah ! mon vieux Jap, j'aurais bien aimé parler de tout cela avec toi !

Un grand moment passe, tout blanc.

Elle est presque calme. Les excès de la terrible soirée où elle a entrevu pour la première fois cette évidence, qu'il n'y a pas de satiété, elle ne les commet pas. Elle ne se jette pas dans la cuisine. Elle ne se jette pas sur le téléphone (elle a le numéro de la mère de Didier, elle pourrait savoir comment l'atteindre – mais ne l'a-t-elle pas déjà atteint ?). Elle est assise et ne cherche plus à esquiver cette pensée qui ne s'attache à aucune chose, cette pensée qui ne mange pas.

Elle se rend dans la salle de bains, se lave, pensive, comme on se purifie, sans gêne, sans honte aucune. Elle change de robe.

Un peu plus tard (elle s'est remise à travailler sur ses insectes, assise à son bureau comme d'habitude, levant les yeux de temps à autre sur le tilleul parfaitement immobile, il n'y a pas un souffle de vent), elle se relève, en proie à l'une de ces impulsions dont elle est coutumière ; mais cette fois l'impulsion vient de plus loin, de plus profond que l'humeur ; elle comporte un risque ; elle est lente comme une source qui vient des entrailles de la terre, chargée de minéraux, et qui va sourdre plutôt que jaillir ; et les gestes de Jeanne sont moins vifs, les muscles résistent peut-être un peu, comme indépendants ; et pourtant elle est levée, elle marche, elle va vers le mur opposé et, d'un geste encore incertain, elle débranche la prise du téléphone. Elle retourne sans bruit à sa place.

*
**

Le temps se ralentit considérablement. Elle travailla. Renouveler ses cours, trouver des idées pour le temps libre des enfants. Elle continuait à faire une fiche, de temps en temps. Puisqu'elle avait commencé... La poétique du corps souffrant. Elle oubliait de fumer, sans s'en apercevoir.

Un silence régnait au-dehors, et en elle. Une attente. Parfois, dans la chaleur qui se faisait torride, elle regardait de loin, assise à son bureau, sans bouger, la prise du téléphone. Parfois elle se levait pour se faire un café, traversait la cuisine sans émoi, ouvrait le réfrigérateur et contemplait le beau vide, rigide et net. Elle faisait des croix sur le calendrier des postes. Elle comptabilisait les jours de silence, les jours sans mère, les jours sans Evelyne, les jours sans Didier, comme elle avait comptabilisé les jours sans pain, les jours sans sucre. Elle maigrissait.

De temps en temps, un événement minuscule se produisait dans ce temps étiré, redoutable : la brindille dans le désert. Début août, comme elle passait devant une petite épicerie de luxe où elle s'était beaucoup fournie, elle ressentit comme un besoin de s'excuser :

— Je ne vous abandonne pas, vous savez... Je viens un petit peu moins parce que j'ai commencé un régime.

— Ah oui ? dit la brune au corsage rouge, avec l'air de se demander en quoi ça la concernait.

— Vous me l'aviez conseillé si souvent.

— C'est sûrement pas moi, c'est ma sœur, dit l'autre, l'air vexée.

Jeanne s'en alla, confuse. L'épicière s'était un moment, pour elle, réduite à sa fonction.

Quelques jours après, en faisant « des rangements » (ce qui consistait, le plus souvent, à jeter des objets qui l'encombraient et dont elle ne ressentait le besoin ou le regret que plusieurs jours après), elle ramassa distraitement une boîte à biscuits en métal, vide, qu'elle précipita dans le vide-ordures avant de se souvenir que c'était celle qui servait de boîte à couture à Ludivine. Objet sacré, objet fétiche. « Mais qu'est-ce qui m'a pris ? » murmura-t-elle.

Juste avant le 15 août, elle fit un peu de lessive chez elle, dans le lavabo : un pull-over, deux slips, trois grands tee-shirts dont elle se servait pour dormir. Puis, dans la foulée, elle ramassa un cardigan, une écharpe, une sorte de djellaba de coton. Elle lavait, elle savonnait, sans pensées, quand tout à coup une démangeaison qui était presque une brûlure la fit sursauter. Elle n'avait pas enfilé ses habituels gants de caoutchouc et ses mains, ses belles mains, allergiques au produit, déjà se couvraient de taches. Elle les rinça en hâte, courut se saisir d'une crème achetée depuis trop longtemps, ne trouva pas, trouva. Mais déjà ses mains, dont Didier disait gentiment que c'étaient « les belles mains d'Anne d'Autriche », boursouflées, marbrées d'écarlate, étaient méconnaissables.

Assise à son bureau, les mains posées devant elle comme de curieux objets, elle les regarda longuement. « Ce sont pourtant mes mains, les mêmes mains... », et elle les faisait mouvoir avec étonnement, comme on fait des ombres chinoises.

La veille du 15 août elle se pesa. A cause de la date, elle s'était dit : « Les retours vont commencer », et s'était comme réveillée. Ce jour-là elle monta sur le pèse-personne et y lut : soixante-quinze kilos cinq cents. Même, l'aiguille semblait glisser un peu vers les quatre cents grammes. Soixante-quinze kilos quatre cents grammes. Elle avait perdu plus de trois kilos et demi depuis le jour où elle avait débranché le téléphone.

*
**

On sonna. Elle n'ouvrit pas.

On sonna. Elle n'ouvrit pas.

On sonna. Elle attendit que le silence se rétablît. Mais un murmure confus de voix sur le palier, des grincements, des raclements l'alarmèrent. Etait-il possible... ? Mais oui ! On forçait sa porte ! Elle s'élança, mais, au moment où elle atteignait l'entrée, la porte céda et, suivie de Selim, décoiffée, affolée, Evelyne se précipita dans la pièce.

— Ma chérie ! Ma chérie ! Mais il y a quinze jours que je t'appelle ! A toutes les heures ! Tous les jours ! Jamais de réponse ! Ce matin encore... J'ai failli appeler les pompiers ! Mais Selim qui venait de rentrer m'a proposé d'ouvrir d'abord la porte...

— Sans abîmer, madame Jeanne ! Sans abîmer !

— ... et te voilà ! Mais comment as-tu pu me faire une peur pareille ?

Jeanne était abasourdie encore par cette irruption : Selim en costume du dimanche, mais une boîte à outils à la main, et Evelyne rouge et essoufflée, rescapée du Bazar de la Charité.

— Mais enfin, quelle peur ? Je t'avais dit qu'il me fallait un peu de tranquillité, de silence...

Sa voix résonnait étrangement à ses propres oreilles, comme si elle venait de descendre d'avion.

— Tranquillité ! Silence ! Mais tu pourrais penser

un peu à la tranquillité des autres, aussi ! Quand on fait des choses pareilles, on prévient !

— Des choses pareilles ! On dirait que j'ai commis un crime. J'ai tout simplement débranché mon téléphone !

— Eh bien, tu devais me le dire : je débranche de telle à telle date. J'aurais parfaitement compris. Mais ce silence brusque, qu'est-ce que tu voulais que je pense ? Que tu étais mourante, à l'hôpital, ou que tu avais été agressée, ou... Enfin, je ne sais pas !... Que tu avais fait une folie...

— C'est vrai, madame Jeanne, intervint Selim avec une discrète fermeté. Ce n'est pas à moi de vous le dire, mais ce n'est pas bien, ce que vous avez fait là. Ce n'est pas bien...

— Enfin ! protestait Jeanne, suffoquée, j'ai tout de même bien le droit...

— Tu as toujours cru que tu avais tous les droits, dit Evelyne avec une violence inaccoutumée. Il serait temps de te rendre compte...

Et en démenti à ces sévères paroles elle se jeta au cou de son amie, les yeux humides.

— Oh ! tu sais, j'ai eu si peur ! Mais si peur ! N'est-ce pas, Selim ? Enfin, maintenant, je vais pouvoir prendre mon train l'esprit tranquille !

— Tu retournes à Enghien ?

— Pas du tout ! Figure-toi, j'étais si contente, et puis je voulais absolument te raconter, te parler..., c'est comme ça que... Et les renseignements, tu sais, ils ont été odieux, mais odieux, alors qu'ils sont si gentils d'habitude ! Des remplaçants sans doute... Enfin : Arditi s'est cassé la jambe !

— C'est ça qu'il fallait que je sache dans l'instant ?
— Oui, parce que Xavier le remplace à Avignon, dans *Henri IV* de Pirandello ! Il joue demain ! Un rôle tellement... Oh ! c'est fait pour lui ! Je suis sûre que ce sera un triomphe ! Je ne l'ai pas prévenu. J'aurai toujours bien une place par Nadia. Tu ne crois pas que c'est mieux ? De me savoir là, ça pourrait le perturber...
— Peut-être pas dans son jeu, mais peut-être bien autrement, dit Jeanne malgré elle.

Le petit visage pâlot d'Evelyne, transfiguré par la joie, l'attendrissait et l'agaçait. Une telle béatitude ayant pour source Xavier Berthelot !

— Si je le gêne, Nadia me le fera comprendre, disait cependant Evelyne sans que son sourire radieux en parût altéré. Je reprendrai le train de nuit. J'ai pris un billet à tout hasard. Couchette première, s'il te plaît !
— Qui est-ce qui fait des folies ?
— Tu ne vas pas comparer ! soupirait Evelyne.

Non. Sans doute. Que répondre ?

Déjà elle reprenait la veste de coton de ce tailleur jaune d'or qui faisait un peu jeune parce qu'il était bon marché.
— Je vais m'acheter un tee-shirt de rechange et je cours à la gare, maintenant que je suis rassurée. Selim...
— Ne vous inquiétez pas, madame Berthelot. Si madame Jeanne permet, j'en ai pour un quart d'heure, je revisse la serrure, un peu de mastic, et on n'y verra rien.

Jeanne fut sur le point de refuser. Selim était bavard quand il s'y mettait. Quand il était venu l'aider à déménager, il était resté là des heures, littéralement des heures, à lui raconter son adolescence dans la petite ville de Bursa, que les Français appellent Brousse et dont il était originaire. Dépeignant aussi bien les tombeaux de la dynastie ottomane que son propre mariage et la mort de sa femme ; l'inique procès que lui avaient fait ses deux beaux-frères et qui l'avait ruiné, aussi bien que la légende de Nourredine Hodja.

Mais, si elle le renvoyait, il faudrait le faire revenir ou appeler un serrurier.

— Allez-y, Selim. Si vous croyez qu'en un quart d'heure...

Elle était tout de même un peu embarrassée de rester seule avec lui. En dehors de leur brève rencontre chez Inno, elle ne l'avait pas revu depuis la fin des cours et se demandait si Geneviève lui avait parlé de leur altercation.

Il travaillait avec calme et précision, prenant soin de ne pas salir. C'était un homme grand, massif sans être gros, portant des costumes un peu clairs, un peu larges, qui flottaient, et, sur son visage, cet air de noblesse et de sérénité que donne la calvitie aux visages réguliers. Il avait quelque chose de Pierquin. Sa voix était douce, mélodieuse, vite lassante par sa monotonie.

— Vous savez décidément tout faire, Selim, dit Jeanne un peu maladroitement.

Elle avait hâte qu'il fût parti, mais était tout de

même reconnaissante. C'est vrai qu'elle aurait pu être malade, ou s'être cassé une jambe comme Arditi, et ne pouvoir se traîner jusqu'au téléphone. Mais elle ne pensait jamais à cela.

– J'ai appris beaucoup de choses manuelles en France, madame Jeanne. Dieu sait que je ne m'y attendais pas... Vous n'auriez pas un journal ? Je ne voudrais pas salir la moquette... Merci... A Bursa, je passais pour un intellectuel. Ça m'a plutôt fait du tort, d'ailleurs, au moment de mon procès... Je puis brancher la petite ponceuse ? J'en ai pour un instant, et ça fera quand même plus « fini »... J'étais un très bon joueur d'échecs, par exemple. Quand on savait que j'allais disputer une partie, les hommes se rassemblaient par douzaines pour voir la partie, si j'avais un bon partenaire. Et puis je connaissais un peu les lois, je donnais des leçons de français, d'athéisme...

– Des cours de quoi ?

Jeanne essayait de retrouver le fil.

– D'athéisme. C'est-à-dire que je prenais le Coran, la Bible, avec respect, notez, madame Jeanne, je ne suis pas un fanatique, mais je leur faisais voir les illogismes, les obstacles au progrès... L'esprit cartésien, en somme... Madame Jeanne ? Vous savez, Geneviève est restée très peu de temps en colonie de rattrapage. Ça ne lui a pas plu. Elle est chez une amie, en Lozère. Quand elle sera rentrée, vous pourriez peut-être...

Pour éviter le sujet, Jeanne sentit qu'il fallait lui offrir un café et qu'il allait parler de Voltaire. Il en parla.

205

Discuter avec lui des problèmes de Geneviève, et maintenant, non. Elle s'arrangerait pour régler le problème toute seule, à la rentrée. Elle s'excuserait (ce serait bien la première fois). Elle s'expliquerait. Peut-être pourrait-elle amener Geneviève à une vraie discussion ? Déjà le contact humain lui manquait. Dans quelques semaines, quand elle aurait encore réfléchi un peu, maigri un peu, mis au point un nouvel ordre de vie, elle serait heureuse de retrouver ses semblables.

Elle regarda Selim qui parlait de la France comme Evelyne parlait de Xavier. Voilà ce qu'il fallait mettre au point : la ferveur, l'enthousiasme, l'abnégation, oui. Mais l'objet, forcément limité, forcément indigne de cette ferveur, comment le bannir ? Ou plutôt le *traverser* ? Autrement dit, ce qui est important, dans un régime, ce ne serait pas tellement de maigrir...

Selim citait le *Discours de la méthode*.

*
**

Des semaines encore passèrent. Quelques jours avant la rentrée, elle devint semblable à la mère d'un nouveau-né, s'inquiétant quand il crie, s'inquiétant quand il ne crie pas. Elle avait faim, dominait sa faim, aimait sa faim ; puis la faim disparaissait et elle s'en tourmentait jusqu'à ce qu'elle l'eût retrouvée.

Quand elle eut rebranché le téléphone, quand Gisèle eut annoncé son retour, quand Manon l'eut invitée à déjeuner pour la fin septembre, quand Evelyne lui eut raconté les triomphes de Xavier et les exploits de ses enfants et dit la hâte qu'elle avait de la retrouver au collège, quand après être passée dix fois devant la boîte aux lettres sans l'ouvrir elle y trouva une carte de Didier remontant à plusieurs jours et qui disait : *A très bientôt, surchargé de travail (?) mais lettre suit et encore à très, très bientôt*, elle sut qu'elle ne pouvait plus attendre. L'épreuve définitive devait avoir lieu avant que le collège rouvrît, avant que sa nouvelle vie commençât.

Elle mit une robe propre, passa le peigne dans ses cheveux qui paraissaient plus sombres autour du visage mince, elle se lava les mains et se brossa les ongles avec une certaine solennité. Elle chercha encore quelque soin raffiné à apporter à sa personne et, peu experte en coquetterie, ne trouva rien d'autre que de passer au blanc ses sandales, ce qui massacra ses ongles de nouveau. Mais bah ! c'est blanc, c'est propre, pensa-t-elle, déjà lasse de ces apprêts exceptionnels, et appréhendant peut-être le résultat de l'expérience qui allait suivre.

Elle avait pris son panier, pour se donner une contenance. Elle y glissa un paquet de cigarettes, intact depuis huit ou dix jours. Un exutoire, en cas de tentation trop forte. Et elle marcha le long de l'avenue, priant pour ne rencontrer personne, car elle avait besoin de toute sa concentration. Elle traversa la place du marché.

Là, elle prit une grande respiration, se sourit à

elle-même pour se donner du courage : « Ce n'est pas si terrible », passa la main dans ses cheveux qui tombaient bien et, très droite, entra dans le grand magasin Inno.

Elle reconnut qu'elle était nerveuse à son odorat exacerbé. En passant à travers le rayon des vêtements, l'odeur de la laine propre mais rêche, des emballages neufs – acidité du plastique, rugosité âcre du carton – lui donna presque la nausée. Mais elle alla tout droit, résolue, comme si elle entrait dans une fournaise, au rayon alimentation.

Il était situé au sous-sol. L'escalier roulant l'y entraîna avec une lenteur impitoyable. Mais elle se sentait animée par une résolution triomphante et, lorsque arrivée au pied de l'escalier elle parcourut l'endroit d'un regard circulaire, elle en avait déjà pris possession.

Car c'était une nouvelle forme de possession qu'elle expérimentait. Elle marcha entre les monceaux de légumes colorés, leur saveur dans la bouche, forte ou délicate, caressant les têtes d'artichaut du regard comme si elles avaient été les chefs bouclés de jeunes élèves, dégustant le blanc cassé aux pointes violâtres des asperges à la façon d'un Chardin, riant du triomphe grossier, aux bonnes joues, des tomates qu'elle imaginait giclant dans son poing serré. Puis, lentement, elle longea le comptoir des fromages. Elle reconnaissait ses préférés, le brie, le Maroilles, l'Epoisses, l'Appenzell, la boulette d'Avesnes, leur accordant à tous un regard, une pensée, comme à de vieux amis reconnus sur une photo : « Il était ainsi, sec et plein de caractère, l'Appenzell... Bourru, mais au fond sentimental, avec une note sucrée, l'Epoisses... » Elle souriait encore aux charcuteries variées comme les marbres, pensait à ces tables italiennes qui présentent un échantillonnage, par petits rectangles, de ces coloris rares, de ces veinules ; elle saluait ici le salami, tacheté de blanc, là le saucisson hongrois, poivré, aux macules plus petites, l'andouille et l'andouillette aux cercles d'opale ou de schiste. Et devant un tel étal à la disposition harmonieuse, elle évoquait aussi les grandes boîtes de chocolats suisses, dont elle avait beaucoup usé et où, par son petit papier orné d'une vache ou d'une noisette, chaque rectangle révélait allusivement sa particulière saveur.

Elle retrouva, marchant au milieu de cette diversité de goûts, de parfums, de couleurs, ce qui avait été sa façon (un peu primitive) d'aimer la diversité des choses créées, de se les assimiler, les broyant entre ses fines dents blanches, les intégrant avec un plaisir qui n'excluait pas la vénération, également primitive, de qui absorbe à la fois l'esprit et la matière, l'aliment et le symbole, la chair croquante rôtie au feu de bois et l'âme guerrière de l'ancêtre dépecé.

Aujourd'hui, sa découverte lui était confirmée : dans ce va-et-vient, elle s'était tout bonnement trompée de sens. Ingérant, possédant, elle avait été possédée. Les symboles avaient eu raison de son tour de taille. L'acte d'allégeance à l'univers bedonnait par-devant et par-derrière. Chaque geste d'amour pour la création, pourtant sincère, tels ces amas de pierres chaque jour grossis d'une unité qui indiquent, aux pays celtes, les lieux de prière ou de vengeance, s'était accumulé sur ses hanches en couffins disgracieux. Oui, la grâce avait manqué, de quelque façon, non la foi. Mais si l'on admet que l'on puisse manger un symbole, être pénétrée, fécondée peut-être par un symbole, ce banquet serait-il le sabbat et le diable (pour se servir d'une commode terminologie), ce membre viril bien présent, éveillant des humeurs femelles on ne peut plus corporelles, alors participerait du même cercle planétaire la Vierge qui conçoit un fils de l'Esprit (et agenouillez-vous, agenouillez-vous, même si la coutume se perd et la notion s'estompe, et criez de joie et d'horreur le *s'est fait chair*, le *s'est fait chair* et sang et viande, et tumeurs, ulcères, plaies de douleur et plaies de divine volupté !), alors participeront du même arc-en-ciel la Vierge dont l'orgasme a la forme d'un lys et Jeanne-Ludivine qui crut recevoir en hostie la joie du monde sous les espèces d'une tête de veau.

La sagesse est partout. Il n'est pas de sujet noble ou ignoble. La sagesse ici se trouve dans la Société des chemins de fer français qui distingue, en matière de billet « touristique », l'aller du retour. Pour donner un peu de classe à la métaphore, supposons que soit vraisemblable un billet Paris-Jérusalem : ayant payé la totalité du voyage mais vous étant, au dernier moment, fait conduire à destination par un ami qui s'y rend en voiture, vous découvrez sous la férule d'un saint Pierre en casquette galonnée que l'aller n'est pas le retour, que le trajet n'est pas le même dans un sens ou dans l'autre, que vous ne sauriez effectuer un retour avec un billet d'aller et que revenir de Jérusalem ou de Nanterre, indépendamment des viles considérations de distance et de prix, n'est pas, touristiquement, la même chose que d'y aller. Ainsi l'aller tête de veau / saintes joies est-il en tout différent du retour saintes joies / tête de veau. Différent, mais de même nature. Et qui sait si, en allant très vite, sans s'arrêter, et cela en dépit des règlements si sagement conçus, de la différence établie entre le touriste et le travailleur par la Société des chemins de fer français (mais écoutez la langue ! écoutez ce que vous dites, les mots inspirés ! Chemins de *fer* ! C'est beau tout de même, non ?), qui sait si on ne pourrait imaginer l'aller et le retour réconciliés, comme l'ont fait les anges pour d'aussi délicates questions, allant si vite d'un sexe à l'autre qu'on ne peut plus leur en attribuer aucun ?

Ainsi entre aller et retour, soulevée au-dessus d'elle-même, marchant à travers les présentoirs du magasin Inno qui ne sont qu'une forme de la vie insensée, méditait, doutait, contemplait Jeanne-Ludivine sous l'égide de l'Ange-à-la-tête-de-veau, tutélaire et breughélien. Telle autrefois, dans un jardin de tulipes, et dévorée de maux sans nombre, gisait sainte Lydwine de Schiedam, percée de mille plaies dont elle remerciait Dieu. Et telle Jeanne dénombrait ses sens enfin lui appartenant – puisqu'elle s'était faite libre de ne pas en user –, l'odorat flatté par ce melon embaumé comme par la cire fumante d'un temple, l'ouïe faisant craquer les feuilles sèches autour du petit chèvre, bruissement de fifres, la vue flattée par le scintillement d'un rouget, l'index, le toucher effleurant, supplice de Tantale, supplice tantrique, le velouté agaçant d'une fesse de pêche, et le dernier des sens, le goût, lui démontrant par les multiples variantes de saveur dans sa bouche saine un très humble, un minuscule recoin du mystère de l'Incarnation. Et telle Hildegarde de Bingen interrompant ses savants travaux théologiques pour décrire, seulement décrire, l'orvet, l'ortie ou l'hippopotame, jouant au grand jeu de Dieu la création gagnante et placée, ce mystère de l'Incarnation, le plus dangereux mystère du monde, l'attendait, elle, Jeanne, dans un grand magasin d'alimentation entre la fraise et l'artichaut.

Telle Jeanne.

Et telle encore sainte Lydwine, en dépit de ses plaies affreuses, gisant dans des draps blanchis par les anges qui en bannissaient toute sanie, sainte Lydwine balbutiait en l'honneur de Dieu des mots d'enfant, des vagissements d'amour plus beaux que des poèmes, et telle sainte Hildegarde s'arrêtant de méditer sur la présence réelle pour, levant les yeux sur cette mouche posée sur l'écritoire, la décrire dans tout son petit mécanisme admirable, telle Jeanne. Telle Jeanne, dans le puéril enchantement des découvertes essentielles, tendant la main, la retirant, ouvrant les yeux, les fermant – et c'était la même chose, telle Jeanne se murmurait ces mots qui pesaient, pesaient dorénavant plus que tout : « On peut donc s'en passer ? Et de ceci ? Et de cela ? Et on les a tout de même ? On peut donc se passer de tout ? »

Et cette faim en elle par la tentation réveillée, elle s'appuyait dessus, comme on s'appuie sur un bâton.

4

Elle arriva d'un pas allègre. Il faisait tellement beau, et la solitude c'est bien, mais il ne faut pas en abuser.

– Selim, bonjour ! Bonne journée, bonne rentrée ! Comment vont les petites ? Et Salah ?

Il balayait la cour, bredouilla un bonjour indistinct, mais ne s'arrêta ni ne se retourna pour la regarder.

« Selim qui fait la gueule ! Selim qui *me* fait la gueule. Et le jour de la rentrée ! On se demande pourquoi ! » Geneviève ? Tout cela était si loin !

Elisabeth non plus n'avait guère l'air aimable, dans son bureau en acajou qui venait d'être astiqué, cela se voyait. « Et pourtant je suis contente de les retrouver, moi ! » pensait Jeanne.

Elle avait revêtu ce matin son habituelle tenue d'automne, une de ces robes housses, ou robes sacs, qu'elle affectionnait. Coton pour l'été, fin lainage pour la demi-saison. Et, au moment de sortir, avec un peu de malice, et comme se cachant d'elle-même, elle avait pris dans le tiroir du bas de la commode une très vieille ceinture de cuir marron. « Je la mets ? Je ne la mets pas ? » Sur la robe qui tombait droite, la ceinture n'était pas un prodige d'élégance. Elle démontrait seulement que Jeanne avait dorénavant une taille.

Elisabeth ne fit aucune allusion à cette transformation radicale. Jeanne en fut déçue, moins par coquetterie que par un goût taquin d'étonner.

— Vous vous souvenez du problème qui s'était posé en mai, au sujet des filles de Selim ?

Oh ! encore ? Est-ce que ce n'était pas fini, cette histoire ? Est-ce que tout le monde allait se liguer pour lui rappeler ce bref délire ? Bien sûr elle avait eu tort. Mais était-ce bien le mot ? Et qui le savait ? Geneviève s'était-elle plainte ?

— Un problème bien délicat à trancher, murmura-t-elle prudemment.

— Je ne vous le fais pas dire. Mais nous pouvions espérer qu'il s'agissait de cas isolés. Figurez-vous qu'il y a d'autres établissements scolaires où le phénomène se produit. J'avais cru à une... extravagance, mais il semble qu'il s'agisse d'un mouvement. Et d'un mouvement à caractère plus ou moins politique. Il y aurait une concertation, une sorte de complot pour que la rentrée pose un peu partout des problèmes de ce genre. Je voudrais que nous nous réunissions avant quinze jours pour décider de l'attitude à prendre.

— Bien entendu. Je comprends très bien...

Jeanne était soulagée. Elisabeth n'était au courant

de rien. Et s'il y avait d'autres cas, l'histoire Geneviève disparaîtrait dans la masse.

— C'est tout ce que ça vous fait ? disait Elisabeth, exaspérée. Ça a l'air de vous faire plaisir ! Je compte sur vous pour m'organiser cette réunion, pour me procurer des informations, contacter les parents d'élèves... Si les médias s'emparent de l'affaire... Il faut couper le mal à la racine ! A la racine !

— Je ne refuse pas de m'en occuper, Elisabeth ! Pas seule, évidemment... Mais est-ce que vous ne prenez pas cela un peu au tragique ? Après tout, dans un établissement non confessionnel...

— Mais vous n'êtes donc au courant de rien ? L'état d'esprit actuel ne vous intéresse plus ? Evidemment, quand on passe l'été dans un institut de beauté...

Jeanne resta sans voix.

Quelques minutes après, Evelyne se jetait dans ses bras, au bas de l'escalier. Elles s'étaient téléphoné, elles ne s'étaient pas vues. Evelyne, avec le retour des jumelles, avait un repassage géant devant elle. Quant à Francis !... On lui reparlerait des camps scouts ! On aurait dit qu'on lui avait passé son trousseau au mixer ! C'était bien la peine d'exiger autant de chemises, et toutes marquées du nom complet – ils ne se contentaient pas d'initiales...

— Je te montrerai ! C'est passé à la Javel à tel point qu'on ne peut même plus le lire, le nom ! Et Francis a mal à l'estomac parce qu'on ne lui a donné à manger que des... Ah oui, Elisabeth ! Elle est à cran comme jamais, toute cette histoire de voile ne fait que commencer, paraît-il. Elle t'a dit qu'il y avait plusieurs autres cas ? Je crois que ça peut être très ennuyeux si ça se développe, elle n'a pas tout à fait tort. Enfin, on verra... Mais Jeanne ! J'étais tellement préoccupée, je n'avais pas vu ! Mais tu es *mince* !

N'exagérons pas. Elle pesait encore ses bons soixante-douze, soixante-treize kilos, mais, évidemment, ça faisait une différence. Ah ! elle n'aurait pas cru être aussi contente de retrouver la vieille baraque ! C'était comme si les vacances avaient duré des années.

– Tu te rends compte, Elisabeth qui a insinué d'un ton pointu que j'avais dû aller dans un institut de beauté !

– Tu n'en as pas besoin, dit Evelyne avec une sincère admiration. Tu as tant de volonté ! Et tu comptes en perdre encore ?

– Oh ! une dizaine de kilos, dit Jeanne avec une sobre ostentation.

– C'est fantastique ! Maintenant je suis sûre que tu vas réussir, que tu pourras enfin mener une vie normale. Je veux dire...

– Je sais ce que tu veux dire, ne t'excuse pas. Tu es une gaffeuse-née, Vivi, mais je t'aime bien.

– Moi aussi, Divine. Tu as cinq minutes ? Tu viens dans la salle des profs ? Il n'y a personne. J'ai les inscriptions à vérifier, mais on pourra bavarder cinq minutes.

– Je viens.

Elles allèrent bras dessus, bras dessous, avec un vrai bonheur à se retrouver, une chaude et simple affection. Et Jeanne ne s'apercevait pas qu'en serrant affectueusement le bras gauche d'Evelyne elle mettait en danger l'équilibre d'une pile de dossiers que son amie maintenait tant bien que mal, de l'autre bras, contre sa hanche. Et Evelyne ne protestait pas, n'y pensait même pas, parce qu'un certain inconfort, pour ne pas dire un certain sans-gêne de la part de ceux qu'elle aimait, lui était habituel. Presque indispensable.

Elle poussa tout de même un soupir de soulagement en posant ses dossiers sur la table de la salle déserte. Il faisait encore très chaud. Les arbres de la cour bruissaient doucement.

– Dire que dans trois jours on ne s'entendra plus parler, ici..., soupira Jeanne avec complaisance.

Elle s'en plaignait, mais elle aimait le bruit de la vie autour d'elle. Elle ne s'en était jamais aussi bien rendu compte. Elle sortait de sa solitude comme d'un bain, propre, débarrassée des impuretés, de la fatigue, et prête à attaquer, lui semblait-il, une immense journée.

– Tu as de la chance de te sentir en forme. Au fond, tu as bien fait de rester à Paris. Quand il n'y a personne... Ta mère est rentrée ?

– Pas encore.

– Elle va être stupéfaite ! Tu sais, ça te change d'avoir minci, mais à un point !

– Je sais...

– Le gros problème, c'est de ne pas reprendre, dit-on. De stabiliser. As-tu fixé ton poids idéal ? Il faudrait savoir et, dès qu'on reprend plus de deux kilos, se remettre...

Jeanne s'était assise et feuilletait les dossiers. Elle releva vivement la tête, interrompant Evelyne, comme elle le faisait toujours dans sa hâte à lui communiquer ses enthousiasmes.

– Tu ne trouves pas ça extraordinaire ? On dit toujours, pour ces problèmes de poids : perdre... Perdre du poids, reprendre du poids... Mais c'est une façon tout à fait négative de penser ! C'est ça qui fait qu'on ne réussit pas ! On ne *perd* pas du poids : on *gagne* de la légèreté, de la volonté, de la...

– Oui. Enfin, c'est une façon de parler...

– Non, non ! C'est ça qui est formidable ! C'est... c'est une sorte de retournement, comme d'un gant, d'une peau...

– C'est ce que je te dis : c'est une autre manière d'exprimer...

– Mais non, Vivi ! Comment te faire comprendre ? Je t'assure, j'ai réfléchi à ça, j'ai ressenti... C'est comme une découverte ! Comme en algèbre le moins devient plus, tu sais. Oh ! ne fais pas cette tête-là ! Je veux dire : suppose que tu aies faim...

– J'ai si peu d'appétit..., soupire Evelyne, qui souhaite attaquer les dossiers.

Après tout, la rentrée est dans trois jours.

– Tu es complètement à côté de la plaque, tu sais ! Quand je dis : faim, suppose ta faim de l'homme...

Evelyne relève de dessus ses fiches un visage rougissant et indigné.

— Ma faim de l'homme ! Jeanne ! Comment peux-tu... ?

— Comme tu es conventionnelle ! Si tu préfères que j'appelle ça ton amour pour Xavier, moi, je veux bien. Suppose donc ton amour, ton désir : je peux tout de même prononcer le mot « désir » ? Pour toi, c'est la possession ou, si tu veux encore des circonlocutions, la présence de ce que tu désires qui est l'essentiel ?

— Et alors ? C'est mon mari !

— Ne sois pas de mauvaise foi. Tu m'as dit toi-même que tu avais un sentiment de culpabilité dans la satisfaction de tes appétits conjugaux. J'ai dit « conjugaux » ! Ne te fâche pas !

— J'avais tort !

— Il faut toujours que tu te donnes tort, d'une façon ou d'une autre. L'héritage judéo-chrétien...

— Il est certain que je n'ai pas le don de m'admirer moi-même, dit Evelyne avec une ombre d'aigreur.

— Je ne voulais pas me faire admirer ! Et je ne voulais pas te critiquer non plus ! Je voulais t'expliquer quelque chose, une dé-cou-ver-te !

— Oui, ton régime miracle ?

— Mais ce n'est pas une question de régime ! C'est une véritable...

— Découverte. Sans vouloir te vexer, ce n'est pas la première... Et Elisabeth m'a demandé de vérifier les inscriptions. Enfin, si tu y tiens...

Elle posa son crayon et prit un air patient.

— Oh ! s'écria Jeanne avec une déception d'enfant, tu le fais exprès ! J'étais si contente de t'expliquer.

A travers la table, Evelyne lui prit la main. L'enthousiasme de Jeanne rebondit aussitôt.

— Je ne voulais pas en faire une question personnelle, je te jure. Je voulais dire : je, tu, nous, nous nous appuyons sur notre désir pour avancer, projeter, sécréter l'avenir. Je me dis : samedi, je mangerai un vrai cassoulet aux couennes avec Manon...

— Par cette chaleur !

— Evelyne, tu es tellement bornée que je ne sais pas pourquoi je t'aime. Ou plutôt si ! J'admire en toi l'abrutissement d'une passion forte. Je me dis : samedi je mangerai de la..., n'importe quoi, avec Manon ; et toi tu te dis, par exemple : chic ! ce soir je vais baiser, Xavier revient d'Avignon...

— Jamais ! Jamais !

— Tu te le dis noblement : « Ah ! ce soir, mon grand amour... », mais tu te le dis !

— Peut-être.

— Eh bien, j'ai constaté que si je me dis : chic ! samedi je ne vais *pas* manger de cassoulet et, je t'assure, j'imagine tous les détails, les lampes Art nouveau du restaurant, les serviettes pliées en bonnet d'évêque, les nappes, les bruits de couverts heurtés, la petite figure de joli singe de Manon, le parfum du cassoulet qu'*elle* a choisi exprès, et moi je prends des côtes d'agneau ou une sole grillée, eh bien, ma frustration devient une *chose*, tu comprends ? Le vide dans mon estomac devient un plein. Je possède le fait que je n'ai pas mangé le cassoulet. Il est là et, si j'ose dire, il me nourrit. Tu ne trouves pas ça intéressant ?

Evelyne avait pris un air buté.

— Si tu le dis !... Tout ce que je vois, c'est que tu ne mangeras rien, pour embêter Manon, ou pour l'épater, mais je ne vois pas qui ça embêterait que je cesse de faire l'amour avec Xavier. En dehors de lui... Et encore !

— Quelquefois je trouve mes proches un peu décourageants, dit Jeanne avec dignité.

Elle se pencha sur les dossiers des redoublants avec une fausse concentration. On arrive, joyeux, avec un tas de choses passionnantes à dire, et qu'est-ce qu'on trouve ? La routine, le manque de curiosité...

Evelyne pointait des inscriptions en comparant deux listes.

— Tiens, dit-elle sans intention, Geneviève ne reviendra pas. Elle interrompt ses études ! Quel gâchis !

*
**

La rentrée se passait comme une rentrée. Tout à fait comme d'habitude, se répétait-elle. Didier s'était fait remplacer pour trois semaines, un problème de succession dans sa famille, mais en somme elle n'était pas si pressée que ça de le revoir.

Trois jours après la reprise des cours, elle avait renoncé à la ceinture marron. Elle avait toujours été quelqu'un qu'on remarquait, et cela ne l'avait jamais gênée, mais trop, c'est trop. On chuchotait, on souriait sur son passage, et même elle avait l'impression qu'on lui cachait quelque chose. L'incident avec Geneviève avait-il été grossi ? Une sanction était-elle suspendue sur sa tête ?

— Mais qu'est-ce qu'ils ont à m'observer comme

ça ? se plaignit-elle auprès d'Evelyne. Je ne peux pas faire un pas...

Elle s'attendait, la connaissant, à voir Evelyne faire quelque allusion au retour imminent de Didier, mais Evelyne se taisait. « Si même Evelyne devient mystérieuse, où allons-nous ! Mais je ne vais pas lui faire le plaisir de parler la première ! »

Déjà elles avaient repris leurs habitudes, s'attendaient l'une l'autre à la sortie pour prendre ensemble le même autobus ou boire un café, en s'attardant.

Mais Jeanne, dès la deuxième semaine :

— Ecoute, à partir d'aujourd'hui, et sauf s'il pleut à verse, plus d'autobus. J'ai décidé de faire le trajet à pied. Ça ne fait jamais qu'un quart d'heure, vingt minutes...

— Je ne demande pas mieux. Et même, je préfère. Mais je croyais que tu détestais l'exercice !

— Je le déteste, mais à partir du moment où je le fais, j'aime la volonté qui me le fait faire, et par conséquent...

— Oh ! non ! Tu ne vas pas recommencer avec ta découverte !

— J'ai rarement vu une personne aussi contente d'elle-même que Jeanne, confiait Evelyne, dans un moment de mauvaise humeur, à Rose Pierquin qui avait un fils dans sa classe.

— Vous n'allez pas le lui reprocher ! Elle a dû faire un tel effort... Et il y a si longtemps que nous lui disions et lui redisions... Et puis, est-ce qu'elle n'a pas

224

des raisons d'être contente ? Je me suis laissé dire qu'un sentiment...

— Si j'étais sûre que ce soit ça...

— Que voulez-vous que ce soit ? Et elle est plus sûre d'elle parce qu'elle est mieux dans sa peau, dit Rose qui n'allait jamais chercher midi à quatorze heures. C'est une des cures les plus réussies de Max. Cela prouve bien qu'avec leurs psychiatres, leurs diététiciens... Rien ne vaut un *vrai* généraliste. Qui connaît son malade de fond en comble et...

Rose, bonne épouse, développait, mais Evelyne n'écoutait plus.

— Oh ! Jeanne a *toujours* été sûre d'elle.

Cette fin septembre, le doux caractère d'Evelyne commença à s'aigrir insensiblement, sans qu'elle-même sût pourquoi.

Jeanne ne s'apercevait de rien. Elle avait un problème que sa droiture, plus forte que son insouciance, ne lui permettait pas d'esquiver : avait-elle été pour quelque chose dans la décision de Geneviève ? Qui sait si son explosion de violence n'avait pas bouleversé la jeune fille et accéléré cette décision ? Si cela était, il lui faudrait la retrouver, essayer de réparer, d'expliquer. Ce serait dur. Mais elle avait fait plus difficile.

— Je pourrais avoir un petit café, Selim ? Je n'arrive pas à me réveiller, aujourd'hui.

Jeanne pénètre souvent dans la loge où Selim entretient un petit commerce de boissons, de cigarettes, de chewing-gums, et même, depuis peu, de menues fournitures scolaires. Il est d'habitude tout content de la voir, elle a de la peine à échapper à la conversation culturelle qu'il se fait une joie d'entretenir avec elle. Aujourd'hui il la sert de mauvais gré, renfrogné, taciturne. La tache de vin, sur sa joue, que par taquinerie ses filles appellent « la tache du calife » – car il prétend que c'est un héritage de famille et un signe de noble origine –, semble plus grande, comme si elle lui mangeait le côté gauche du visage.

Comment aborder le sujet ?

– Ça ne va pas, Selim ? Un ennui ?

Sans répondre, il pose devant elle la petite tasse blanche à bord doré, puis se détourne pour astiquer l'étagère. Jeanne prend son courage à deux mains.

– Je vois bien qu'il s'agit encore de Geneviève.

Selim ne se retourne pas.

– J'ai appris qu'elle abandonnait ses études...

– Elle n'abandonne pas que ça, dit-il d'une voix boudeuse qui rappelle tout à coup celle de sa fille.

Il finit par se retourner à demi vers Jeanne, mais de très loin, frottant le marbre d'une petite table ronde qui n'en a nul besoin.

– Elle est partie habiter ailleurs. Chez la tante. La tante du Syrien.

– Vous pouviez vous y opposer. Elle a tout juste seize ans...

– Et appeler la police, peut-être ? Contre ma propre fille ? Non, si elle veut me renier, qu'elle me renie. Si elle veut devenir vendeuse, qu'elle devienne vendeuse ! Dans une boutique de souvenirs, vous vous rendez compte ! Si elle veut se marier, qu'elle se marie !

Il s'est rapproché d'elle, ses vêtements trop amples et trop clairs flottant, il se redresse. Et elle remarque qu'il est grand, dans cette petite loge qui, bourrée d'objets hétéroclites, est comme un souk en réduction. N'était le petit guéridon qui les sépare et où est posée la tasse de café, elle se sentirait un peu oppressée. Elle se sent un peu oppressée. D'un coup d'œil oblique elle vérifie que la porte, derrière elle, est ouverte sur la cour.

– Je suis navrée..., dit-elle platement.

– Ça m'étonnerait, répond Selim avec une violence contenue.

Ils sont face à face, le guéridon entre eux. Dans le visage plein et pâle de Selim, le regard soudain s'est fait dur, fermé. Est-ce qu'il sait ? Est-ce qu'il la rend responsable de la fuite de Geneviève ?

– Je m'y suis peut-être mal prise avec elle... J'ai essayé...

– On dit ça.

Là, elle n'y est plus du tout.

Selim éclate. Ses grandes mains soignées saisissent les deux côtés du guéridon, comme s'il allait le soulever et le lui briser sur la tête.

– Oh ! je sais que vous lui avez parlé ! Dans un salon de thé arabe ! Et dont la patronne fait la marieuse pour tous ces gens-là ! Ce qui fait que si par hasard elle n'avait pas trouvé preneur, elle n'aurait pas attendu longtemps ! Et dire que j'avais confiance en vous ! Que je vous demandais de la raisonner ! J'avais bien choisi !

— Mais je vous assure..., proteste Jeanne, abasourdie.

En même temps elle recule un peu, tant ce colosse pacifique paraît tout à coup transformé.

— Une femme instruite ! Une femme libérée ! Mais vous êtes comme les autres ! Toutes pareilles ! Toutes des... (Il hésite un moment, tout de même, n'ose pas prononcer le mot, mais, pense Jeanne en reculant encore un peu, il est dans l'air !) Capables de n'importe quoi pour mettre la main sur un homme ! C'est tout ce qui les intéresse, j'aurais dû le savoir ! Vous comme les autres ! Vous comme les autres !

Il y a autant d'accablement que de colère dans sa voix devenue rauque, dans ses mains qui menacent et qui tremblent. Elle est sur le seuil, maintenant. Elle a un peu peur, un peu envie de rire, à cause de ce total malentendu. Elle ne voit pas comment s'en sortir.

— Mais enfin, Selim, vous me connaissez, je...
— Je croyais que je vous connaissais ! Je m'étais bien trompé !
— Mais si ! Je vous jure...
— Mes filles aussi, elles jurent beaucoup. Vous êtes de leur côté, j'ai compris maintenant. La bouche dit non, mais le ventre dit oui ! Capables de tout ! J'étais bien bête ! Il n'y a qu'à vous regarder !

Et le regard du bon, du complaisant Selim la détaillait de la tête aux pieds avec une insolence voulue, plus insultante qu'un crachat.

— Il les lui faut tous, maintenant, observa Rasetti en voyant sortir Jeanne de la loge, un peu vite et le chignon défait.

— Faute de grives..., dit Mlle Lécuyer.
— Oh ! alors elle ne serait pas amoureuse de M. Schmidt ? déplora Mme Dupuy, âme sentimentale.
— Il y a des gens pour qui trois semaines d'absence...
— Elle fait bien d'en profiter. Quand on a pesé ce poids-là, on le reprend toujours, dit Mlle Lécuyer, professeur d'espagnol, jolie jeune femme brune, aux jupes très courtes, méchante sans raison aucune.

— Et voilà ! Je me fais insulter par le concierge ! Il s'imagine que j'ai détourné sa fille du droit chemin ! Enfin, ce qu'il considère comme le droit chemin. Ce n'est pas inouï, ça ?
— Il a tort. Il a le plus grand tort. Si j'étais toi, je l'ignorerais. Si Geneviève se marie, il est probable qu'il lui pardonnera, et que tout s'arrangera.
— Et moi, je dois lui pardonner de m'avoir traitée de pute ? Non ! Je te jure, pour une fois, je n'exagère pas.
— Je te crois, je te crois, dit Evelyne en soupirant. Mais au fond, tu sais, ça ne s'adressait pas vraiment à toi. Selim est dans un tel état à l'idée que ses filles prennent le contre-pied de tout ce qu'il leur a enseigné, de tout ce qu'il a souhaité pour elles, qu'il insulterait n'importe quelle femme dont il suppose qu'elle aussi souhaite plaire et se marier.
— Mais je ne souhaite absolument pas...
— J'ai dit seulement qu'il le supposait.
— A cause de...
— Tu sais, avant les vacances, on avait déjà pas mal parlé de tes sorties avec Didier. Et maintenant

que... Enfin, on ne peut pas ne pas voir... Tu as beaucoup changé, tu sais. Physiquement ! Physiquement ! Mais naturellement Selim suppose que c'est à cause de Didier...

— C'est un comble ! dit Jeanne en rougissant un peu.

— Ecoute, ne te fâche pas, mais ici..., je veux dire au collège...

— Eh bien ?

— Tout le monde le croit.

— Mais pas toi ! s'était écriée Jeanne, vibrante d'indignation. Pas toi, tout de même !

Elle a dit encore :

— Je comprends maintenant pourquoi ils m'épient et pourquoi ils chuchotent ! Ils attendent que Didier revienne pour voir sa réaction !

Evelyne n'a répondu à aucune de ces exclamations.

Ce soir-là, Evelyne est au lit, dans un très joli pyjama de soie. Elle ne dépense presque rien pour ses vêtements de jour, mais... Elle attend Xavier qui rentrera tard du théâtre, du souper qui suivra le théâtre, peut-être des prolongements qui suivront le souper... Elle attend, déchirée, heureuse pourtant car il rentrera. Un peu moins déchirée, un peu moins heureuse cependant que les autres jours, car elle pense à Jeanne.

« Pas toi ! » s'est écriée Jeanne avec une totale sincérité. « Tu ne crois pas cela, toi ! » Oui, elle était sincère. Jeanne est toujours sincère, dans l'instant. Cela ne veut pas dire qu'elle soit lucide. Cela ne veut pas dire qu'Evelyne ait eu tort quand, anxieuse devant le silence de cet été, le téléphone débranché de son amie, elle a réussi à atteindre Didier pour lui demander s'il avait des nouvelles. Quand, rassurée, elle l'a appelé pour l'en informer. Après tout, il y a au moins de l'amitié entre Jeanne et lui. Au moins ! Et l'inquiétude, puis le soulagement de Didier lui ont permis de supposer... Evidemment, elle s'est peut-être un peu avancée en racontant à Didier les efforts de Jeanne, le résultat « miraculeux » de ces efforts, et la raison qu'elle attribue à une résolution aussi brusque et aussi ardente. Mais Didier a-t-il été choqué ? Refroidi ? Au contraire ! « C'était peut-être le seul défaut qu'elle avait ! » s'était-il écrié avec ce qu'Evelyne ne peut appeler que de l'amour.

Car enfin, elle qui n'est pas aveugle connaît les défauts de Jeanne. Et notamment cet amour-propre, ce goût forcené de l'indépendance qui la font nier si farouchement (sincèrement, soit, sincèrement, mais on peut se mentir sincèrement, et c'est le cas de Jeanne) qu'elle soit amoureuse de Didier, qu'elle ait agi par amour. C'est pourtant la conviction absolue d'Evelyne. Absolue. A-t-elle eu tort de le laisser percevoir à Didier ? Peut-être pas, mais l'incident Selim lui démontre bien que Jeanne n'est pas prête à l'admettre. Elle va se buter, s'entêter, par une fierté imbécile. Elle va tout gâcher. « J'aurais tant voulu que tout finisse bien ! » soupire Evelyne dans son grand lit.

Qu'appelle-t-elle « bien finir » ? Un mariage. Avec Didier, ou avec un autre. Et dans quelque temps –

Jeanne a tout de même encore des progrès à faire côté silhouette – un enfant, peut-être... Jeanne mariée, Jeanne avec un enfant... Ces images apportent à Evelyne un indéniable soulagement. Parce que leurs vies, enfin, se ressembleraient. Une phrase lui vient à l'esprit, incongrue : « Enfin nous serions à égalité. » Ne le sont-elles pas ? Sa triple maternité donne-t-elle à Evelyne un avantage ? Ou l'existence de Xavier ? Ou, au contraire, l'indépendance de Jeanne est-elle une supériorité dont le mariage, ou même l'amour, l'amour physique, le vrai (pense Evelyne), la dépouillerait ? « Pourquoi ne serions-nous pas *à égalité* ? Nous avons le même âge, le même métier, j'ai fait d'aussi bonnes études qu'elle, meilleures même, je me suis moins dispersée... » On s'est toujours accordé à reconnaître à Jeanne le mérite de l'intelligence mais, comme disent les Mermont père et fille, une intelligence « à elle ». Ce qui signifie que cette intelligence a quelque chose d'un peu suspect, d'un peu hérétique, universitairement parlant. Est-ce une supériorité ? « C'est plutôt de la personnalité que de l'intelligence, en somme. Quant à son don pour l'enseignement, il suffit de tomber sur ses classes ! On ne peut plus les tenir... Enfin, cela prouve aussi qu'elle les stimule, bien sûr... »

Dans son joli pyjama, attendant Xavier, les jumelles absentes, le petit Francis endormi, Evelyne, avec sur ses genoux un volume de la collection « Classiques pour tous » à laquelle elle est abonnée, devrait connaître un moment de paix, de détente. Du moins n'est-ce pas Jeanne, n'est-ce pas Divine, son amie d'enfance, qui devrait l'occuper. Et pourtant le souvenir de leur conversation (de leurs conversations, depuis la rentrée encore toute proche), l'indignation comique de Jeanne, l'attitude déplaisante de leurs collègues, tout cela la trouble. Et, plus que tout peut-être, l'effort qu'elle fait pour être juste. Pour conjurer l'aigreur à peine perceptible qui altère une amitié restée jusque-là simple et forte.

« Elle commence un régime parce qu'elle est amoureuse. Je me donne un mal de chien pour la soutenir, pour arranger les choses, et voilà qu'elle se met tout à coup à parler de découvertes, de psychologie, de philosophie, de métaphysique, que sais-je ! Comme si c'était dans son caractère ! »

Evelyne a beau faire, elle se sent un peu trahie, comme si Jeanne s'était engagée vis-à-vis d'elle à rester toujours la même, à ne changer jamais. « En somme, à elle la terre, les bons repas, la jovialité, la popularité même, et à moi les tourments, les sacrifices, les nobles sentiments... Pharisienne !... Et ce que je lui reproche implicitement, à Jeanne, est-ce que ce n'est pas de vivre plus intensément que moi, qu'elle mange ou qu'elle ne mange pas, qu'elle soit heureuse ou qu'elle s'interroge, que... ? Et quand je lui souhaite le mariage, n'est-ce pas parce qu'il m'a apporté, à moi, autant de tourments que de joies ? Est-ce que mon *pourvu que tout finisse bien* n'est pas, au fond, un *pourvu que tout finisse mal* ? Ou, tout simplement, finisse ? Finisse de me poser des questions, de m'obliger à comparer, à ouvrir chacun des compartiments de chacune de mes petites vies bien séparées, alors qu'elle n'en a qu'une, si vigoureuse... Oh ! non... »

A ce point de ses réflexions, Evelyne s'arrête, honteuse, et plonge dans un abîme de contrition, dont le retour, pas trop tardif exceptionnellement, de Xavier ne réussit pas – fait sans exemple – à la tirer. Et, lorsqu'il se rapprochera d'elle, elle le repoussera doucement en prétextant qu'elle doit « réfléchir ». Ce qui fera rire Xavier, sans méchanceté, d'ailleurs. Evelyne ne rira pas.

*
**

– Vous savez que vous totalisez près de quarante minutes de retard cette semaine ?

– Je ne savais pas que vous faisiez le compte, répond Jeanne, assez gentiment, en somme.

– Et si vous croyez compenser en prolongeant vos cours au-delà de la durée normale, sachez que tout le monde s'en plaint. Vos élèves, que vous privez de leur temps de détente, et vos collègues, dont vous décalez les horaires.

– Ce n'est tout de même pas un drame ! Pour quelques minutes...

– Parfois quelques minutes font toute la différence entre une bonne organisation et une mauvaise, dit Elisabeth avec une sécheresse qu'elle extériorise rarement. (Et elle ajoute avec un petit sourire :) Comme quelques kilos font toute la différence entre une jolie femme et une autre... Pensez-y. La discipline doit s'appliquer dans tous les domaines.

***

– Vous avez des nouvelles de Didier Schmidt, Jeanne ?

– Pourquoi moi plus qu'une autre ?

– Tout le monde sait que vous étiez très amis...

– Régler une succession ne prend pas trois semaines...

– Mais peut modifier bien des choses...

– Paris n'est pas si loin de Blois...

– Vous n'êtes pas tentée d'aller voir un peu, là-bas, ce qui se passe, madame Grandier ?

– A quel titre ?

– Vous devez le savoir mieux que nous...

– De toute façon, le petit remplaçant n'est pas mal non plus...

***

– Mais qu'est-ce que je leur ai fait ? disait Jeanne avec stupeur. On dirait qu'ils vont me bouffer !

Evelyne rougissait, balbutiait des choses lénifiantes. Cette férocité de ses collègues, de la plupart de ses collègues, est-ce qu'elle ne la partageait pas, d'une certaine façon ? Elle se cachait de Jeanne. Téléphonait à Blois. Oui, mais elle, voulait le bonheur de Jeanne !

Elle ne savait pas qu'elle le voulait, elle aussi, avec férocité.

— Enfin ! dit Manon quand elles se retrouvèrent pour la première fois au *Panier d'Or* et qu'elle se fut réjouie et agacée de voir Jeanne se contenter d'une salade. Tu vas pouvoir renouveler ta garde-robe. Combien pèses-tu, maintenant ?

— Soixante-neuf, à peu près, dit Jeanne (anticipant).

— Formidable ! Formidable ! Je n'aurais jamais cru... Alors tu viens cet après-midi aux soldes Courrèges ? Il y a des choses épatantes que tu peux presque te permettre...

— Disons que je ne me les permets pas.

— Pourquoi ? Tu as encore des complexes ?

— Manon, tu m'agaces. Je n'ai jamais eu de complexes. Je n'ai jamais fait les soldes non plus. Je ne m'en vais pas commencer maintenant.

— Mais si ! Mais justement ! Maintenant que tu as une taille normale, il faut t'habiller normalement. Et même bien. Je vais te présenter..., jusqu'ici je n'osais pas, tu comprends, à la boutique Lanvin, ce sont des amis, et puis chez Christianson... C'est un jeune, il démarre, j'aide l'attaché de presse à le lancer, il me fera des prix... Tu verras, c'est un peu extravagant, mais une coupe ! Le défilé c'est mercredi, ça tombe bien.

— Ça tombe où ça veut, je n'irai pas.

— Je ne te comprends pas. Pendant tant d'années tu t'es laissée aller, et maintenant tu fais cet effort surhumain, tu réussis, et tu n'es pas grisée ?

— Comment te dire ? Peut-être un peu, si...

— Ah !

— Mais pas comme tu le crois.

– Enfin, tu n'as pas envie de sortir, de t'habiller, de te montrer, de jouir un peu de l'étonnement et de la jalousie des autres ?

– Quels autres ?

– Jeanne, je n'ai jamais réalisé à quel point tu étais égoïste, dit Manon.

Et elle se mit à pleurer.

Jeanne prit le turbotin vapeur. Elle n'osait plus dire un mot, timidité rare chez elle. « Au fond, Manon ne s'est jamais rendu compte que ses petites histoires de mode, de chapeaux ronds ou carrés, de cafés *in* ou *out* ne m'intéressaient pas. Elle a cru que je lui ressemblerais si je pesais son poids. C'est inouï, ça ! Et elle pleure parce que je lui casse la baraque en ne m'écriant pas : soixante-neuf kilos ! Loué soit Dieu ! Je m'abonne à *L'Echo de la mode* ! »

Elle était ennuyée, et même se sentait un peu coupable de ce que Manon ait pleuré. Dieu merci, Manon ne faisait pas crédit, elle se rembourserait de chaque larme versée. D'abord devant le turbotin. « Evidemment, tu devras toujours te priver. » La calme réponse de Jeanne : « Ça ne me prive plus, maintenant », libéra le venin qu'elle avait jusqu'alors, par une indulgence excessive, contenu :

– Ton régime aura au moins eu un bon résultat, celui de stimuler Gisèle.

– Maman ?

– Parfaitement ! Il y a assez longtemps que je le lui conseille : elle entre en clinique mardi prochain. Pour un lifting.

— Pourquoi est-ce qu'elle ne m'en a pas parlé ?

— Devine, Divine... Parce que, même couverte d'un sac, tu es devenue une rivale, et plus une fille. Elle m'avait même défendu de t'en parler, mais je ne sais pas comment ça m'a échappé.

— Moi je sais comment, dit Jeanne. Mais je ne vois pas pourquoi elle t'a défendu...

— Peur que tu n'en tires des conclusions hâtives. Des suppositions peu agréables pour toi.

— Eloi ?

— Eloi. On peut dire que tu l'as un peu cherché. Au fond, c'est peut-être pour éviter ça que tu gardes tes vieilles robes ? Alors je peux te dire que c'est râpé. Le mécanisme s'est mis en marche.

— Quel mécanisme ?

— Celui de la féminité, tiens ! De la compétition. Est-ce qu'il y a longtemps qu'elle ne t'a pas dit : « C'est toi qui devrais épouser Eloi » ? Tu vois ! Quand tu pouvais passer pour moche, enfin, tout est relatif..., elle te le cédait de bon cœur. Tu deviens jolie et...

— Tout est *très* relatif...

— ... elle se fait faire un lifting pour te surclasser. Et elle se garde Eloi. Et si tu veux mon avis, elle...

— Je ne veux pas ton avis.

Jeanne se lève et s'en va, vite, attrapant au passage sa veste en mouton pendue près de la porte, pendant que Manon, les yeux brillants de triomphe cette fois, et non plus de larmes, décoche sa flèche du Parthe :

— C'est ça ! Laisse-moi l'addition !

*
**

— Il paraît que le petit nouveau cherche un appartement près du collège. Curieux, non, pour un remplaçant ?

— Tiens ! Vous en avez entendu parler, Jeanne ?

— Moi, vous savez, les ragots...

— Vous auriez pu avoir des nouvelles plus directes...

— ... du véritable titulaire du poste...

— Si j'en avais, je n'en parlerais pas tant qu'il n'y a rien d'officiel.

— Vous avez raison.

— Vous êtes tellement au-dessus de ça !

— Et puis, en somme, ce ne sont pas les profs de français qui manquent. Un de perdu...

On s'attend à quelque réplique cinglante. Mais Jeanne répond avec beaucoup de simplicité :

— Vous sous-estimez Didier Schmidt. Moi je pense que, s'il ne devait pas revenir, on ne le remplacerait pas si facilement que ça.

Cette réponse sème le doute. Sauf chez Rasetti, qui s'obstine à voir en Jeanne une sorte de Messaline et déclare :

— Elle a du cran. Chapeau !

*
**

Elle arriva chez sa mère à l'improviste, joyeuse, prête à s'exclamer, à admirer, un bouquet de freesias à la main. Gisèle, coiffée d'un turban très enveloppant, un hématome sur la joue gauche mais le reste du visage indemne, un peu cernée, boudeuse, l'accueillit sans élan.

— Naturellement, ce sont des freesias sans odeur... La seule chose agréable, dans les freesias, c'est le parfum, et les fleuristes ont trouvé moyen de le leur enlever...

Jeanne se mit à rire.

— Mais, maman, tu râles ! Je finirai par croire que nous avons tout de même quelques points communs ! Ce sont de vrais freesias, qui ont une odeur, tu n'as qu'à te pencher...

— Tu as raison.

— Je les mets dans le petit vase blanc ?

— Si tu veux. Je déteste les retours. Cet appartement poussiéreux, qui sent le camphre...

— La femme de ménage est venue deux fois pendant que tu étais à la clinique.

— Tu as encore raison. C'est peut-être cela qui m'agace. Ou de te voir là, toujours habillée d'un sac, et ton bouquet à la main... Un lifting, ce n'est pas un anniversaire.

— C'est tout de même quelque chose qui se fête, non ?

— Tu trouves ? A ce compte-là, on pourrait donner une fête chaque fois qu'on fait stopper un manteau.

— Ça ne se fait plus guère, dit Jeanne, dont les pensées se détournaient de l'agressivité de sa mère. Et c'est dommage. Il y a des accrocs qu'on n'arrive plus à faire réparer. On remaillait les bas, aussi, autrefois.

— Oui. Au temps où j'étais jeune, c'est ça que tu veux dire !

Jeanne n'en revenait pas. Où était l'indolence gracieuse de sa mère, cette indifférence gentille à laquelle elle s'était habituée au point de la trouver agréable ?

— Mais tu es jeune, maman..., murmura-t-elle.
— La preuve ! dit Gisèle avec un geste vers son visage.
— J'avais toujours cru que les femmes qui se faisaient faire un lifting retrouvaient leur bonne humeur. Au fait, pourquoi est-ce que tu ne m'en avais pas parlé ? Manon était au courant, et moi...
— Manon m'a eu des prix chez Février, dit Gisèle avec un peu plus d'urbanité. Et tu ne voudrais pas qu'une chose pareille, je l'annonce dans tout Paris à son de trompe ?
— Je ne suis pas tout Paris, tout de même !

Gisèle négligea l'interruption.

— Et d'ailleurs, comment l'as-tu su ?
— Par Manon, naturellement. Elle n'a pas pu s'empêcher de me le raconter. Elle pensait m'être désagréable ! Tu te rends compte !

Gisèle lui lança un coup d'œil aigu, intelligent.

— Et ça t'est désagréable ?
— Maman ! Mais comment peux-tu penser...

Jeanne n'en revenait toujours pas. Les suppositions de Manon, elle les écartait d'emblée, comme partiales et malveillantes. Mais ce regard soudain tiré du fourreau, elle ne pouvait pas l'écarter.

— Je suis très contente, au contraire. Je trouve que

tu n'en avais pas besoin, c'est tout. Tu faisais tellement jeune !

— On fait toujours assez jeune pour sa fille. Et pour ses bonnes amies. Marguerite a essayé de toutes les façons de me dissuader... Ha ha !

Elle eut un petit rire nerveux, sans gaieté. Elle allait et venait dans la pièce, avec son turban assez gracieusement drapé. Elle portait un ravissant ensemble de tricot blanc bordé de violet.

— Marguerite ! Je ne le lui ai pas envoyé dire ! « Peut-être que je n'en ai pas besoin, mais vous, vous n'en avez *plus* besoin ! » Tu aurais vu sa tête !

— Je croyais que vous vous entendiez si bien.

Le changement de sa mère frappait Jeanne de stupéfaction. Où étaient son indolence, son détachement ?

— Si bien, si bien... Amitié de vacances. Mais on se lasse des salles de bains les mieux équipées. Et puis j'ai décidé d'être ingrate, cette année. Ingrate et jeune.

— Mais, maman, hasarda Jeanne, dont la curiosité était toujours plus forte que la délicatesse, tu ne pensais pas comme cela à ton âge, l'année dernière..., il y a quelques mois ?

— Tu ne pensais pas à ton poids non plus, répondit Gisèle du tac au tac.

Jeanne ne s'est jamais tellement fait d'illusions sur sa mère. Elle se souvient de la manière charmante et si peu maternelle dont, après la mort de Ludivine, Gisèle, faisant contre mauvaise fortune bon cœur, avait déclaré : « C'est agréable, au fond, de ne pas trop se connaître. On peut tout de suite devenir des amies... » Mais oui. Mais oui. Et on est libre de choisir entre un minuscule salon octogonal (de l'époque des *boudoirs*), tapissé de miroirs, et un débarras à tabatière, très clair, baptisé bureau, l'endroit où on se glissera sans déranger le délicat équilibre du grand salon, de la salle à manger tapissée de papier trompe-l'œil (tonnelles pompéiennes), de la « chambre d'armoires » bien plus grande que le bureau.

Et on dit – à quatorze ans, on est arrachée au grenier inconfortable et chaleureux, on a toujours dormi dans la même pièce que la vieille dame bougonne, avare de mots et de sourires mais non de tendresse cachée : elle irradiait comme un poêle –, on dit : « Oh ! maman, je suis bien partout », parce qu'on sait déjà qu'on ne sera bien nulle part. Et on trouve une compensation à ce jeu mère-fille, qui n'est qu'un jeu, à cette politesse, à cette fuite devant le moindre heurt qui pourrait révéler une vérité, devant toute égratignure qui pourrait faire perler le sang, on trouve une compensation dans la liberté de se développer comme on veut, de lire ce qu'on veut, de manger ce qu'on veut, de s'habiller comme on veut, de voir qui on veut. Gisèle se borne à commenter, devant les suggestions les plus saugrenues d'une fille de quinze, seize, dix-sept ans : « Comme c'est original ! » On ne sait pas bien, du reste, si elle a écouté.

Alors aujourd'hui c'est la surprise. Un moment de distraction, une série de coïncidences – ce lifting qui a obligé Gisèle à se dire qu'elle en avait besoin... l'irruption de Jeanne, qu'elle voulait éviter... Au brutal :

« Tu ne pensais pas à ton poids », Jeanne répond avec une violence encore contrôlée :
— Qu'est-ce que tu en sais ?

Qu'est-ce que tu sais de ta fille, sinon qu'elle ne te ressemble pas ? Qu'est-ce que tu savais de ta mère ? De ton mari fugitif ? De toi-même ? D'accord, on peut vivre ainsi, et même avec assez de grâce. Mais alors on n'en sort pas. On ne sort pas de son personnage. On n'évoque pas, même involontairement, ce qui aurait pu être : un rapport vrai.

Gisèle perd contenance.
— Tu es si peu communicative...
— A qui la faute ?
— Je ne vois pas ce que tu me reproches, dit Gisèle, qui a repris le dessus. La faute ! La faute ! Parce que j'ai fait un lifting ! Tu ne peux me supporter que vieille et décrépite !
— Tu retournes la situation !
— Quelle situation ? dit Gisèle avec un petit air de défi. Il y a une situation ?

Jeanne la regarde, avec son turban drapé, son œil au beurre noir camouflé sous un anticernes, et son rejet agacé de tout ce qui pourrait être, entre elle et sa fille, un rapprochement ou même un affrontement.

— Non, dit-elle. Il n'y a pas de situation.

Là où il n'y a pas d'amour, il n'y a pas de conflit possible. Gisèle paraît soulagée.
— Une tasse de thé ?

Sans attendre la réponse, elle passe dans la cuisine. Jeanne a crié :
— Tu veux que je t'aide ?

Gisèle a répondu :
- N'innovons pas.

***

« De quoi t'étonnes-tu ? » se dit Jeanne. Et elle s'étonne. Elle a quitté le square Velpeau et s'en retourne à pied vers la lointaine place d'Italie. Elle s'est mise à la marche à pied, depuis la rentrée, et y trouve un certain agrément. Elle longe le Bon Marché, prend la rue Saint-Placide pleine de vitrines colorées, remonte le boulevard Montparnasse vers l'Observatoire, puis les Gobelins. Elle marche sans se presser, sans se fatiguer. Elle porte des tennis.

« De quoi t'étonnes-tu ? De ce qu'elle ne t'aime pas ? Tu le savais. » Elle savait aussi qu'à sa prochaine visite, elle retrouverait Gisèle parée de cette aimable indifférence qui faisait dire à ses amis qu'elle était « si facile à vivre ». Oui, elle la retrouverait pareille. Mais un moment le masque avait craqué. Quelle coïncidence entre les apparences et le fond des choses ! Le masque de Gisèle craquant au moment précis où elle se fait faire un nouveau visage ! Et à travers les craquelures du visage et de l'humeur, enfin révélée, la face de pierre du non-amour.

***

Est-ce vraiment, comme disait Manon, une rivalité féminine qui a transformé des sentiments, tièdes sans doute mais affectueux, en froide animosité soudain apparue ? Gisèle n'a jamais beaucoup aimé sa mère non plus, dont on ne peut pourtant pas dire qu'elle lui ait porté ombrage sur le plan féminin. Peut-être n'a-t-elle jamais aimé personne ? « Si elle m'aime bien, pourquoi est-ce qu'elle m'a laissée ? » demandait l'enfant Divine. Maladroite et apitoyée, la grand-mère disait : « Elle t'a laissée ici parce qu'elle ne sait pas cuisiner. » Et puis elle trouvait les mots qu'il fallait : « Pour me faire plaisir. » Cela suffisait, pour un temps.

Nouvelles questions ? Gisèle s'était remariée. Il ne fallait pas gêner. Plus tard peut-être, plus tard sûrement... L'amour maternel était là, comme un dépôt dans une banque, une réserve en cas de malheur. Ce qu'on appelle dans certaines familles modestes « une poire pour la soif ». Il ne faut pas toucher au magot, mais il donne un sentiment de sécurité. C'est comme une assurance. On sait qu'on l'a, n'est-ce pas ? On a la soif, aussi.

C'étaient des souvenirs que Jeanne portait en elle depuis longtemps. Depuis le temps où elle avait décidé de s'appeler Jeanne, d'être forte et joyeuse et d'aller de l'avant. Elle s'était blindée. Elle avait grossi. Elle avait renoncé aux souvenirs, aux récriminations, aux regrets. Elle avait pris sa vie comme elle était. Elle avait pris Gisèle comme elle était. Elle avait oublié jusqu'aux raffinements culinaires de Ludivine. Un jour, elle avait mangé un hamburger sans honte. Dorénavant, elle pouvait avaler n'importe quoi.

Du moins le croyait-elle. Les souvenirs, les espoirs

vains étaient dans un coffret qu'elle n'ouvrait jamais, comme des lettres, des messages du passé. « Je les relirai un jour, quand j'y verrai plus clair », se dit-on. En attendant on les possède. Ils sont là. Le soir, on pose une main calme, assurée, sur cette boîte et l'on ne sait pas qu'elle est pleine de poussière. Les souvenirs sont là. Un jour la mémoire nous fournira la clé perdue, le tiroir s'ouvrira sur le cher petit trésor dérisoire, et voilà remontant au jour cette carte postale jaunie : « Ta maman qui t'aime », cette bague trop petite, un bouton, un médicament périmé, un mouchoir. Poussière de roses, poussière de larmes. Mais si la clé ouvre un tiroir vide ? Une boîte propre et nette, un écrin dont le coussinet de satin ou de coton blanc dénonce : il n'a jamais servi ?

Jeanne cherche une trace, un mot, une preuve, un menu témoignage qui fasse de son immense étonnement une bonne colère roborative, vite allumée vite éteinte, une rancune contre laquelle lutter. « Elle était de mauvaise humeur aujourd'hui... Il y a des femmes pour qui la venue de l'âge représente une véritable catastrophe... C'est parce qu'elle a voulu se rajeunir qu'elle s'est sentie vieille et qu'elle m'en a voulu un moment... » Mais pour croire cela il faudrait trouver dans la boîte un anniversaire célébré, un carnet scolaire parcouru, un conseil donné, un reproche même, une de ces précieuses banalités dont on dit : « Je ne sais pas pourquoi je les garde. »

La boîte est vide.

Oh ! Ludivine ! Douloureuse la perte : les mots dont on essaie de se souvenir, qu'on tente de presser pour leur faire rendre encore un peu de suc ! Douloureuse la voix perdue, le visage qui s'efface – laissez-moi le regarder encore un instant, un seul ! La douce image qui nous tient chaud, la nuit, comme une couverture à longs poils, puis, mangée aux mites, qui se perce, se troue, dont la trame, de plus en plus mince, laisse passer le froid. Le grand froid noir qui va nous manger aussi !

Douloureuse la perte... Mais plus terrible le manque. L'absence. Non pas l'absence, car l'absence est perte encore, a un contraire. Ce qui n'a jamais été : cette fenêtre condamnée dans le couloir de notre enfance. Nous sommes passés devant deux cents fois, en sifflotant, en traînant un petit chariot de métal, ou, d'une piécette tout juste reçue, nous avons rayé les vieilles peintures avec une toute petite peur amusée. Un jour nous avons décidé de savoir. Nous avions grandi, nous nous étions instruits et fortifiés, nous avions regardé en face les visages grimaçants de l'horloge, l'homme caché sous le lit. Nous avions vu des morts, bien calmes au demeurant – ce grand-oncle, le chapelet aux doigts, le nez dans la bouche, pieux polichinelle, et toi, pauvre grand-mère étriquée dans ton affreux deux-pièces du dimanche, à qui avait été infligé ce suprême opprobre : être enterrée de mauvaise humeur. Nous avions déjà l'âge de poser la question, d'ouvrir la fenêtre.

Violemment, s'il le fallait.

Avant, il y avait eu les légendes. Il n'y a pas qu'une grand-mère pour mentir. C'est une conspiration autour de certaines enfances. On ne veut pas reconnaître qu'il leur a manqué quelque chose. Que la penderie fermée à clé était vide. Que le grenier jamais visité ne contenait pas de trésor. A ces enfants, on leur dit qu'ils ont mangé de la viande tous les jours, qu'ils n'ont manqué de rien. Que quelqu'un les aimait. Un père mort jeune, mais héroïquement (la photo sur le piano). Un oncle commerçant, qui avait une montre en or, de larges genoux où s'asseoir. Un grand-père sépia, employé intègre, loyal ouvrier, parfois paysan : il n'avait pas son pareil, dans ce cas de figure, pour prévoir les changements de temps et entendait le langage des chèvres.

Il faut bien leur constituer un trousseau, à ces enfants curieux qui fouillent dans les coins, qui se doutent de quelque chose. C'est encore avec les morts qu'on réussit le mieux : la mère harpiste, brodeuse, réussissant les confitures comme personne, et avec ça les plus beaux yeux d'Angoulême. Pour les vivants, on cite des phrases transposées, on justifie les absences réelles, physiques. Le plus dur, ce sont les absences-présences, mais il y a toujours l'épuisement au travail, le souci qu'il se fait pour toi et, dans les cas vraiment désespérés, la maladie. Son foie. Qu'est-ce que vous voulez répondre à ça ? *Le poumon...*

Et puis on peut esquiver, se rabattre sur une bonne marraine, un cousin qui nous a offert, à dix ans, sa toupie. La vieille bonne et ses macarons ramollis. Là, ce sont les dernières cartouches. Les bonnes âmes font un suprême effort. Et le chien, Calino, tu t'en souviens ? Jaune avec une tache noire sur le nez. Non ? Il me reste un chat borgne, très laid, mais si intelligent ! Qui ne traversait jamais au feu vert...

Tout plutôt que de dire à cet enfant que l'on fut : « Tu n'as pas été aimé. Il n'y a rien dans la penderie, le tiroir, la boîte en marqueterie. »

— Et la fenêtre ?

— Il n'y a jamais eu de fenêtre là, on ne te l'a pas dit ? Même pas murée. C'est une fausse fenêtre. Cela existe, les architectes l'ont inventée. Pour qu'il ne soit pas dit qu'il manque quelque chose à la famille, à la maison. Une fausse fenêtre. *Pour la symétrie.*

*
**

La marche à pied incite à la méditation. Ayant dépassé les Gobelins, Jeanne constate (c'est une façon d'échapper au monologue où elle se dédouble et se retrouve) que la *découverte* bifurque et se complète. De privation faire richesse, soit. « Là, j'ai trouvé le truc ! » Mais du néant ? Comment retourner ce qui n'est pas ?

*
**

Jeanne arrivait chez elle. Elle regarda machinalement dans la boîte aux lettres et y trouva une enveloppe qui venait de Blois. Elle ne l'ouvrit pas. Après cette marche à travers Paris, à travers cette fine poussière de soleil, épuisée par le déroulement de sa pensée plus que par le chemin parcouru, elle ne se sentait pas la force d'apprendre, de la plume de Didier, qu'elle ne le reverrait plus jamais.

Elle monta dans l'ascenseur, sa lettre à la main. La petite Bérengère la rejoignit en courant, au moment où la porte se fermait.
— Ça va, madame ?
— Ça va, merci.
Elle n'aurait pu en dire davantage.
— Vous avez l'air fatiguée, dit Bérengère, qui ne peut jamais s'empêcher de s'agiter, de sauter d'une jambe sur l'autre, de manipuler les boutons de l'appareil de ses jolies petites mains douteuses. Mais vous êtes bien mieux comme ça, vous savez. Au printemps, vous pourrez vous acheter un jean.

Elles descendirent. Bérengère fouillait dans son cartable pour retrouver sa clé.
— Ah ! je ne sais pas ce que j'en ai fait... Je la perds toujours. Si ça se trouve, il faudra que je passe par chez vous, par le balcon... Non, tiens, la voilà ! Bonsoir, madame !
Jeanne ouvrait la porte quand Bérengère dit encore, avant de disparaître dans le couloir vert d'eau :
— Bon courage !

Bon courage... Elle alla s'affaler, par habitude, dans la cuisine. Pourquoi pas devant son bureau, où la vue sur le tilleul, sur le catalpa, était la même ? C'est que le bureau impliquait une activité : ouvrir la lettre, lentement, avec un coupe-papier (elle en avait un, cadeau d'Evelyne, *Souvenir de L'Alpe-d'Huez*, avec une petite fleur inclassable, et ne s'en servait jamais : elle y pensait comme à un moyen de ralentir le processus) ; ouvrir lentement l'enveloppe ; aller à la signature, s'assurer que c'était bien une lettre de Didier, lire peut-être avant tout la formule finale qui lui dirait tout : « Amitiés. Je vous embrasse... Je vous récris plus longuement... » Et puis, on ne se récrit pas, les courriers passent, les semaines passent, et on se cache pour aller ouvrir la boîte aux lettres à des heures invraisemblables...

La lettre était devant elle, sur la table de la cuisine ; elle assise, le dos rond, dans sa robe d'automne, un fin lainage grenat taillé en sac, avec un empiècement devant et un petit col. Et, de loin, on eût cru qu'elle n'avait pas changé, pas minci, car l'étoffe faisait masse et l'ombre alourdissait les contours. Elle-même avait le sentiment, tout à coup, de n'avoir pas changé, le poids perdu lui retombant dessus, sa chair autour d'elle se gonflant d'angoisse, la clouant là, toute sa liberté, sa légèreté des semaines dernières disparues, à cause d'une lettre. A cause d'une marche dans le soir doré. A cause d'un chagrin toujours ignoré, jouet d'enfant, cadeau d'anniversaire qu'on a oublié d'offrir et découvert trop tard pour s'en servir... Cette fois-ci, son chagrin, elle l'avait précédé, l'avait vécu déjà, désir, possession, dessaisissement. Fallait-il rebrousser chemin à cause d'une lettre ?

Bon ! Elle l'avait perdu. Mais, encore une fois, encore une fois, peut-on perdre ce que l'on n'a jamais eu ? Elle l'avait intéressé, amusé. Elle lui avait fièrement rendu d'humbles services. Et même – elle allait jusque-là –, elle lui avait plu. Maintenant qu'elle voyait cela avec un peu de recul, elle se rendait compte qu'elle lui avait plu. Elle revoyait son regard un peu hésitant, joueur, avec, au fond, cette toute petite lueur vacillante d'un désir qui pourrait croître, haute flamme, ou mourir d'un souffle de vent.

Cette perplexité, cet instant où tout s'immobilise et peut basculer, elle l'avait senti exister dans sa classe quand Geneviève, ce fameux jour, était descendue vers elle, un moment belle, un moment désirable, un moment portant tout un mystère de féminité sur ses rondes épaules. « Je l'ai bafouée, je l'ai humiliée. Voilà la punition. » La lettre. Non pas ce que la lettre contenait, qu'elle ignorait, qu'elle acceptait, mais ce que la lettre réveillait en elle d'humiliante souffrance, d'individualité. Elle était à nouveau Jeanne, une femme encore jeune, pas laide, pas bête, cabocharde, têtue, trop fière pour ne pas se voir comme elle était, pour demander ce qu'elle ne pouvait obtenir. Elle n'était plus la petite fille Divine qui sautait à la corde dans la cour du *Relais*, n'avait rien et ne désirait rien.

Punie. Peut-être même pas. Bouleversée, Geneviève ? Qui sait si, à peine atteinte par la violence désordonnée de Jeanne, elle n'avait pas tout simplement suivi son chemin, indolente, impavide, sourde et muette comme le désir ? Jeanne déjà perdait de vue cette silhouette à laquelle elle s'était un instant identifiée...

La lettre était là. Jeanne était lasse d'une aussi longue promenade. On marche, on marche, et ce n'est qu'arrivé qu'on se rend compte qu'on n'a plus de force. Elle regardait la lettre, elle regardait à travers la lettre. Elle regardait le visage de sa mère à travers la lettre. De sa grand-mère. La souffrance n'est pas contenue dans une lettre, non. Elle n'est pas dispensée par un seul être. Elle est une immense musique qui s'élève de partout, dont chaque note est une flèche, dont chaque flèche cause une blessure. Et pourtant, comme il n'y a qu'une mélodie, quels qu'en soient les contrepoints, il n'y a qu'une blessure. Il n'y a qu'une faim...

Tout à coup elle fut de nouveau dans le désert de l'été, cheminant. La solitude. Dieu, peut-être. Dieu, ce vide, ce manque ? La chose qu'on ne peut pas retourner, qui n'a ni envers ni endroit, ni densité ni étendue ? Le rien qui n'est pas le contraire du tout ? Le vide qui n'est pas le contraire du plein ?

Sont-ce là les vraies litanies ?

Elle n'aurait pu bouger de la chaise de cuisine tant sa réflexion l'épuisait. « Et dire qu'il y en a qui me traitent d'intellectuelle ! » Elle étendit sa belle main vers le cendrier, les allumettes. Elle regarda brûler la lettre.

*
**

Deux jours après, sur une petite chaise en fer, près de la fontaine du Luxembourg qui s'entoure de rocaille et représente Acis et Galatée menacés par Polyphème, Evelyne se tordait les mains, telle une autre nymphe éplorée. Jeanne et elle revenaient de l'I.P.N. où elles étaient allées chercher du matériel pédagogique.

— Mais comment as-tu pu faire une chose pareille ? Brûler la lettre sans la lire ! Mais tu as donc perdu la tête ? Dieu sait ce qu'il te disait ! Mais pourquoi as-tu fait ça, enfin ?

— Une impulsion...

— Tu veux dire que tu avais peur de savoir ?

— Peut-être.

— Mais voyons, raisonne ! S'il avait voulu rompre tout rapport avec toi, il n'avait pas besoin de t'écrire !

— Mais justement... Il a pu préférer mettre les choses au point avant de revenir...

Evelyne rougit imperceptiblement.

— Il est peut-être retardé ?

— On verra bien.

— Jeanne, ne sois pas butée. Il ne t'a pas écrit sans raison, voyons ! Et toi..., tu sais, il y a des moments où je ne te reconnais plus !

— On ne va pas en parler toute la vie ! Tu sais que Selim m'a fait des excuses ?

— Non !

— Si. « Je vous ai mal parlé, j'ai porté atteinte à

votre honneur... », etc. Doux comme un agneau. Alors qu'il m'avait pour ainsi dire traitée de pute, et sans plaisanter ! (Elle ajouta, pensive :) Il est vrai que les Turcs descendent des Mongols, non ? Il a bien quelque chose de mongol dans le visage, le teint, et Geneviève...

— Tu détournes la conversation.

— Oui.

— La lettre... Et si c'était une déclaration ? Enfin, une proposition ?

— C'est peut-être ça que j'ai peur de savoir...

Elle s'était tenue debout jusqu'à cet instant, mais, découragée, se laissa tomber sur l'un des petits fauteuils si durs qui longent la fontaine. Elle n'échapperait pas, elle le savait, à l'affectueuse inquiétude d'Evelyne et, de toute façon, elle avait mal aux pieds.

Il faisait beau encore, un peu humide ; la pénombre verdâtre, la rocaille mêlée d'herbes molles créaient une intimité glauque, propice aux confidences.

— Mais enfin... Tu ne l'aimes plus ?

— Qu'est-ce qui te permet de dire que je l'aimais ?

— Divine, ne sois pas ridicule. C'est moi, ton amie, ce n'est pas Elisabeth, qui te pose la question. Tu sais bien que je ne veux que ton bonheur.

Elle avait dit cela avec une énergie inaccoutumée et, comme si les deux femmes avaient sans le vouloir changé de rôle, ce fut Jeanne qui soupira.

— Trop. Tu le veux trop.

— Oh !

— Tu le veux trop à ta façon. C'est vrai que j'ai changé, un peu, et c'est vrai que cela te gêne. Grosse ou maigre, ce que tu souhaites, c'est que je bouge le moins possible.

— Il y a de ça, convint Evelyne.

Elles luttaient de franchise, mais c'était tout de même une lutte.

— Je l'aimais. Je l'aime, si tu veux. Ça ne résout pas tout. Pour toi, la question est simple : je l'aime, s'il m'aime aussi, c'est le final western, on sort du cinéma. Mais pour moi...

— Pour toi ? demanda Evelyne, l'air de s'attendre à un mauvais tour.

— Pour moi c'est un peu plus compliqué. Ça se ramifie. S'il m'aimait aujourd'hui, et pas il y a six mois, il n'aime donc que mon apparence. Ou, du moins, mon apparence le bloquait.

— Ce n'est pas ça du tout ! dit Evelyne avec une soudaine autorité bourgeoise. S'il t'aime aujourd'hui, il t'aimait il y a six mois. Seulement il t'aimait comme une fille sans dot, qu'on ne peut pas épouser parce qu'on est raisonnable : tu m'as dit toi-même que tu avais été gênée quand il t'a présentée à sa mère. Et s'il t'aimait alors, en regrettant... les apparences, il t'aime aujourd'hui que cet obstacle ne se présente plus. Il t'aime comme une fille avec dot !

— Oh ! se plaignit Jeanne d'une voix tout à coup enfantine, tu crois qu'il est si raisonnable que ça ?

Un ballon d'enfant vint frapper le pied du fauteuil de Jeanne. Un petit garçon arriva en courant, ramassa le ballon, ouvrit la bouche, la referma, s'en fut plus lentement, et grave.

— Tu vois, soupira Jeanne, c'est un signe quand les enfants ne vous aiment plus...

— Mais comment peux-tu dire... ? Mais c'est qu'elle est sérieuse ! Il a vu qu'il nous dérangeait, c'est tout !

— Il a vu autre chose. Didier verra autre chose quand il reviendra.

— Tu fais beaucoup de crédit au jugement masculin...

« Elle aussi a changé, pensa Jeanne. Ma douce Evelyne. On dirait qu'elle m'en veut un peu. »

— Toi, tu as vu que j'avais changé.

— Oh ! j'ai dit ça ? dit Evelyne, qui recommençait à mentir.

Affronter les choses n'avait jamais été son fort.

— Que ce qui me suffisait avant ne me suffisait plus...

— Mais c'est tout naturel ! Mais c'est très bien ! s'écria Evelyne, qui retrouvait soudain son animation. Cette amitié platonique, ça n'avait pas de sens. Cette vie que tu menais, c'était beaucoup trop austère. Tu étais très seule, au fond. Comme à la mort de ta grand-mère. Et c'est pour ça que tu t'étais mise à grossir !

— Lumineux ! dit Jeanne, découragée.

— Il va récrire. Je... Enfin, il va sûrement récrire. Jure-moi que s'il récrit...

— Je ne brûlerai pas la lettre ? C'est promis. Je te la donnerai. Et s'il me demande en mariage, on tirera la réponse à pile ou face. D'ailleurs, je peux bien te le dire, je l'ai brûlée mais après je m'en suis mordu les doigts !

La figure d'Evelyne était à peindre.

Il était temps de rentrer. Devant elles, dominant la fontaine, le cyclope menaçait d'un énorme rocher les amants minuscules.

– On n'a pas payé les chaises..., fit observer Evelyne. Mais tout de même, Jeanne, suppose, suppose...

– Quoi : suppose ?

– Tu plaisantes, mais suppose qu'il te demande de vivre avec lui... Enfin ! ce sont des choses qui arrivent ! Est-ce que tu oses prétendre que tu le refuserais ? Que tu aurais une bonne raison de le refuser ?

Comment lui répondre, à Evelyne, qu'il lui était apparu tout à coup que refuser, c'était posséder mieux ? Comment faire pénétrer cette notion dans ce cerveau plein de clair de lune, de balbutiements attendris et de layette ? « Oh, et puis c'est peut-être moi qui délire... »

– Je ne sais pas, dit-elle, honnête. Je n'ai pas envisagé... Peut-être que je perdrais la tête comme une fillette et que je courrais droit passer commande chez Pronuptia !

– Mais tu n'en es pas sûre ?

Elles s'étaient levées. Evelyne remarqua que, sa robe flottante plaquée sur elle par le vent, Jeanne paraissait presque svelte, appétissante en tout cas. « Baisable », pour employer un terme qu'Evelyne haïssait mais que Xavier employait à tout bout de champ.

– Et pourtant, poursuivit-elle (en inconsciente association d'idées avec la robe, le vent, la silhouette un instant révélée), il t'écrit, et il ne t'a plus vue depuis...

— Tu trouves que j'aurais dû tomber à genoux devant l'enveloppe et remercier Dieu ?

En somme, oui. Evelyne trouvait que oui. Elle était prête à remercier Dieu chaque fois que Xavier rentrait avant minuit. Mais elle se contenta de dire :

— Tu n'as pas répondu à ma question.

Elles s'étaient remises à marcher, avec leurs grands sacs en papier fort, pleins de pastels soldés, de compas et de rapporteurs.

— Comment veux-tu que je réponde ? dit Jeanne comme elles arrivaient au bout du jardin de l'Observatoire, où se trouve aussi une belle fontaine. C'est comme si tu disais : suppose qu'un bus te passe dessus, est-ce que tu en mourrais ? C'est imprévisible, ces choses-là.

Elle réfléchit encore et conclut :

— Je ne réponds pas à tes questions parce que ce ne sont pas de vraies questions. La vraie question, c'est : suppose qu'il te demande, et suppose que tu dises oui, et suppose que tout se passe normalement, est-ce que ça résout le problème de la satiété ? Autrement dit : je suis heureuse ou je regrossis ?

Elles avaient dépassé la belle fontaine, qui comprend un globe terrestre et des tortues, et attendaient maintenant, sous l'Abribus, le 83 qui les mènerait place d'Italie.

— La satiété ? dit Evelyne, que le soleil, le niveau

de la conversation et un verre de bière bu dans le jardin égaraient quelque peu.

– Oui, la satiété. Comment dis-tu ?... Dieu seul suffit !

Au nom de Dieu, Evelyne s'était à la fois détendue et illuminée, comme s'il était fait mention d'un parent aimé et respecté, d'une relation commune qu'elle se découvrait, ravie, avec son amie.

– Ah ! s'écria-t-elle, heureuse, rendant les armes. Evidemment, s'il s'agit d'une recherche de Dieu...

« Tout t'est permis », semblait-elle sous-entendre. Malheureusement, Jeanne, au même moment, dans une de ces volte-face dont rien ne lui ferait perdre l'habitude, revenant en arrière dans la conversation, énonçait gravement :

– Je me demande si c'est habitable, Blois...

Elles se regardèrent et éclatèrent de rire, comme le 83 s'arrêtait. Le conducteur les trouva jolies.

*
**

C'était bizarre : plus elle avait l'impression de comprendre les autres, moins les autres la comprenaient. Il y avait de petits accrochages (surtout avec Elisabeth), des apartés qu'elle surprenait sans le faire exprès. Il semblait qu'on attendît d'elle quelque chose, mais quoi ? Qu'on fût vaguement mécontent d'elle, mais pourquoi ? Parce que étant maintenant, en apparence, plus proche, plus semblable aux autres, on attendait d'elle que tout son comportement, en somme, s'alignât ?

La chaleur se prolongeait, durait. Les gens parlaient, non sans snobisme, d'été indien. Jeanne n'était pas retournée chez sa mère. Manon ne l'avait pas rappelée. Didier n'était pas revenu, n'avait pas récrit. Selim la croisait sans un mot, l'œil inquiet, suppliant : « Vous n'êtes pas fâchée ? Vous n'êtes pas de leur côté, dites ? » Elle détournait le regard, gênée. Geneviève n'était pas revenue. La jolie petite Jacqueline s'accrochait à son foulard. Ecrire à Didier ? Jeanne repoussait la tentation de jour en jour. L'affaire du tchador prenait de l'extension, on en parlait dans les journaux. Elisabeth projetait une nouvelle réunion où elle parlerait de tolérance, de patrimoine culturel, d'absolue neutralité, ce qui lui serait d'autant plus facile que le collège comptait fort peu de musulmanes et beaucoup d'Asiatiques. Au moins celles-là ne créaient pas d'incidents et consentaient à faire de la gymnastique. Puisque même la gymnastique posait des problèmes, maintenant !

*
**

— Vous avez remarqué ? Il y a *aussi* du porto !
— A quand le whisky ?
— J'aurais plutôt cru à des restrictions, au contraire.
— Parce que Elisabeth est de mauvais poil ? Mais justement ! Le porto est un trompe-l'œil...
— En tout cas, dit Jean-Marie, les chips sont toujours les mêmes.
— Bonjour, Jean-Marie ! On reprend le harnais ? Et cette petite fille ?

— C'est un petit garçon.
— Oh ! pardon ! Ça vous en fait trois, alors ?
— Quatre. Il s'appelle Fabian.
Photo. On s'extasia.

Elisabeth entra, svelte, sévère, souriante, tout en gris, avec un petit ruché victorien près du visage.

Elle lut le rapport mensuel que personne n'écoutait jamais.

— Jeanne, vous êtes superbe ! Superbe ! chuchota Laure Lécuyer.

— Pas encore, mais ça vient.

— Jeanne, pourquoi es-tu toujours si désagréable avec Laure ?

— Je la trouve trop grosse, dit Jeanne en s'étouffant de rire.

— Si Mme Berthelot voulait bien cesser un moment ses apartés, elle pourrait peut-être nous dire un mot des nouveaux horaires ? On parlera du tchador en fin de réunion. Ah ! à propos des heures de cours, je vous annonce que j'ai reçu la démission définitive de M. Didier Schmidt.

Un silence. Des regards.

— Je crois que ce n'est pas une surprise pour certains d'entre nous...

Nouveau silence. La voix d'Elisabeth se fait de plus en plus douce, aérienne, ce qui indique un degré de plus dans la mauvaise humeur.

— En effet, dans la lettre, fort courtoise d'ailleurs, qu'il m'adresse et où il explique les problèmes familiaux qui justifient sa démission, il cite en passant certains de ses collègues qu'il aurait prévenus... M. Savary... Mme Berthelot... Mme Grandier...

— Elle le savait !... Elle le savait ! chuchote Rasetti, surexcité, à Laure Lécuyer qui paraît déçue.

— D'autres encore dont aucun, je le note avec surprise, n'a jugé bon de me prévenir. Je ne puis vous cacher que ce manque de confiance, dont j'aime à penser qu'il n'est pas calculé pour me mettre dans l'embarras...

— Ouïe ! Aïe ! fait Rasetti.

Jean-Marie se trouble. Evelyne rougit. Jeanne se réserve de poser des questions plus tard. Il y a quelque chose qu'elle ne comprend pas. Bien sûr, la lettre brûlée. Mais...

— ... me pose problème...

— Une autre dirait me peine, me fout en rogne, mais elle, ça lui pose problème..., dit Jean Bénamou, prof de gym, presque à voix haute.

— Ça veut dire qu'elle s'en souviendra, soupira Jean-Marie.

— Mais, en attendant, passons aux nouveaux horaires avant de...

— Tu vois, elle dit : en attendant..., ça veut dire...

— ... prendre ce verre traditionnel qui devrait signifier, qui signifiera, j'espère, à l'avenir, confiance et amitié !

Elle éleva légèrement la voix sur la fin de la phrase, comme si elle portait un toast. Là-dessus Evelyne lut les propositions d'horaires d'une voix éteinte. On dit quelques mots de principe sur le tchador. Elisabeth fut noble. Puis on amena la table roulante.

Elisabeth entraîna Jeanne à l'écart.

— Tout de même, Jeanne, de femme à femme...

« Femme, elle ! Femme, moi ! »

— Vous auriez pu, *vous*, me le dire ! Je me trouve en face de difficultés administratives.

Jeanne rougit, sentit qu'Elisabeth y voyait un indice de culpabilité. Que dire ? Qu'elle n'avait pas lu la lettre où Didier, sans aucun doute, lui parlait de sa décision ? Impossible à croire.

— Je n'étais pas sûre que cette décision soit, fût définitive, dit-elle enfin.

— Ah ! dit Elisabeth comme si elle faisait une découverte d'importance. Evidemment !

Jeanne vit sur son visage froid une sorte de détente, de soulagement, poindre comme une aurore.

— Vous avez tenté de le dissuader, probablement...

Jeanne ne voyait toujours pas.

— Plus ou moins, dit-elle prudemment.

Les beaux yeux si calmes, si clairs d'Elisabeth se réchauffèrent ; elle saisit un verre sur la table qui passait près d'elle, poussée par Evelyne, et le tendit à Jeanne comme un gage de réconciliation.

— Je comprends. Je comprends, dit-elle chaleureusement. Comme vous avez dû souffrir !

Elle rayonnait, toute humeur envolée.

« Ça, c'est la meilleure ! » pensa Jeanne avec quelque vulgarité.

*
**

Elle traverse la cour. Depuis sa dernière visite à sa mère, elle a continué d'avancer dans sa réflexion, dans la découverte d'un monde tellement différent et plus complexe que le paysage derrière elle, ingénu, abondant, un verger naïf aux couleurs franches... Si on pouvait rebrousser chemin, le ferait-elle ? Toute à sa surprise, toute à sa pensée, elle se heurte violemment à une jeune fille qui sort du gymnase et pousse un cri.

– Oh ! pardon ! Je vous ai fait mal, Jacqueline ?

La plus jeune fille de Selim, et la plus jolie, a les larmes aux yeux et se frotte douloureusement le bras gauche. Elle est petite, mince, brune ; elle a quatorze ans, de la malice, de la vivacité, de la fragilité aussi. Geneviève était plus grave, moins intelligente, butée avec une sorte de noblesse. Jeanne s'était dit parfois, avant le heurt terrible, qu'à la voir on prenait conscience qu'une certaine forme d'intelligence dégrade. L'intelligence d'Elisabeth la stérilise. L'intelligence de Didier – qu'il vient encore de prouver par cette lettre de démission –, cette intelligence qui l'a émue, où elle a vu et où elle trouve de la délicatesse, prouve aussi une connaissance, une acceptation, peut-être un peu basse, des rouages du collège. Ce qu'elle appelle « être raisonnable » ? Chez Jacqueline, l'intelligence qui est vivacité, charme d'enfance, ouverture, n'est pas une tare. Mais elle peut être une faiblesse.

– Mais si, je vous ai fait mal. Vous êtes toute pâle !

C'est peut-être l'occasion de cette intervention que Selim attend d'elle ?

– Vous avez quelques minutes, Jacqueline ?

– C'est-à-dire... Il faut que j'aille me changer, madame.

Le short de rigueur est devenu bermuda, le polo est à manches longues, mais en somme Jacqueline a fait des concessions que Geneviève s'était toujours refusée à faire, ne se présentant même plus, les derniers temps, au cours de gymnastique.

— Allez-y... Mais c'est très bien, votre costume. Très suffisant. On ne peut pas vous en demander davantage. Est-ce que vous voyez toujours Geneviève ?

— Bien sûr ! On se voit au salon de thé, vous savez ? marocain...

Si elle sait !

— Et... elle n'a pas changé d'avis ?

— Geneviève ? On la tuera plutôt !

Jeanne ne peut s'empêcher de rire.

— Ne dramatisons pas. Je comprends toutes les convictions, mais il faut bien tenir compte un peu des règles scolaires... Enfin, pour vous, au moins, ça s'arrange. On ne vous persécute pas.

— Ah non ? dit Jacqueline d'un air de défi.

Mais ses lèvres tremblent. Elle relève la manche gauche de son polo, montre le bras que Jeanne a heurté. Cerclé du coude au poignet de jaune, de lilas, de bleu.

— Il ne me bat pas, non. Il me serre, me serre ! Il est fort, vous savez ! Et il me dit : « Tu céderas avant que ton bras casse, je suis bien tranquille... » C'est lui qui dit « je suis bien tranquille ».

— Quelle horreur ! Mais c'est du sadisme ! Je veux dire... Comme c'est cruel !

— Il dit : « Tu veux être une femme ! Je vais te faire des bracelets, moi. » Et il serre.

— Oh non ! Moi qui avais essayé de le raisonner !

— Je sais, madame, dit Jacqueline avec son petit sourire ironique et gentil. Vous avez cru bien faire.

– Et il n'a pas compris ?
– Je ne sais pas ce que vous lui avez dit, répond Jacqueline qui ne sourit plus. Lui, il a compris que nous voulions le tchador pour nous... distraire avec n'importe quel jeune homme, sans qu'on puisse nous reconnaître.
– Mais ce n'est pas du tout...

Jacqueline lève vers Jeanne son fin visage olivâtre où se lit une mise en garde, un avertissement.

– Ne lui parlez plus, madame Grandier. Je sais que vous le faites pour bien faire, mais ne lui parlez plus. Vous lui dites une chose, il entend une autre. Ça fait plus de mal que de bien.

– Mais je ne peux pas le laisser faire !

Tout à coup, le visage en amande de Jacqueline redevient ravissant, éclairé de malice.

– Ne vous en faites pas. Je me défends. Moi, à la sortie des classes, je m'assieds à la fenêtre de la loge, celle qui donne sur la rue, très maquillée, j'ai même des faux cils, et je regarde les garçons qui me crient des choses. S'*il* n'est pas content, je réponds : « Tu veux que je mette un tchador ? » Et je lis le Coran tout haut, comme si j'apprenais mes leçons, et je lui dis : « Tu as voulu que je continue l'école, non ? » Et *il* ne peut rien répondre parce que, le plus beau, cette année on a Mahomet au programme !...

Et elle s'enfuit en riant, rabaissant sa manche sur son bras meurtri. Jeanne se demande si, malgré sa brutalité, ce n'est pas Selim qu'elle plaint le plus.

***

— Tu ne pourrais pas arrêter de tricoter deux minutes ?

Elles sont assises sur le lit d'Evelyne. Un grand lit, couvert d'un patchwork ingénu. Le patchwork est l'œuvre d'Evelyne ; le papier japonais sur le mur, simulant avec un charme un peu mièvre une tonnelle, a été collé par Evelyne. Si Jeanne exprime le désir de prendre le thé, ce sera avec les confitures d'Evelyne qu'il lui sera servi. Et pourtant les copies d'Evelyne sont corrigées, ses cours – un peu mornes, il est vrai – sont prêts ; elle a trois enfants, un mari accaparant et, outre sa mère atrabilaire et le grand vieillard bougon d'Enghien, s'occupe encore d'œuvres diverses, des Ramoneurs catholiques, des Epouses de militaires amputés... que sais-je ? Et elle tricote, chaque fois qu'elle a deux minutes, des petits carrés de diverses couleurs qu'elle empile dans une corbeille et dont elle fera des couvertures, des coussins, mille petites horreurs, des couvre-théières... « Et je suis injuste, ce ne sera même pas laid », pense Jeanne, entre tendresse et agacement. Avec même un zeste d'envie devant cet intérieur soigné, peigné, délicat, dont chaque détail correspond au reste, s'y ajuste et en devient partie intégrante. Retirez un cache-pot, la vie d'Evelyne s'effondre. Se *détricote*.

— Ça te gêne vraiment que je tricote ?
— Ça m'agace, ce cliquetis... Et puis au fond je me dis que, moi aussi, je tricotais... Je veux dire que

j'étais comme un ensemble logique, mon poids, mon désordre, mes bouquins, ma bonne humeur... Je ne gênais personne, et voilà que j'ai lâché une maille et tout le tricot file.

Exceptionnellement, Evelyne semble comprendre tout de suite. Elle arrête son cliquetis et lève les yeux.

— Tu veux dire qu'on n'a pas été gentil avec toi au sujet de Didier ?

— Pas gentil ! pas gentil ! Tu as le sens de la litote ! Ils étaient tous là comme des cannibales à attendre que je m'effondre !

— Pas tous... Pas Bénamou qui t'aime beaucoup, ni Jean-Marie, ni...

— Ni deux ou trois sourds-muets qui ne sont pas au courant. Evidemment, pas gentil ! Et après, quand Elisabeth a lu la lettre et qu'ils ont cru comprendre que j'étais au courant, la déception ! Tu l'as vue, la gentille petite Lécuyer ? Et le gentil Rasetti ?

— Tu t'en vas chercher les plus...

— Et Elisabeth ! Tu sais ce qu'elle m'a dit, Elisabeth ? Tu as vu comme elle était déçue de ne pas me voir sangloter, et de devoir avouer qu'on n'aurait pas ce numéro amusant au programme de la réception...

— Tu exagères toujours tout.

— Eh bien, après elle est venue me parler, et tu comprends, je pataugeais un peu parce que je ne savais pas ce qu'elle croyait que je savais...

— Pirandellien !

— Alors j'ai laissé échapper que j'avais plus ou moins essayé de dissuader Didier, histoire de lui faire plaisir à elle, et elle m'a dit : « Comme vous avez dû souffrir ! » Elle a dû se dire que je l'avais supplié, qu'il m'avait plaquée, et elle jouissait ! Un véritable orgasme !

— Les gros mots n'expliquent rien, dit Evelyne en reprenant son tricot pour cacher son embarras dont Jeanne va se moquer. Bien sûr, tu n'as pas tout à fait tort. Mais ce serait plutôt de la jalousie que de la méchanceté. Au fond, au collège, tu faisais un peu ce que tu voulais. Horaires, programmes, temps libre, tu jonglais avec tout ce qui était établi... D'accord, tu en faisais plus que les autres, dix fois plus que les autres, mais c'était parce que ça te plaisait... Tu étais seule, mais tu donnais l'impression que ça te plaisait, aussi... Comment dire ? Tu ne te plaignais jamais de tes traites, des impôts, de ta famille. Tu ne correspondais pas à ton signalement de femme seule, d'enseignante, de salariée, de... Tu étais tellement plus libre ! Alors ils se consolaient en pensant, pardonne-moi, en pensant à ton poids : « Pauvre Jeanne ! » Ils pouvaient se débrouiller pour te plaindre. Pour se dire que, d'une certaine façon, tu *payais*. Maintenant que tu es tirée d'affaire...

— Oh ! je me trouve encore tellement lourde !

— Tu peux perdre encore cinq kilos, ou même dix. Mais déjà tu n'es plus à plaindre.

— Alors ils ont dû trouver autre chose ?

— C'est ça !

— L'amour malheureux ?

— Exactement.

— Quels salauds ! dit Jeanne sans colère. Et toi ?

— Quoi, moi ?

— Toi, tu savais que je ne savais pas. Alors pourquoi ne m'as-tu pas prévenue ?

— Il y a trois jours que tu m'as dit que tu ne l'avais pas lue, cette lettre !

— Mais sur le moment, tu aurais pu...

— Ça m'a tellement troublée, dit Evelyne.

Elle essaya d'expliquer.

— Tu sais, quand il nous est arrivé quelquefois de parler du... du sexe, quoi...

— Pour parler carrément, dit Jeanne en se moquant.

— Ne te moque pas ! Pour une fois qu'on parle sérieusement ! Eh bien, quand on a abordé ce sujet, tu as bien compris qu'entre Xavier et moi il y avait un attrait très fort...

— J'avais cru comprendre. Non, je ne me moque pas. Tu me connais, c'est ma nature, il faut que je rie de tout. Mais je ne me moque pas. Vraiment. Explique.

— Et tu sais que, parfois, à propos des enfants... ou des autres femmes... je me suis demandé si je ne lui cédais pas dans une trop large mesure. Par exemple quand il trouvait inutile de faire des cadeaux de Noël aux jumelles, sous prétexte qu'elles avaient eu des leçons particulières de maths, ou quand il a prétendu avoir dix jours de tournage aux Bahamas alors qu'il n'en avait que sept, et que...

— Bref ?

— Eh bien je prenais la ferme résolution de le...

— Mettre au régime ?

— De me mettre au régime, plutôt, dit Evelyne avec

un très gentil sourire. Mais je n'y arrivais jamais. Et je me le reprochais. C'est arrivé dix fois. Et tu as beau te moquer de mes scrupules, et nous avons beau être mariés, Xavier et moi, puisque je n'étais pas d'accord moralement, est-ce que ce n'était pas, d'une certaine façon, de l'impureté ?

— Je ne suis pas ton confesseur...

— Et ces fois-là... Ne te fâche pas, mais je pensais à toi, je me demandais si tu ne faisais pas un peu exprès de te... je veux dire, ça t'aurait été facile de te rendre un peu plus...

— Présentable ?

— Si tu veux. Si tu n'estimais pas qu'il valait mieux que votre relation, à Didier et à toi, reste pure...

— S'il y a un mot que je déteste par-dessus tout...

— Je sais. Mais je n'en trouve pas d'autre. Et l'autre jour je me suis demandé si ce n'était pas pour ça que tu avais brûlé la lettre.

— Mais nous ne savons pas ce qu'il disait dans la lettre ! Et il ne reviendra pas !

— Je crois qu'il reviendra pour te voir, dit Evelyne, rougissante, coupable.

Jeanne n'abusa pas de ce qu'elle devinait.

— C'est possible.

— En supposant cela..., enfin, en supposant que quelque chose était possible, tu as brûlé la lettre.

— C'est un fait.

— Eh bien, tu vois, je n'ai pas osé t'en parler jusqu'ici parce que... Je suppose qu'il y a un rapport avec ce que tu me disais le jour de la rentrée... Tu sais ? La découverte... Une expérience que tu aurais vécue, une sorte d'ascétisme... ? Je dois avouer que ce jour-là je t'écoutais, ça m'intéressait, évidemment, mais enfin je te connais depuis toujours, tu as toujours été excessive... J'en prenais, j'en laissais.

— Merci, dit Jeanne, vexée comme si ses paroles avaient toujours été l'expression d'une stricte et sobre vérité.

— Mais depuis l'histoire de la lettre...

— Tu me prends au sérieux ?

— Mon Dieu... presque ! dit Evelyne, avec une timide tentative d'humour.

— Tu te rappelles, avant les vacances, tu m'avais parlé d'un bouquin que tu as lu pour Didier, tu étais tombée sur un passage où il y avait des tortures...

— Ah oui ! Quelle horreur ! J'avais l'impression que j'étais moi-même tirée à quatre chevaux.

— Au fond, c'est que tu ressentais que la douleur, ou, si tu prends l'autre aspect des choses, la cruauté humaine, est éternelle. A travers l'anecdote, c'est toujours le même mal, la même essence des choses, petites ou grandes.

— Très juste ! Très juste ! Tu m'as tout à fait comprise ! s'écria Jeanne avec enthousiasme.

Et elle embrassa son amie, faisant tomber la corbeille et s'éparpiller les pelotons de laine.

— Alors on peut dire la même chose... Attends, je les ramasse... Tu veux une tasse de thé ? Pour l'amour. C'est toujours le même, que ce soit Roméo et Juliette, ou Didier, ou Xavier. C'est comme une lumière qui traverserait un verre. Le verre est indifférent.

— Oui, enfin, n'exagérons pas, dit Jeanne qui voyait avec quelque inquiétude Evelyne sur le chemin de léviter. C'est le principe. Mais il y a tout de même des verres dans lesquels je préférerais ne pas boire. Oui, une tasse de thé, je veux bien...

Elles passèrent dans la cuisine.

— Je mets de l'eau sur le feu. Eh bien, est-ce que la lumière pure, sans le verre, ce ne serait pas ce que j'appelle Dieu ? Et ce que tu essayais de me raconter, est-ce que ce ne serait pas une sorte d'expérience spirituelle ? Comme un début de conversion, en somme ?

— Oh ! ton vocabulaire ! s'emballa Jeanne. Mais tout est expérience de l'esprit, en somme. Tu sais à quoi je pensais, la première fois où je suis allée chez l'horrible Pierquin ?

Elle lui raconta l'anecdote des pâtés de viande humaine : le voyageur qui, sans s'en apercevoir, avait dîné avec des bourreaux et mangé la chair d'un condamné à mort. Les convives se signaient en hommage à l'homme qu'ils dégustaient dans leur vol-au-vent !

Evelyne parut désagréablement impressionnée et jeta un regard incertain sur le plateau sur lequel elle avait disposé quelques brioches.

— On mange des idées ! On mange des symboles ! On mange toujours autre chose que ce que l'on mange ! Tu manges du lapin avec plaisir, mais si on t'apprend brusquement que c'est du chat...

— Quelle horreur !

— Ce n'était qu'une comparaison. Mais valable. Parce que si tu ne sais pas que c'est du chat...

— Mais s'il n'y a que l'idée, que l'esprit, le reste est indifférent, d'après toi ? Est-ce que ce n'est pas un peu contraire au dogme de l'Incarnation ?

— Je te raconte une expérience. Je ne la coule pas dans un moule à gâteau !

— Tu ne me dis pas tout, fit Evelyne, dans une de ces inspirations d'extralucide qui l'éclairaient parfois.

Elle versa l'eau bouillante sur le thé, transporta le plateau dans la chambre, se tut avec intelligence.

Jeanne se décida tout à coup. Il fallait bien qu'elle en parlât, un jour. Qui sait si, involontairement, Evelyne ne l'éclairerait pas sur l'Episode ? Elle raconta.

— Je suppose qu'au début je voulais seulement me prouver à moi-même que je n'avais pas peur..., et puis j'étais bêtement curieuse de savoir s'il oserait revenir, si cela allait se reproduire...

— Mais... tu ne t'es jamais demandé qui c'était ?

— Bien sûr. J'aurais pu le savoir. Un mot, un geste... Je me disais que je le saurais dès que je le voudrais. La fois suivante, par exemple. Puis je n'ai plus voulu savoir. Cela faisait partie du plaisir, de ne pas savoir. Le contraire de Montaigne, tu sais ? Parce que ce n'était *pas* lui, parce que ce n'était *pas* moi... Au début de l'été cela s'est produit encore une fois. Je ne l'avais pas voulu. J'avais tout éteint parce que j'avais la migraine, je n'avais pas verrouillé la porte par distraction. J'ai décidé que c'était la dernière fois. De casser le verre, pour employer ta métaphore.

— Et... ?

— Et après j'ai ressenti une faim atroce. Une faim

comme une brûlure. Comme une punition. Mon corps qui se révoltait, qui voulait me faire la loi... Mais mes précautions étaient prises. Rien à manger chez moi, j'achète au jour le jour, et j'avais dîné...

— Alors ? demanda Evelyne, captivée par ce feuilleton.

— Alors j'ai fouillé le sac de Mme Lopez qu'elle laisse souvent dans le placard à balais et qu'elle reprend le lendemain, et j'ai mangé ce qu'il y avait dedans. Comme obligée.

— Qu'est-ce que c'était ?

— Une boîte de Canigou.

Evelyne se précipita dans les lavabos.

Elles avaient pris le thé, Jeanne était un peu pâle. Mais elle s'était vite remise, avait essuyé ses yeux humides, s'était mouchée et avait ri. « Elle peut rire, après ce qu'elle vient de me raconter ! avait pensé Evelyne. Mais elle est donc indestructible ! » Et à l'admiration de toujours, à l'indulgence, à l'étonnement se mêlait à nouveau une imperceptible trace d'amertume et d'envie.

*
**

— Il a traversé la cour et il est entré dans le vestiaire, tout droit !

— Quel culot !

— Il n'a tout de même commis aucun crime !

— On démissionne ou on ne démissionne pas !

— Le petit maître auxiliaire n'en revenait pas. Il devait croire qu'on allait lui reprendre sa place...

— Et elle ? Qu'est-ce qu'elle a fait ?

— Vous devriez le savoir ! Vous n'arrêtiez pas de regarder.

— Il y avait un reflet sur le vitrage.

Rires.

— Il l'avoue ! Il l'avoue ! Il épiait !

— Quoi ? Le concierge aussi regardait. On est humain ! Je veux savoir la fin de l'idylle !

— J'ai toujours pensé que vous aviez un petit sentiment pour notre Jeanne, Rasetti. Toujours à l'asticoter, ce n'était pas naturel !

— Ce n'était pas méchamment...

— Oh non ! C'était pour lui faire plaisir !... Tenez, les voilà qui s'en vont... Selim les observe du gymnase.

— Ils vont dîner, probablement.

— Vous croyez qu'il est revenu exprès pour elle ?

— Elle a dû lui envoyer ses tickets de pesée...

— Sa photo !

— Vous croyez qu'il va lui demander sa main ?

— Et pourquoi pas ? intervient Elisabeth, penchée à la fenêtre de son bureau, au-dessus du groupe. Cessez de les regarder comme ça, voyons ! C'est indécent ! Et pourquoi est-ce qu'elle ne se marierait pas, Jeanne ? Qu'est-ce qu'elle a de plus que les autres ?

— De moins que les autres, rectifie Jean-Marie machinalement.

— Lapsus révélateur, dit Rasetti avec insolence.

*
**

Il était venu à elle, le visage éclairé de plaisir. Déjà il lui semblait subtilement changé, ou c'était elle ? Plus rustique, plus direct. Pourtant, Blois, ce n'est pas la campagne.

– Ma petite Jeanne ! J'ai bien pensé à vous hier et aujourd'hui ! Je me suis arrêté à Anet, vous savez : les *Fables de fleuves et de fontaines* de notre pauvre Pontus de Tyard ?

– Décidément vous abandonnez votre thèse ? (Elle avait dit « décidément » à cause de la lettre : qui sait s'il ne le lui annonçait pas, là-dedans ?)

– Nous en parlerons tout en déjeunant. Vous voulez bien déjeuner avec moi ? Il paraît qu'il y a un nouveau chinois ouvert tout près d'ici.

– Je veux bien, dit-elle nerveusement. Mais filons. Je déteste qu'on m'observe à distance.

– Ils ne se cachent même pas ! Mais c'est que vous êtes devenue si compromettante !

Ils ont ri. Ils sont partis par le gymnase, croisant Selim qui paraissait furieux. Elle était assez contente, tout de même, qu'il lui ait dit qu'elle était compromettante. Mais la lettre ? Comment prévoir qu'il allait revenir si vite ? Faire allusion ? Elle avait été si sûre que c'était une lettre d'adieux ! Avait-elle été si sûre ?

Ils avaient marché jusqu'au restaurant. Il était encore tout propre, impeccable. Ça n'allait pas durer. Ils avaient eu une table dans un coin tranquille, une sorte de niche au fond de laquelle étaient peints un paysage, des roseaux, un pêcheur. Jeanne songeait qu'il y a la Loire, à Blois. Elle était tellement assommée de surprise qu'elle avait comme sommeil. Heureusement elle était arrivée à le cacher, ça lui donnait même l'air calme. Calme et contente, c'était dans la note.

Lui était ainsi, calme et content. On eût dit qu'il ne l'avait jamais quittée. Il raconta. C'était simple. Son oncle mort dans un accident de voiture, sur la route des vacances ; en l'absence d'autres parents « mâles », sur la demande instante de sa mère, Didier reprenait l'affaire. (Il avait dû aussi lui en parler dans la lettre. Il paraissait tenir pour acquis qu'elle savait. Scierie ? Affaire de vins ?) En somme, il héritait. Jeanne avait souri malgré elle. C'était donc cela. Au fond, il avait toujours été un héritier. Quelqu'un qui attend au bord du trottoir, à la terrasse d'un café ou assis dans l'herbe, non loin de la route, la voiture qui viendra tôt ou tard le chercher. Un garçon qui peut tout se permettre parce qu'il est de passage. Leur complicité était fondée sur ce malentendu. Elle aussi s'était cru tout permis, par un privilège de sa nature. Elle aussi attendait, mais d'une autre façon. Aujourd'hui elle comprenait son erreur : elle s'était trompée d'attente.

Ils mangeaient du potage pékinois. Ils furent d'accord pour le trouver meilleur que celui du *Lagon bleu*. Didier, le teint peut-être un peu plus coloré, la parole un peu plus posée, donnait maintenant des détails avec une tristesse décente. L'oncle était célibataire, ne s'entendait pas avec Mme Schmidt, c'était le frère de son père. Evidemment, si Didier avait voulu, il aurait pu depuis longtemps travailler avec l'oncle, mais alors c'était sa mère qui en aurait souffert... D'ailleurs elle avait voulu qu'il fît des études. Au moment où l'on servit les travers de porc et le canard, il achevait de faire le point de la situation. Sa mère était souffrante. Quelque chose de cardiaque, quelque chose de sérieusement inquiétant... Tôt ou tard, le moment viendrait où il se trouverait seul...

Jeanne admirait ce beau visage innocent, qui parlait de la mort comme on parle d'une récolte, avec naturel. Il aimait bien sa mère pourtant, puisqu'il avait fait des études et renoncé à une association fructueuse pour ne pas la désobliger. Il ne détestait pas son oncle car, si ce n'avait été pour sa mère, il aurait travaillé avec lui sans déplaisir. Il expliqua tout cela avec simplicité.

« Je le savais, pensait Jeanne avec stupéfaction. Je savais qu'il était cela. » Elle aurait pu se dire qu'il n'était *que* cela, mais ne commit pas cette faute. L'homme qui se dit qu'il a trouvé sa place, délimité sa tâche et s'y tient, et s'y tient satisfait, n'est pas si commun qu'on ne puisse l'estimer. La fête, la « fiesta », comme aurait dit le garçon d'avant les vacances, était finie. Et c'était bien ainsi. Une fête ne saurait durer toute la vie. Et son soulagement se marquait subtilement dans son comportement. Il parlait moins vite, avec moins de légèreté, chaque mot pesant son poids ; il mâchait sa nourriture avec une lenteur nouvelle. Ce n'était plus un jeune garçon attardé à des futilités, c'était un homme qui venait de signer son pacte avec la vie. Il rayonnait d'une beauté obtuse, impénétrable, nourrissante. Rien qu'à le regarder, Jeanne se sentait comme une faiblesse dans les jambes.

Elle en perdait jusqu'à la faculté de s'indigner lorsqu'il révéla (pensant innocemment qu'elle s'en doutait bien un peu) que, inquiet de son téléphone débranché, de l'absence de nouvelles, il avait échangé durant l'été, et même tout récemment, de nombreux coups de téléphone avec Evelyne qui l'avait « tenu au courant de tout ». « Une telle volonté ! » répétait-il avec admiration. « Une telle volonté ! » – et elle était si loin de ce souci qu'elle mit un moment à comprendre qu'il lui parlait de son régime.

Alors il en vint à la lettre. Il en parla avec une froideur volontaire comme d'un projet d'aménagement, comme d'un contrat. Il dit qu'il avait essayé d'être précis, mais qu'en même temps il avait eu le souci de lui montrer les diverses possibilités qui s'offraient. L'« affaire » pouvait lui offrir, à elle, si cela la tentait, « un poste de gestion » ou « des responsabilités ». Elle serait vite au courant. Il se faisait fort de... Il parlait avec l'air sévère et d'une grande maturité virile qu'ont quelquefois les tout petits garçons. Et elle en était transpercée de tendresse. Les défenses qu'elle avait élevées en elle contre lui se brisèrent. Et, bien qu'il ne lui prît même pas la main à ce moment-là, il lui sembla qu'elle l'accueillait en elle, totalement, avec le remords d'avoir tant différé et une terrible crainte que tout ce mouvement intérieur, cet effondrement géologique des couches de son être, si farouchement défendues, ne dût servir en somme qu'à les faire souffrir tous les deux.

Car c'était bien ce qu'il disait : qu'ils pourraient vivre ensemble, faire leur vie ensemble – c'était là ce que contenait la lettre. Elle se demanda si elle ne l'avait pas toujours su. Elle savait bien, en tout cas, ce que cette autre Jeanne, celle d'il y a six mois, sept mois à peine, aurait répondu. Cette Jeanne indépendante et gaie, un peu risque-tout, et vive, et avide de tout, naïve et de mauvaise foi, qui aimait ce garçon sans discernement, le convoitait sans le savoir, la chair émue, le cœur prudent... Ç'aurait bien été une femme pour lui, celle-là ! Elle se serait passionnée pour Blois, la scierie, le commerce des vins. Elle se serait fait des amis qui auraient dit, comme ses collègues : « Cette Jeanne, elle est impossible ! » On se serait demandé comment il avait bien pu l'épouser, la choisir, lui si joli garçon. Elle se serait initiée aux « affaires ». Ils auraient été populaires. Tout avait tenu dans la balance, le pèse-personne d'Anubis. Il avait hésité à cause de ces quelques kilos de trop. Elle les avait perdus, et n'était plus la même.

Il parlait toujours, avec une douceur conjugale, paisible, innocent. Il s'étonna que les Chinois n'aimassent pas le fromage, n'en fabriquassent pas. Ils ont pourtant du lait. Il s'interrogeait sur les Japonais, les Vietnamiens, les Laotiens. Puis il se remit à entasser ses parpaings.

Il savait combien elle tenait à l'enseignement. Ou croyait le savoir. Il n'entendait pas se l'annexer. Certes, travailler ensemble serait bien agréable, mais la ville comporte des établissements d'enseignement privés. Sa mère connaissait beaucoup de monde, à Blois, et toute malade qu'elle fût, remuerait ciel et terre...

« Mon Dieu, se disait Jeanne, si seulement je pouvais me souvenir du moment où tout a basculé ! Le premier Episode ? La bataille avec l'escalier ? L'orgie de biscottes ? A quel moment ai-je cessé d'être cette Jeanne qui aurait aimé Didier, la mère de Didier, les enfants de Blois, et la tête qu'aurait fait Elisabeth en me voyant partir ? Qui ne serait pas, comme je suis, comme en ce moment même (où je sens la chaleur du corps aimé, cependant), séparée de moi, de lui, errante sur un chemin obscur, battu des vents, et qui ne mène nulle part... »

« Ce n'est pas juste ! Ce n'est pas juste ! » criait en elle son indéracinable vitalité. Mais imposer à Didier une compagne insatisfaite, pis : qui lui communiquerait cette insatisfaction, était-ce juste, cela ?

Elle dit qu'il lui fallait réfléchir. L'indépendance, la solitude aimée, mille banalités qu'il écouta gravement. Une crise qu'elle traversait. Elle demanda du temps, de la réflexion, lâchement. Et le voyant assumer avec tant de simple dignité une situation qui eût pu lui paraître ridicule (il accordait volontiers un délai de réflexion, disons la fin de l'année, pourquoi pas Noël où elle pourrait faire un séjour dans la propriété, complètement séparée de la maison de sa mère, et ainsi se rendre compte, juger du dépaysement), elle était déchirée de regrets, de remords. Elle ne savait plus, vraiment, pourquoi elle agissait ainsi, et pourtant elle avait l'impression qu'elle le devait. Jamais elle n'avait eu si faim. Elle laissa les deux tiers de sa banane flambée dans l'assiette.

Généreusement, d'une générosité qui le vieillissait, Didier n'insistait pas. Elle verrait ; elle jugerait ; ils en reparleraient. Il serait amené à passer un week-end par mois à Paris. Et pendant qu'on lui portait l'addition, il gardait cet air grave qu'elle ne lui connaissait pas. C'était lui le plus âgé, le plus raisonnable tout à coup. Lui le frère aîné qui patiente avec indulgence. Didier ! Il avait un portefeuille neuf en peau de porc, qu'elle eut envie d'embrasser. Pendant tout cet exposé qu'il s'était efforcé de rendre froid et concret, elle l'avait adoré, comme on adore un homme avec qui on aurait vécu des années sans se lasser. Et, bien qu'il eût l'air sûr de lui, sûr d'elle, sourd à ses arguments (bien faibles, il faut le dire), et déjà tout aux préparatifs d'une fête de la Raison, elle ne s'était pas sentie blessée. Sans doute ne comprendrait-il jamais. Mais elle-même, que comprenait-elle à ce qui s'était irrévocablement passé ? Il avait enfilé un imperméable Burberry tout neuf, lui aussi. Il avait dit : « A bientôt. Non. A tout de suite. »

Qui sait ce qu'elle ferait ? Si elle allait vivre avec lui – l'épousait, peu importe –, ce serait probablement pour leur malheur à tous les deux. Alors comment pouvait-elle hésiter ? Compter sur un hasard qui prendrait la décision pour elle ? « J'ai perdu toute ma fierté, s'était-elle dit alors, comme elle cheminait à côté de lui en sortant du restaurant. Est-ce possible ? J'ai perdu encore ça... » Et elle avait envie de pleurer, mais comme est ému quelqu'un qui s'approche tout près d'un mystère.

Elle n'eut pas le temps d'y penser car il la quitta très vite ; et, comme elle entrait dans la cour, elle vit un attroupement devant la loge, les battants de la grille s'ouvrir et une ambulance pénétrer dans cette cour, brusquement muée en une sorte de théâtre. Une dizaine de professeurs – ceux qui donnaient leur cours pendant la première heure de l'après-midi – étaient groupés là comme un chœur antique, pendant que deux infirmiers sortaient avec précaution, par la porte étroite de la loge, un brancard sur lequel reposait Jacqueline, enveloppée dans une couverture.

– Mais qu'est-ce qui s'est passé ?
– Un geste malheureux...
– Il ne connaît pas sa force...
– Un père a bien le droit...
– Elle est tombée sur l'angle de la machine à laver.

Sur les trois marches circulaires qui menaient à la loge, Selim était affalé et sanglotait.

— On attend la police, chuchota Jean-Marie à Jeanne, qui tentait de voir.

— Elle est morte ?

— Mais non ! Simple commotion. Il lui a flanqué une gifle, et elle est tombée...

— ... sur l'angle de la...

— ... machine à laver !

— Il faut qu'il fasse une déposition.

Les agents de la force publique furent là en un temps relativement court.

— Il a la nationalité française ?

— Il y a un témoin de l'accident ?

Les élèves sortaient de la cantine ou arrivaient pour le premier cours, s'informaient, s'exclamaient. Finalement les agents emmenèrent Selim au poste de police pour recueillir sa déposition. Le concierge pleurait avec aisance, son beau visage empâté luisant de transpiration. Et il protestait pendant qu'on l'entraînait, sans trop de brutalité, vers la voiture de police garée dans la ruelle : « Mais j'ai fait ça pour vous ! J'ai fait ça pour la France ! »

« C'en est trop », pensa Jeanne. Et comme on se laisse glisser après avoir lutté un grand moment, agrippé au rebord, dans un gouffre, elle s'abandonna, dans la cour même du collège, à sa première crise de nerfs.

*
**

L'absurdité de tout cela !

C'est après. Elle est assise dans la cuisine, chez elle, désœuvrée, avec un alibi : elle fait dégivrer son réfrigérateur. Avec un soin inaccoutumé, elle dispose des serpillières au pied de l'appareil béant. Ses gestes sont lents. Sa pensée chemine difficilement. Cette dernière semaine d'octobre a été feutrée, et même le beau temps persistant est un élément de malaise. Il contraste avec des événements déplaisants, incohérents. Le départ d'un Didier souriant, sûr de lui, l'arrestation de Selim, l'attitude d'Evelyne, tantôt expansive puis tout à coup hostile, le refus (téléphonique) de Gisèle de voir sa fille. « Non. Quand je me sentirai tout à fait montrable... – Mais je t'ai déjà vue ! – Malgré moi. Je ne veux même pas voir ma femme de ménage, alors ! » Il semble à Jeanne, comme si elle était initiée soudain à une langue étrangère, qu'elle entend les phrases de Gisèle pour la première fois, telles que celle-ci les prononce. « Mais tes courses ? – Eloi me fait livrer tous mes repas depuis la cuisine du *Relais*. » Que dirait Manon ?

Au collège, heureusement, cela va moins mal. Enfin, moins mal, c'est une façon de parler. L'affaire Selim a rejeté dans l'ombre, momentanément, ce que Rasetti appelle « l'idylle » de Jeanne. Jacqueline a subi une commotion, est encore à Lariboisière, mais, loyale, a confirmé la thèse de la chute malencontreuse. Et voilà que Geneviève (solidarité envers son père ?) prétend revenir habiter la loge et promet de se « dévoiler ». Las ! il est trop tard pour trouver un arrangement. Bien que Selim soit relâché au bout de quelques jours, ce que tout le monde appelle maintenant « l'affaire du voile » a pris tant d'ampleur dans d'autres établissements et dans la presse qu'Elisabeth a décidé de se débarrasser de Selim et de sa famille, malgré l'intervention de la majorité des professeurs. Dont Jeanne. Elle mènerait probablement une campagne plus efficace si elle n'était déchirée par de tout autres problèmes. C'est du moins ce que semble penser Selim, rencontré alors qu'il vide la loge et qui lui lance un regard de pure haine. « Il m'a toujours prêté plus de pouvoir que je n'en avais... », pense-t-elle, sans y attacher trop d'importance. Même la haine, qu'est-ce que ça peut lui faire maintenant ? Elle va faire une visite à Jacqueline. « Quand il sera un peu calmé, faites-moi signe, je lui chercherai quelque chose. »

« Si encore il l'avait frappée *pour* qu'elle porte un tchador, déclare Elisabeth calmement, j'aurais peut-être pu le garder. Ça aurait pu passer pour de la tolérance, de la largeur d'esprit. Mais le contraire !... J'aurais tout le monde contre moi. On finirait par dire que c'est moi qui lui ai conseillé de la battre ! » Logique imperturbable. Le pire, c'est qu'elle n'a peut-être pas tout à fait tort. En attendant, elle considère que c'est elle la victime. Dire qu'il y a tant de jeunes musulmanes qui *refusent* de porter le voile, qu'elle aurait pu prendre sous son aile, avec lesquelles elle aurait pu dialoguer, organiser peut-être un séminaire... Mais non ! On dirait qu'elles sont toutes ailleurs ! Elle, elle est tombée sur des réactionnaires qui veulent le porter !... Pauvre Elisabeth !

L'absurdité de tout cela !

Le matin même elle est montée sur son pèse-personne, ce qu'elle n'avait plus fait depuis l'été. Soixante-neuf kilos deux cents. Ainsi elle n'a pas menti à Manon. Sans doute soixante-neuf kilos, pour une femme qui mesure un peu moins d'un mètre soixante-dix, c'est encore trop. Mais ce n'est plus de l'obésité. Elle est dorénavant une personne « normale », comme dit Evelyne. « Je le suis, je dois l'être », c'est ce que tout le monde pense. Y compris Evelyne qui, consciemment ou non, fait partie de cette conspiration que Jeanne sent autour d'elle, qui lui *pèse*. Un poids remplace l'autre. Une femme « normale » doit avoir une vie « normale ». Epouser Didier sans barguigner. Arriver à l'heure. Faire son travail sans joie, sans invention. Ne pas sauter par-dessus les tourniquets dans le métro. Une femme « normale » doit se dépouiller, en même temps que de ses kilos superflus, de ces petites excentricités, de ces bizarreries qu'on lui passait parce qu'elle était, en somme, à plaindre. Mais elle, naturellement, comme d'habitude (Evelyne ne le lui a pas envoyé dire, et même avec un soupçon d'aigreur), elle a été trop loin.

Evelyne a bien essayé (elle a un bon fond) de lui trouver un alibi : Dieu. Mais le Dieu d'Evelyne... « Je suis peut-être trop difficile ? Mais le Dieu d'Evelyne... » Ce qu'il a de bon, le Dieu d'Evelyne, c'est qu'on peut en tirer une méthode. Progrès, sacrifice, comptabilité des mérites, ça établit un lien entre les mille tâches assommantes dont Evelyne se charge. Ça les rend sans doute un peu plus intéressantes, comme les épisodes d'un de ces vieux romans policiers : en soi l'heure du train n'a aucune importance mais, si elle permet de jeter un doute sur l'emploi du temps du coupable, ça devient excitant. Et le coupable, pour Evelyne, c'est Dieu. Elle le perd, le retrouve, le cherche comme sur les petites images pour enfants qu'on tourne dans tous les sens. « Où est le chasseur caché ? » : dans les branches de l'arbre qui dessinent un bonhomme. « Où se trouve la ménagère ? » : dans la porte du four, nichée dans les craquelures. « Où est ce Dieu qu'on dit bon ? » : dans les exigences des jumelles, les innocentes bêtises du petit Francis, le repassage, les bonnes œuvres inutiles et douces...

Et naturellement il y a plus agréable, et plus difficile – on passe des cubes pour enfants au puzzle à deux mille pièces –, quand Evelyne dit gravement : « On peut trouver Dieu même dans l'amour physique. »

Est-ce qu'elle se ment ? Ou trahit Xavier ? Si, à travers leurs ébats conjugaux, elle trouve ce qu'elle appelle « Dieu », n'est-ce pas qu'à ce moment-là Xavier n'est plus Xavier, mais cette transparence, cette péripétie traversée par un désir vieux comme le monde, un amour impersonnel qui ressemble à la faim ? Est-ce que toi, Evelyne, qui collectionnes les photos, les articles, tout ce qui concerne Xavier, tu cherches en lui au fond, sincèrement, là, pour de vrai, autre chose que ce que je cherchais, trouvais dans l'Episode ?

Mais peut-être était-ce Dieu que tu trahissais, pauvre petite chérie, toi qui ne supportes ni la musique moderne, ni la cuisine indienne, rien de ce qui est fort. Peut-être Xavier, avec ses rôles de commandant de navire, de loyal second d'un capitaine Courageux, avec ses tempes grisonnantes, ses yeux exercés au regard droit des demi-héros, est-il ton Dieu ? Peut-être lui donnes-tu tous les droits et prérogatives, y compris celui de te faire voluptueusement souffrir ? Y compris celui de te masquer à jamais de ses larges épaules (un peu rembourrées, tout de même, c'est le personnage) l'ombre dangereuse qui se profile derrière ton amour ?

Derrière Didier ?

Sans doute Didier, qui est plus simple, plus beau, plus intègre et plus courageux que Xavier, pourrait devenir pour Jeanne ce qu'a été l'Episode. Et elle ne le veut pas. Quelque chose en elle se débat – une animalité, une maternité éperdue qui crie : « Non ! Pas cela ! Pas lui ! »

Alors ? Arrivera-t-elle à l'humilité d'Evelyne ? A celle, si on y pense, de Ludivine ? (Oh ! les draps, les serviettes, les nappes, les taies à jamais inutiles dans l'armoire de la morte, prêtes pour un autre monde, comme dans les tombeaux égyptiens et étrusques les jouets, les esclaves, les nourritures, prêtes pour un monde dont le dieu serait ce jeune garçon rieur et brun, qui l'aimerait enfin, à nouveau.) Cela non plus, elle ne le peut pas. Tout dédier, tout donner à son cher petit dieu rustique, pratique, aux yeux d'émail qui semblent ne jamais ciller. Elle le tenterait du moins, si elle n'avait pas aperçu l'Ombre, par-dessus son épaule... Allons ! Va au bout ! Ce que tu cherchais dans l'Episode, n'était-ce pas surtout à protéger ton sentiment particulier – celui de Jeanne pour Didier – de l'indifférenciation, de la fusion, du Dieu terrible qui nivelle et engloutit tout dans cette sublime indifférence, que d'aucuns osent appeler amour ?

Oui, loyale au fond. Avant même d'avoir pressenti le chemin où elle s'engageait. Loyale à Didier préservé de la foudre, de la transparence. Intact. Intact de Dieu.

Les gouttes tombaient et les serpillières sèches s'humectaient. Jeanne pensait à Dieu pour la première fois. Pour elle, ç'avait été un parent d'Evelyne, un vieux général, une relation, ami d'amis, dont elle entendait parler quelquefois, dans la conversation, comme du dentiste Philippus, de la tante des Pierquin, et dont on finit par s'imaginer qu'on les connaît vaguement : « Ah oui ! La tante Renée a été opérée ? Elle s'en est bien tirée ? Tant mieux ! » Ou parfois, en apprenant la nouvelle décoration du général, on est amené à se demander s'il ne serait pas convenable de lui écrire un mot, bien qu'on ne le connaisse pas personnellement.

Mais maintenant qu'elle savait qu'elle avait repoussé Didier par loyauté, par amour (il n'y a pas d'autre mot et c'est dommage, car son amour à elle avait été de se jeter devant lui, de le couvrir pour ainsi dire de son corps, pour éviter que l'Esprit ne le touchât), alors Dieu, la chose terrible qui se cache derrière toutes les vaines nourritures, les visages, les apparences qui promettent la satiété et jamais ne la donnent, Dieu, elle l'avait reconnu, Dieu, c'était bien la Faim...

Ah ! Didier, mon amour, si satisfait de ta place retrouvée, avec ta gentillesse, ta délicatesse obtuse, ta beauté virile et naïve, c'est plutôt à l'un de ces petits dieux païens fiers de leur modeste besogne que tu fais penser : lares, pénates, ou encore mi-dieux, mi-animaux, satyres amis du dieu Pan, la flûte ou le pénis dressé, fécondant les campagnes ! Que jamais tu ne connaisses de la faim ni de la douleur autre chose que ta petite part à toi. Et de l'amour, bien sûr ! Et de l'amour !

Qui sait si le Christ vraiment nous visita ? Mais s'il vint, la douleur qu'il portait était déjà bien vieille, venait déjà de temps bien plus anciens. On n'en connaît pas l'origine, de cette douleur du non-amour qui prouve l'amour. La vieille histoire recommence avec chaque naissance et chaque histoire – mais elle est toujours une suite. Bénis soient les aveugles, les sourds, les rassasiés. Ceux qui croient que « Dieu les comble de grâces quand Il les comble de trésors ».

Ô Christ ! Eternel coup de lance depuis le premier coup de lance qui perça le flanc d'un animal surpris, depuis le premier homme qui mangea de la viande ! Ô Christ qui le savais, et qui voulus être mangé !

Maintenant les gouttes d'eau ont formé un filet qui imprègne les serpillières plus vite. Bientôt elles seront saturées. Un petit lac se forme autour des pieds de Jeanne.

Mais le doux Christ aux épines, ami des ânes, des petites noces de banlieue, le doux Christ qui ne voulut point scandaliser les enfants (car Dieu est scandale, et connaître Dieu c'est perdre son enfance) et qui en eut pitié, le doux Christ, l'Ecce Homo, leur cacha sa terrible origine, ce divin en lui qui était déjà le coup de lance au flanc, la plaie, la Faim. Et l'Humain, en lui, un instant, l'emporta : il voulut être mangé, il voulut croire qu'on pouvait rassasier les hommes, lui, le fils de la Faim !

Paissez mes brebis... Et depuis elles vont, répandant la bonne parole avec le pain ; la bonne et fausse parole qui endort la faim de Dieu comme un enfant qu'on berce, la parole qui dit qu'on peut être rassasié.

Mais Jeanne, assise dans sa cuisine, et machinalement se levant, tordant la serpillière dans le seau bleu, la replaçant, se rasseyant, les yeux machinalement fixés sur le carré vide bleuâtre du réfrigérateur, mais Jeanne est prise par sa vision, s'avance insensiblement, et toujours plus, et fascinée, telle sainte Lydwine implorant plus nombreuses et plus douloureuses ses plaies, telle Marie des Vallées accueillant vivante les vers de son tombeau, tel Jean-Joseph Surin renonçant pour un temps à la parole des hommes car c'est le silence qui parle (et accroupi dans la cour du couvent, sous le regard un peu dégoûté des moines, il balbutiait et bavait dans sa sublime niaiserie, et du coin de son tablier lui essuyant la bouche, invisible, l'ange Hérésie passait), telle Hadewyck d'Anvers, qui savoura l'absence de Dieu comme le plus doux breuvage qui eût jamais *altéré* lèvres humaines, telle Jeanne regardait le vide réfrigérateur, le carré de rien, l'absence de toute nourriture qui lentement s'était révélée à elle, tel Ruysbroek « perdant sa propre trace », elle regardait la divine absence, la Faim qui seule comble et, dans l'eau maintenant répandue, glacée, sur le carreau, ployait lentement les genoux.

*
**

— Jeanne ! Jeanne !... Ouvrez ! Je sais que vous êtes là !

La voix sur le palier que la nervosité rend suraiguë. Les coups de poing dans la porte. Jeanne émerge, ruisselante encore, au propre et au figuré, traverse l'étendue du living qui lui paraît interminable pour arriver jusqu'à la porte. Elle se sent épuisée.

— Ah ! enfin ! Je *savais* que vous étiez là. Vous ne vouliez pas m'ouvrir !

C'est une affirmation, ce n'est pas une question. Et il entre dans le living comme en pays conquis.

– Evelyne vous a téléphoné pour vous prévenir, n'est-ce pas ?

– Me prévenir de quoi ?

– Mais de mon arrivée ! Je viens...

– Xavier, asseyez-vous, vous me donnez le vertige... Je dormais.

– Vous dormiez dans votre bain, alors. Vous êtes toute mouillée !

– Ah ! oui..., dit Jeanne vaguement.

C'est vrai qu'elle a le sentiment de s'éveiller. Elle prend un torchon à l'entrée de la cuisine, s'essuie machinalement les genoux, essore un peu le devant de la robe.

– J'avais la migraine. Peut-être une grippe.

Il restait là, debout, à la regarder, planté dans le living, sans la moindre gêne, comme s'il avait été chez lui et elle une visiteuse importune à laquelle on ne sait que dire. Et déjà la colère s'effaçait sur ses traits énergiques, bien ciselés : la mâchoire forte, le nez droit, l'œil gris, le sourcil broussailleux. Un ensemble de traits qui, comme son corps – pas très grand mais aux épaules larges –, donnait une impression de vigueur, de décision. Mais quand il souriait, un peu de biais, ses dents le trahissaient : petites et pointues, les dents d'un animal cruel mais lâche. Une hyène extrêmement intelligente, séduisante même, prompte à saisir vos défaillances pour mordre ou caresser...

Elle le détestait. Elle l'avait toujours détesté, mais aujourd'hui elle le détestait à travers une brume, comme si elle n'était pas encore, pas vraiment revenue de ce pays étrange au-delà d'elle-même.

Tout à coup il sourit. Elle vit ses dents. Elle sentit à nouveau à quel point il lui déplaisait et cela lui fit du bien.

– C'est vrai. Vous avez l'air mal en point. Asseyez-vous donc.

Toujours comme s'il était chez lui ! Mais elle se sentait si faible qu'elle ne répondit pas.

– Je sais, enfin, je crois que vous aimez bien Evelyne ? Pour autant que deux femmes puissent s'aimer sincèrement...

C'était une phrase bête, mais elle ne la releva pas. Trop fatiguée. Il parut surpris.

– Oui. C'est injuste. Je dis ça, je ne sais pas pourquoi... Je suis sûr que vous souhaitez le bonheur d'Evelyne. N'est-ce pas ? N'est-ce pas ?

Il parut lire une réponse évidente dans ses yeux. Il s'assit. Il continua.

– Alors expliquez-moi. Si vous croyez sincèrement qu'elle serait plus heureuse sans moi... Vous vous l'imaginez seule avec les enfants ? Seule avec ses cours qu'elle déteste ? Mais elle mourrait d'ennui, de tristesse. Oh ! je ne prétends pas être un mari parfait. Loin de là, même. Mais qu'est-ce qu'Evelyne, d'ailleurs, a à faire d'un mari parfait ? Enfin, Jeanne, parlez ! Répondez-moi ! Pourquoi poussez-vous Evelyne à divorcer ?... Ne restez pas debout, vous êtes livide.

Elle était incapable de répondre, à peine de comprendre. Du moins elle le regardait, elle le voyait. Xavier... C'est Xavier... Elle avait même l'impression de ne l'avoir jamais aussi bien vu. De l'extérieur. Comme par une fenêtre. Comme un étranger. On ne peut pas détester un étranger.

— Merci, dit-elle même, et s'assit.

Un moment il parut essayer de ramener la colère sur ses traits mais y renonça tout de suite. Il était trop intelligent, trop cultivé pour se satisfaire de ces frustes moyens : les grands gestes, la véhémence, le ton de voix avec lequel on fait peur à une femme. D'ailleurs, il ne la désirait pas, ce qui lui enlevait une part de son agressivité. Et il savait que c'était réciproque. Il était asexué, pour Jeanne ; ses façons séduisantes et moqueuses ne prenaient pas sur elle. Alors, à quoi bon se fatiguer ?

— Je sais que vous ne m'aimez pas, dit-il, presque naturel.

Elle se taisait ; elle essayait de revenir vers lui. « C'est Xavier, Xavier que je n'aime pas, Xavier... » Mais c'était difficile.

Depuis qu'il avait dépassé quarante ans, il travaillait davantage. Des rôles de second plan, mais pas inintéressants, au théâtre. Il tournait des feuilletons. Son âge s'accordait mieux avec son physique : cheveux argentés, mâchoire énergique. On lui donnait des rôles de pilote, de commandant de navire, d'homme mûr parfois trompé mais loyal... La dissonance entre une apparence virile et décidée et le caractère hésitant, par manque de courage ou par excès de lucidité, de Xavier, lui avait beaucoup nui dans les débuts de sa carrière. Il y avait toujours un moment, dans les rôles simples et vigoureux qu'on lui donnait, où ça lâchait quelque part, d'une certaine façon. Et le public s'en apercevait. Après avoir donné, durant un temps variable, l'image d'un homme d'action, engagé dans un but bien précis, tout à coup son jeu s'altérait, craquait. Et par toutes les fissures le doute, l'hésitation sur la légitimité de ses émotions passaient comme une odeur de mort et dissolvaient son personnage. « S'il n'y avait que des pièces en un acte, Xavier serait parfait ! » avait dit un jour Jeanne à Evelyne, qui avait pleuré.

— Jeanne !
— Oui...
— Mais enfin, répondez-moi ! Dites-moi quelque chose !

Déjà il lâchait prise. Son visage se décomposait, exprimait le désarroi plutôt que la colère ou l'exigence. Mais, par un subtil glissement, sur ses traits maintenant burinés par la quarantaine et l'alcool, la dissonance devenait émouvante.

Jeanne émergeait. Elle émergeait, trempée encore d'une douceur inexplicable, d'une poignante nostalgie : retourner là-bas !

— Je ne comprends pas bien, Xavier. Pourquoi Evelyne divorcerait-elle ? Et qu'est-ce que j'ai à voir là-dedans ?

Elle ajouta sans pouvoir s'en empêcher, sans pouvoir s'empêcher de faire appel à lui, parce qu'il était là et qu'elle avait besoin qu'on l'aide :

– Vous voyez bien que je suis malade...

Il en parut soulagé.

– Oui. C'est vrai. Moi qui fais irruption... Mais j'étais tellement bouleversé, tellement certain... Qu'est-ce que je peux faire ? Un verre de cognac ? Un thé bien chaud ?

Il était vraiment prêt à l'aider, à mettre une bouilloire sur le feu, à lui chercher de l'aspirine dans la salle de bains... Obligeant, presque gentil, dès qu'il n'avait pas à se battre. C'était ce côté féminin qu'elle avait toujours pressenti en lui et qu'elle n'aimait pas. Aujourd'hui, elle acceptait.

– Un scotch. Servez-vous aussi, Xavier.

Il était déjà en train de le faire, avec cette aisance, presque cette grâce, qui lui était naturelle et ne lui allait pas.

Elle but. Il se rassit, but lui aussi.

– J'en avais bien besoin, dit-il d'un ton plaintif. Je vois que vous n'étiez réellement pas au courant. Mais voilà : Evelyne a beaucoup changé durant l'été... surtout depuis la rentrée..., et sans que vous vous en rendiez compte... Enfin je crois réellement que vous ne vous rendez pas compte, c'est sous votre influence... (Tout à coup il eut un éclat de voix, aussitôt retombé en interrogation.) Enfin, voulez-vous m'expliquer pourquoi, parce que vous perdez vingt kilos et refusez de vous marier, Evelyne doit se refuser à moi et envisager une séparation ?

Elle était revenue. Elle était là, parmi eux. Les visages, les problèmes, les péripéties... Mais elle n'avait pas encore la force d'en sourire. Ni d'en éprouver beaucoup de curiosité.

— Elle ne m'en a jamais parlé, je vous assure.

— Je suis prêt à vous croire, dit-il, maussade parce qu'il la croyait. Mais enfin vous avez eu, tout récemment encore, des conversations, Evelyne ne me l'a pas caché, qui l'ont profondément bouleversée. Vous avez ravivé chez elle un complexe de culpabilité. Vous saviez que nous n'avions jamais été mariés religieusement ?

— Moi ? Je ne crois pas... A vrai dire, je n'y ai jamais réfléchi... Ça me paraît tellement à côté de la question...

— Ah ! dit-il, enfin satisfait. Il y a donc une question ! Eh bien nous allons la résoudre, cette question. Et je vous prie de croire que je ne me laisserai pas escamoter ma femme comme cela !

Il avait bu. S'était resservi. Avait bu à nouveau. Et, l'alcool le soutenant, il avait adopté un ton inquisiteur, sec, mais modéré ; il ne lâcherait pas sa proie.

« Voilà ! Pour une fois, il a trouvé le ton juste ! » pensa Jeanne ; et encore, avec surprise : « Mais c'est qu'il est prêt à se battre pour elle ! » Et elle sut qu'elle avait repris pied sur la terre ferme.

— Bien. Evelyne, donc, a été impressionnée par certains de vos propos. Elle parle d'ascétisme, de vraie spiritualité... Vous lui avez monté la tête. Elle a toujours été un peu chimérique, mon Evelyne. La preuve : elle m'a épousé...

Il sourit d'une manière inattendue, et Jeanne dut reconnaître un certain charme à ce sourire.

– Je ne vois aucun inconvénient à ce que les femmes..., enfin, je veux dire que je respecte toutes les convictions. Mais que vous vous en serviez, plus ou moins consciemment, pour détacher Evelyne de moi, non ! Je dis : non !

– Oui, vous supportez un peu de dévotion chez les femmes, à condition qu'elle soit de pure forme, dit Jeanne qui retrouvait la sienne.

– Vous avez raison, c'était une phrase bête. Comme tout à l'heure. Je suis un peu prisonnier de mon personnage, vous savez, je ne suis pas misogyne du tout. En fait, je ne supporte pas la dévotion chez Evelyne. Ni, d'ailleurs, l'influence que vous avez sur elle. Surtout quand elle tend à nous séparer... Je ne suis pas misogyne, je suis tout simplement jaloux.

– Je ne vous ai jamais vu si sincère, dit-elle malgré elle.

– C'est que c'est difficile... Jeanne, vous êtes une amie d'enfance, la meilleure amie d'Evelyne. Elle vous a toujours beaucoup admirée. Je n'exclus pas que dans son complexe de culpabilité n'entre une certaine part... disons de compétitivité... Vous avez l'air de faire tout si facilement ! Elle a travaillé plus que vous pour un moins bon résultat. Elle s'occupe beaucoup plus de ses élèves, et ils l'aiment moins que vous. Elle avait sur vous – croyait-elle – deux supériorités : un mari et une foi. Si on peut appeler ça une supériorité ! Enfin, c'était à elle. Et voilà que s'offre un mari, et que vous le refusez ; et voilà que vous vous mettez en tête de vivre une aventure spirituelle, et tout de suite c'est l'extase, les visions... Si, si... C'est cela, pour elle ! Et vous la surclassez encore une fois. Qu'est-ce qu'elle peut faire pour rivaliser ? Divorcer, parce qu'elle m'aime, qu'elle sera malheureuse et qu'elle réussira peut-être à être plus malheureuse que vous, qui aurez toujours votre dinguerie pour vous tenir compagnie !

— Eh bien !

— Je ne voulais pas vous blesser, s'excusa-t-il.

C'était vrai. Il était trop égoïste pour être vraiment méchant.

— Mais enfin, reconnaissez que si vous aviez pu nous séparer...

— A un certain moment, peut-être. Mais jamais de cette façon-là ! Ça ne me serait même pas venu à l'esprit ! Il se trouve que depuis quelques mois j'ai réfléchi, j'ai fait une sorte d'expérience intérieure dont j'ai pu dire quelques mots à Evelyne, comme je lui parle de tout ce qui m'advient, mais...

— Mais vous lui en avez fait tout un cinéma ! Avec votre caractère absolu, parce que vous perdez quelques kilos, vous vous imaginez que vous êtes une nouvelle incarnation de sainte Thérèse ! Il ne vous manque plus que d'entendre des voix ! Une dingue, je vous dis ! La religion ! Même les prêtres, de nos jours...

(Il ne maîtrisait plus sa belle voix de scène, montait jusqu'à un registre aigu dont il prenait lui-même conscience et qui le faisait buter sur ses fins de phrases.)

— Et pourquoi refuser tout à coup ce type dont vous étiez folle ?

— Mais qui vous dit...
— Naturellement, Evelyne voit là-dedans une illumination céleste, alors qu'il ne s'agit que de... que de... macérations névrotiques ! C'est le mot du père Bott, auquel j'en ai parlé, et qu'en tant qu'homme j'estime beaucoup. Il est parfaitement d'accord avec moi. Tout cela est très malsain, très éloigné de la vraie foi...
— Mais qui prétend...
— Laissez-moi finir. Il y voit une déviance, si ce n'est pas une perversité. Naturellement, la pauvre Evelyne n'y comprend rien. Vous avez toujours réussi à lui jeter de la poudre aux yeux. Elle vous prend pour une femme supérieure, et elle vous emboîte le pas. Voilà six semaines qu'elle fait chambre à part. Chambre à part ! Parce qu'une vieille fille frustrée fait une éruption de religiosité !

Elle pensa qu'elle n'était pas si frustrée, puisqu'elle ne s'était pas jetée sur Didier – ni sur aucun autre, d'ailleurs. Elle pensa qu'elle n'était pas vieille, car elle n'avait pas trente-six ans. Elle pensa qu'il avait analysé les réactions d'Evelyne avec une lucidité qui était peut-être de l'amour.

Il était debout de nouveau, parcourant la pièce nerveusement, mais avec adresse. Il ne heurtait rien, ni ne faisait de bruit. Peu d'hommes, dans de telles circonstances, auraient pu résister au désir de frapper la table du poing, de renverser une chaise. Lui, non. Peut-être était-ce cela qui donnait à Jeanne l'impression de le voir circuler sur une scène, où des marques habilement dissimulées commandent les déplacements des acteurs. Etait-il possible de se maîtriser ainsi et d'être cependant sincère ? Acteur et spectateur ? Elle l'avait longtemps considéré comme un parasite, et toujours comme un hypocrite sans intérêt. Allait-elle nuancer son opinion le jour même où il venait l'insulter chez elle ?

— Je vais trop loin. Je vous demande pardon, dit-il comme s'il avait lu dans sa pensée. (Il se rassit.) Mais enfin, quel est le sens de tout ça ? (Il se releva.) D'accord, vous faites un régime. Vous voulez plaire, ou mieux vous porter, je n'en sais rien, ça ne regarde que vous. Après, vous découvrez un nouveau sens à la vie. Dit Evelyne. C'est encore votre droit ! Mais de quel droit l'imposer aux autres ? Parader avec vos robes minables, vos cheveux même pas peignés, vous faire remarquer en vous nourrissant d'un œuf dur à la cafétéria ! Rejeter un garçon que vous aviez tout fait pour attirer ! Oui, tout ! C'est du sadisme ! C'est un orgueil de malade, d'infirme ! Vous n'êtes plus obèse, mais c'est pire : borgne ou bossue dans la tête ! (Il se rassit.) Je vais trop loin encore. Mais c'est que j'en perds la tête ! Pour une idiotie pareille, perdre Evelyne ! Mais ça me rend fou ! Elle pourrait au moins penser aux enfants ! Remarquez que moi, les enfants... (Il les balaya d'un geste.)

— Au moins vous êtes sincère, dit Jeanne avec un peu d'ironie.

— Mais naturellement je suis sincère ! Qu'est-ce que je viendrais faire ici si...

— Oui, au fait, qu'est-ce que vous venez faire ici ?

Qu'est-ce que vous êtes venu me demander, exactement ?

— Mais de l'aide, Jeanne ! De l'aide...

Qu'il osât lui demander de l'aide après l'avoir traitée ainsi lui parut tellement insensé qu'elle en fut presque touchée. Peut-être, comédien, les mots n'avaient-ils pas pour lui la même portée... Et pourtant il se dévoilait devant elle, sa peur panique de perdre Evelyne, son indifférence pour les enfants, l'antipathie qu'elle lui avait toujours inspirée. Et la confiance qu'elle lui inspirait, aussi, puisqu'il pensait qu'elle pouvait d'un mot tout arranger. Qu'il se remettait entre les mains d'un être qu'il ne comprenait pas. Dont il acceptait l'absurdité.

Elle pensa cela, regarda sa pensée, posée devant elle, comme un objet.

Elle raconta.

Elle dilapida en quelques instants tout ce qu'elle avait accumulé pendant des mois d'étrange et de précieux. Ses intuitions, ses défaillances, les brusques éclairs de lumière, les plongées dans la nuit. Parfois lyrique, parfois triviale, parfois simplement un peu perdue. Elle évoluait au milieu de tout cela comme lui sur scène, entre les marques qui empêchent de perdre pied tout à fait, de sortir de l'étroit espace qui nous est dévolu, borné des deux côtés par les coulisses sombres qui mènent à la folie ou au néant.

Elle raconta tout. L'escalier. Le livre de tortures. Le corps devenu ennemi. L'amant de Ludivine. Et l'Episode. Et la liberté. Et la rencontre avec le terrible esprit qui ne souffle qu'une fois dans la vie. Et elle voyait avec un étonnement croissant Xavier comprendre.

Il ne disait que des choses banales, mais, parce qu'il vivait depuis tant d'années au milieu des apparences, entre deux mondes, il la suivait à travers son récit.
— Ah! c'est un sujet, ça! disait-il. Vous devriez l'écrire...
Elle ne s'en offusquait pas. Elle comprenait qu'il parlait d'une transposition nécessaire, d'une clé dans une autre. Qu'il parlait de la nécessité de rendre compte d'une expérience déjà vécue, et non de s'y engloutir, de vivre un amour déjà cent fois consommé, de porter cet enfant déjà né, déjà mort, de continuer.

Elle avait cru pouvoir s'échapper, elle s'était peut-être échappée. Elle se retrouvait sur la scène, avec un butin dérisoire, des galets encore scintillants jusqu'à ce qu'ils se dessèchent, très vite; des fleurs violentes; une tache de sang qui ternirait tout de suite. Et Xavier lui disait: « Vite, avant de tout oublier, le dire, le jouer, c'est votre tour. C'est à vous! »

Si peu, si mal que ce fût, Xavier savait cela, participait de cela. Evelyne avait négligé la seule parcelle de cet homme qui méritât d'être sauvée...
L'absurdité de tout cela.

Plus tard.

– Je lui parlerai, dit-elle. Je lui expliquerai... à sa façon. Vous verrez, elle ne partira pas. Au contraire..., peut-être votre entente sera-t-elle consolidée...

– Oh! je suis sûr que vous réussirez, si vous le voulez! Vous ferez cela pour moi?

Il était tout amitié, maintenant. Presque familier. Avec cette aisance des hommes qui ont beaucoup plu aux femmes et sont à l'aise avec elles.

– Pour vous, non. Mais pour elle.

Il se mit à rire. Il y avait entre eux une sorte de complicité surprenante, nouvelle.

– Vous verrez. Nous finirons par être bons amis.

– Oh! amis... Il y a du chemin à faire.

– C'est vrai. C'est un autre domaine. Mais nous sommes... nous sommes déjà bons camarades, Divine.

*
**

Elle traîna le pèse-personne au milieu du living. Au beau milieu, afin de l'avoir toujours sous les yeux. Et à partir de maintenant, elle se pèserait tous les jours. Tous les jours.

– Il faut se résigner, dit-elle à haute voix, à peser un poids normal.

D'où revenait-elle? Et où avait-elle failli entraîner Evelyne, petite ombre effarée, à sa suite? Elle ne le saurait jamais. Comme Xavier ne saurait jamais s'il était un bon comédien mal employé, ou un mauvais comédien lucide, ou un comédien bon ou mauvais dans une pièce absurde.

– J'arrête les frais, dit-elle encore.

Avec un regret. Comment se résigne-t-on à peser un « poids normal » ? Un peu plus, c'est trop. Un peu moins, c'est inquiétant. La marge est bien étroite. Il faut vivre là-dedans...

Elle passa dans la cuisine, claqua la porte du réfrigérateur. Une crise, oui. J'ai traversé une crise. Et toute cette eau par terre ! Elle prit un balai, la serpillière, le seau...

Plus tard elle s'assit résolument, décidant de manger. Acceptant de manger. Elle prépara avec soin un repas raisonnable : une salade de concombres – il lui en restait deux –, agrémentée de quelques feuilles de menthe, des œufs à la coque. L'estomac se réhabituait, petit à petit. Maintenant qu'elle y pensait, elle avait dû oublier un repas de temps en temps, ces semaines-ci.

Elle observait, elle méditait. Le monde avait été si intéressant ! Terrible, mais intéressant. « Sauvés ! Mais c'était de justesse ! » Une phrase d'une pièce qui lui revenait. Quelle pièce ? Sauvée par Xavier. Elle allait s'engloutir. Il lui avait montré qu'il existe, entre vérité et vérité, un va-et-vient. Mais il y fallait de l'équilibre. Réussirait-elle ? Ou, comme ces boulimiques dont Pierquin lui avait parlé, passerait-elle sans cesse d'un côté à l'autre du cadran, perdant quinze kilos, en reprenant vingt, passant du dégoût de vivre à l'avidité sans frein ?

Le plus difficile, c'est de maintenir un poids normal...

Elle finissait ses œufs quand elle entendit un bruit sur le palier.

*
**

Une multitude d'informations affluèrent dans son cerveau en un instant, comme si elle avait été un central d'ordinateurs.

Il était tard. La conversation avec Xavier avait pris un temps fou. Pour retrouver le calme, ébranlée, elle avait fait partout l'obscurité, sauf dans la cuisine dont elle avait poussé la porte. On était samedi, la porte de l'entrée n'était pas fermée.

Elle eut peur, le temps d'un éclair. Sans faire aucun bruit, elle alla jusqu'au commutateur de la cuisine, le tourna. Puis entrouvrit un peu plus la porte qui menait de la cuisine au living.

Un froissement, un grincement très légers. « Est-il possible que ce soit... » Non ! L'Episode, elle ne voulait pas. Le va-et-vient, c'est possible au théâtre, mais dans la vie, non ! Elle écrirait à Didier demain. Elle lui dirait : « Si tu veux qu'on essaie. » Elle essaierait – un poids normal...

Elle entendit la poignée tourner : elle jetait un petit cri d'oiseau, très bref, caractéristique, que Jeanne connaissait bien. Et tout à coup, comme la flamme rejaillit des cendres, le goût de vivre lui revint. Une sorte d'allégresse un peu folle, et elle se dit : « Exorcisons le fantasme. Il va faire une de ces têtes ! » Après tout, si elle renonçait aux douceurs de l'ombre, l'Ombre n'avait qu'à s'incliner.

Elle étendit doucement la main à travers la porte entrouverte. A sa portée, le commutateur du living. Dans quelques secondes, l'Inconnu allait pénétrer dans la chambre, n'y trouver personne, repasser dans l'entrée. Si elle appuyait à ce moment-là sur le commutateur, le petit appartement se trouverait éclairé. Elle verrait.

Nul danger. M. Adrien devait être chez lui, et les Larivière. Elle ne tenterait pas de s'opposer à la fuite de l'Ombre. Mais si c'était Adrien ? Ou M. Larivière ? Ils feraient encore moins de scandale...

Il va entrer dans la chambre. Il est entré.

Elle tend la main vers le commutateur, tâtonne un instant, elle va l'atteindre. Un bruit énorme, fracassant, l'immobilise, venant de la chambre. Elle a le temps de penser : « C'est la lampe au pied de bronze » et déjà un souffle est près d'elle. Deux mains la saisissent aux épaules. Elle tente de se reculer dans la cuisine, se trouve bloquée par la table. La nuit claire, par la fenêtre, enveloppe un corps à corps confus. Sur un visage qui se penche et qu'elle tente de repousser, Jeanne tout à coup aperçoit, se détachant, la « tache du calife ».

En un éclair, elle imagine la tête d'Elisabeth l'entendant dire : « Finalement, j'ai choisi le concierge », cependant que deux mains furieuses la serrent à la gorge, ignorant que ce qu'elles étouffent à jamais, et si facilement, c'est un éclat de rire.

Littérature

extrait du catalogue

Cette collection est d'abord marquée par sa diversité : classiques, grands romans contemporains ou même des livres d'auteurs réputés plus difficiles, comme Borges, Soupault. En fait, c'est tout le roman qui est proposé ici, Henri Troyat, Bernard Clavel, Guy des Cars, Frison-Roche, Djian mais aussi des écrivains étrangers tels que Colleen McCullough ou Konsalik.

Les classiques tels que Stendhal, Maupassant, Flaubert, Zola, Balzac, etc. sont publiés en texte intégral au prix le plus bas de toute l'édition. Chaque volume est complété par un cahier illustré sur la vie et l'œuvre de l'auteur.

ADLER Philippe	Bonjour la galère 1868/2
	Graine de tendresse 2911/3
	Qu'est-ce qu'elles me trouvent ? 3117/3
AGACINSKI Sophie	La tête en l'air 3046/5
AMADOU Jean	La belle anglaise 2684/4
AMADOU - COLLARO - ROUCAS	Le Bébête show 2824/5 & 2825/5 Illustrés
AMIEL Joseph	Le promoteur 3215/9
ANDERSEN Christopher	Citizen Jane 3338/7
ANDERSON Peggy	Hôpital des enfants 3081/7
ANDREWS Virginia C.	Fleurs captives
	- Fleurs captives 1165/4
	- Pétales au vent 1237/4
	- Bouquet d'épines 1350/4
	- Les racines du passé 1818/4
	- Le jardin des ombres 2526/4
	La saga de Heaven :
	- Les enfants des collines 2727/5
	- L'ange de la nuit 2870/5
	- Cœurs maudits 2971/5
	- Un visage du paradis 3119/5
	- Le labyrinthe des songes 3234/6
APOLLINAIRE Guillaume	Les onze mille verges 704/1
	Les exploits d'un jeune don Juan 875/1
ARCHER Jeffrey	Le pouvoir et la gloire (Kane et Abel) 2109/7
	Faut-il le dire à la Présidente ? 2376/4
ARSAN Emmanuelle	Les débuts dans la vie 2867/3
ATTANÉ Chantal	Le propre du bouc 3337/2
ATWOOD Margaret	La servante écarlate 2781/4
	Œil-de-chat 3063/8
AVRIL Nicole	Monsieur de Lyon 1049/3
	La disgrâce 1344/3
	Jeanne 1879/3
	L'été de la Saint-Valentin 2038/2
	La première alliance 2168/3
	Sur la peau du Diable 2707/4
	Dans les jardins de mon père 3000/3
BACH Richard	Jonathan Livingston le goéland 1562/1 Illustré
	Illusions/Le Messie récalcitrant 2111/2
	Un pont sur l'infini 2270/4
	Un cadeau du ciel 3079/3

Littérature

BAILLY Othilie	L'enfant dans le placard 3029/**2**
BALZAC Honoré de	Le père Goriot 1988/**2**
BARBELIVIEN Didier	Rouge cabriolet 3299/**2**
BARRIE James M.	Peter Pan 3174/**2**
BATS Joël	Gardien de ma vie 2238/**3** Illustré
BAUDELAIRE Charles	Les Fleurs du mal 1939/**2**
BÉARN Myriam et Gaston de	Gaston Phébus :
	1 - Le lion des Pyrénées 2772/**6**
	2 - Les créneaux de feu 2773/**6**
	3 - Landry des Bandouliers 2774/**5**
BEART Guy	L'espérance folle 2695/**5**
BELLEMARE Pierre	Les dossiers d'Interpol 2844/**4** & 2845/**4**
BELLEMARE P. et ANTOINE J.	Les dossiers extraordinaires 2820/**4** & 2821/**4**
BELLETTO René	Le revenant 2841/**5**
	Sur la terre comme au ciel 2943/**5**
	La machine 3080/**6**
	L'enfer 3150/**5**
BELLONCI Maria	Renaissance privée 2637/**6** Inédit
BENZONI Juliette	Un aussi long chemin 1872/**4**
	Le Gerfaut des Brumes :
	- Le Gerfaut 2206/**6**
BERBEROVA Nina	Le laquais et la putain 2850/**2**
	Astachev à Paris 2941/**2**
	La résurrection de Mozart 3064/**1**
	C'est moi qui souligne 3190/**8**
BERG Jean de	L'image 1686/**1**
BERGER Thomas	Little Big Man 3281/**8**
BERTRAND Jacques A.	Tristesse de la Balance... 2711/**1**
BEYALA Calixthe	C'est le soleil qui m'a brûlée 2512/**2**
BISIAUX M. et JAJOLET C.	Chat plume (60 écrivains...) 2545/**5**
	Chat huppé (60 personnalités...) 2646/**6**
BLAKE Michael	Danse avec les loups 2958/**4**
BLIER Bertrand	Les valseuses 543/**5**
BOGGIO Philippe	Coluche 3268/**7**
BORGEN Johan	Lillelord 3082/**7**
BORY Jean-Louis	Mon village à l'heure allemande 81/**4**
BOULET Marc	Dans la peau d'un Chinois 2789/**7** Illustré
BRAVO Christine	Avenida B. 3044/**3**
	Les petites bêtes 3104/**2**
BROOKS Terry	Hook 3298/**4**
BRUNELIN André	Gabin 2680/**5** & 2681/**5** Illustré
BURON Nicole de	Les saintes chéries 248/**3**
	Vas-y maman 1031/**2**
	Dix-jours-de-rêve 1481/**3**
	Qui c'est, ce garçon ? 2043/**3**
	C'est quoi, ce petit boulot ? 3297/**4**
	Où sont mes lunettes ? 3297/**4**
CARDELLA Lara	Je voulais des pantalons 2968/**2**

Littérature

CARS Guy des
- La brute 47/3
- Le château de la juive 97/4
- La tricheuse 125/3
- L'impure 173/4
- La corruptrice 229/3
- La demoiselle d'Opéra 246/3
- Les filles de joie 265/3
- La dame du cirque 295/2
- Cette étrange tendresse 303/3
- La cathédrale de haine 322/4
- L'officier sans nom 331/3
- Les sept femmes 347/4
- La maudite 361/3
- L'habitude d'amour 376/3
- La révoltée 492/4
- Amour de ma vie 516/3
- Le faussaire 548/4
- La vipère 615/4
- L'entremetteuse 639/4
- Une certaine dame 696/5
- L'insolence de sa beauté 736/3
- L'amour s'en va-t-en guerre 765/3
- Le donneur 809/3
- J'ose 858/3
- La justicière 1163/2
- La vie secrète de Dorothée Gindt 1236/2
- La femme qui en savait trop 1293/3
- Le château du clown 1357/4
- La femme sans frontières 1518/4
- Le boulevard des illusions 1710/3
- La coupable 1880/3
- L'envoûteuse 2016/5
- Le faiseur de morts 2063/3
- La vengeresse 2253/3
- Sang d'Afrique 2291/5
- Le crime de Mathilde 2375/4
- La voleuse 2660/3
- Le grand monde 2840/8
- La mère porteuse 2885/4
- L'homme au double visage 2992/4
- L'amoureuse 3192/4

CARS Jean des
- Sleeping story 832/4

CATO Nancy
- L'Australienne 1969/4 & 1970/4
- Les étoiles du Pacifique 2183/4 & 2184/4
- Lady F. 2603/4
- Tous nos jours sont des adieux 3154/8

CESBRON Gilbert
- Chiens perdus sans collier 6/2
- C'est Mozart qu'on assassine 379/3

CHABAN-DELMAS Jacques
- La dame d'Aquitaine 2409/2

CHAILLOT N. et VILLIERS F.
- Manika une vie plus tard 3010/2

Littérature

CHAMSON André	*La Superbe* 3269/**7**
	La tour de Constance 3342/**7** (Décembre 92)
CHATEL Philippe	*Il reviendra* 3191/**3**
CHEDID Andrée	*La maison sans racines* 2065/**2**
	Le sixième jour 2529/**3**
	Le sommeil délivré 2636/**3**
	L'autre 2730/**3**
	Les marches de sable 2886/**3**
	L'enfant multiple 2970/**3**
	Le survivant 3171/**2**
	La cité fertile 3319/**2**
CHOW CHING LIE	*Le palanquin des larmes* 859/**4**
	Concerto du fleuve Jaune 1202/**3**
CICCIOLINA	*Confessions* 3085/**3** Illustré
CLANCIER Georges-Emmanuel	*Le pain noir* 651/**3**
CLAUDE Hervé	*Le désespoir des singes* 2788/**3**
CLAVEL Bernard	*Le tonnerre de Dieu* 290/**1**
	Le voyage du père 300/**1**
	L'Espagnol 309/**4**
	Malataverne 324/**1**
	L'hercule sur la place 333/**3**
	Le tambour du bief 457/**2**
	Le massacre des innocents 474/**2**
	L'espion aux yeux verts 499/**3**
	La grande patience :
	1 - *La maison des autres* 522/**4**
	2 - *Celui qui voulait voir la mer* 523/**4**
	3 - *Le cœur des vivants* 524/**4**
	4 - *Les fruits de l'hiver* 525/**4**
	Le Seigneur du Fleuve 590/**3**
	Pirates du Rhône 658/**2**
	Le silence des armes 742/**3**
	Tiennot 1099/**2**
	Les colonnes du ciel :
	1 - *La saison des loups* 1235/**3**
	2 - *La lumière du lac* 1306/**4**
	3 - *La femme de guerre* 1356/**3**
	4 - *Marie Bon Pain* 1422/**3**
	5 - *Compagnons du Nouveau-Monde* 1503/**3**
	Terres de mémoire 1729/**2**
	Qui êtes-vous ? 1895/**2**
	Le Royaume du Nord :
	- *Harricana* 2153/**4**
	- *L'Or de la terre* 2328/**4**
	- *Miséréré* 2540/**4**
	- *Amarok* 2764/**3**
	- *L'angélus du soir* 2982/**3**
	- *Maudits sauvages* 3170/**4**
CLOSTERMANN Pierre	*Le Grand Cirque* 2710/**5**
COCTEAU Jean	*Orphée* 2172/**2**

Littérature

COLETTE	Le blé en herbe 2/1
COLLARD Cyril	Les nuits fauves 2993/3
COLOMBANI M.-F.	Donne-moi la main, on traverse 2881/3
CONNELL Evan S.	Mr. et Mrs. Bridge 3041/8
CONROY Pat	Le Prince des marées 2641/5 & 2642/5
	Le Grand Santini 3155/8
COOPER Fenimore J.	Le dernier des Mohicans 2990/5
COOPER Mary Ann	Côte Ouest 3086/4
CORMAN Avery	Kramer contre Kramer 1044/3
	50 bougies et tout recommence 2754/3
COUSTEAU Commandant	Nos amies les baleines 2853/7 Illustré
	Les dauphins et la liberté 2854/7 Illustré
	Un trésor englouti 2967/7 Illustré
	Compagnons de plongée 3031/7 Illustré
DAUDET Alphonse	Tartarin de Tarascon 34/1
	Lettres de mon moulin 844/1
	Le Petit Chose 3339/3 (Décembre 92)
DAVENAT Colette	Daisy Rose 2597/6
	Le soleil d'Amérique 2726/6
DHÔTEL André	Le pays où l'on n'arrive jamais 61/2
DICKEY James	Délivrance 531/3
DIDEROT Denis	Jacques le fataliste 2023/3
DJIAN Philippe	37°2 le matin 1951/4
	Bleu comme l'enfer 1971/4
	Zone érogène 2062/4
	Maudit manège 2167/5
	50 contre 1 2363/3
	Echine 2658/5
	Crocodiles 2785/2
DORIN Françoise	Les lits à une place 1369/4
	Les miroirs truqués 1519/4
	Les jupes-culottes 1893/4
	Les corbeaux et les renardes 2748/5
	Nini Patte-en-l'air 3105/6
DUBOIS Jean-Paul	Tous les matins je me lève 2749/3
	Les poissons me regardent 3340/3 (Décembre 92)
DUFOUR Hortense	Le château d'absence 2902/5
DUMAS Alexandre	La reine Margot 3279/8
DUROY Lionel	Priez pour nous 3138/4
EBERHARDT Isabelle	Lettres et journaliers 2985/6
EDWARDS Page	Peggy Salté 3118/6
Dr ETIENNE	Transantarctica 3232/5
Dr ETIENNE et DUMONT	Le marcheur du Pôle 2416/3
FISHER Carrie	Bons baisers d'Hollywood 2955/4 Inédit
FLAUBERT Gustave	Madame Bovary 103/3
FOSSET Jean-Paul	Chemins d'errance 3067/3 (Exclusivité)
	Saba 3270/3
FOUCHET Lorraine	Jeanne, sans domicile fixe 2932/4 (Exclusivité)
	Taxi maraude 3173/4 (Exclusivité)
FRANCESCHI Patrice	Qui a bu l'eau du Nil... 2984/4 Illustré

Littérature

FRISON-ROCHE	*La peau de bison* 715/**2**
	La vallée sans hommes 775/**3**
	Carnets sahariens 866/**3**
	Premier de cordée 936/**3**
	La grande crevasse 951/**3**
	Retour à la montagne 960/**3**
	La piste oubliée 1054/**3**
	Le rapt 1181/**4**
	Djebel Amour 1225/**4**
	Le versant du soleil 1451/**4** & 1452/**4**
	L'esclave de Dieu 2236/**6**
GAGARINE Marie	*Blonds étaient les blés d'Ukraine* 3009/**6**
	Le thé chez la Comtesse 3172/**5** Illustré
GARRISON Jim	*JFK* 3267/**5** Inédit
GEBHARDT Heiko	*La mère d'Anna* 3196/**3**
GEDGE Pauline	*La dame du Nil* 2590/**6**
GLASER E. & PALMER L.	*En l'absence des anges* 3318/**6**
GOISLARD Paul-Henry	Sarah :
	1 - *La maison de Sarah* 2583/**5**
	2 - *La femme de Prague* 2584/**4**
	3 - *La croisée des amours* 2731/**6**
GORBATCHEV Mikhaïl	*Perestroïka* 2408/**4**
GRAFFITI Kriss	*Et l'amour dans tout ça ?* 2822/**2**
GRAY Martin	*Le livre de la vie* 839/**2**
	Les forces de la vie 840/**2**
GROULT Flora	*Maxime ou la déchirure* 518/**2**
	Un seul ennui, les jours raccourcissent 897/**2**
	Ni tout à fait la même, ni tout à fait une autre 1174/**3**
	Une vie n'est pas assez 1450/**3**
	Mémoires de moi 1567/**2**
	Le passé infini 1801/**2**
	Le temps s'en va, madame.... 2311/**2**
	Belle ombre 2898/**4**
HALEY Alex	*Racines* 968/**4** & 969/**4**
HAMBLY Barbara	*La Belle et la Bête* 2959/**3**
HANSKA Evane	*Que sont mes raouls devenus ?* 3043/**2**
	Kevin le révolté 1711/**4**
	Les enfants des autres 2543/**5**
	La forêt de tournesols 2988/**5**
HAYDEN Torey L.	*L'enfant qui ne pleurait pas* 1606/**3**
	Kevin le révolté 1711/**4**
	Les enfants des autres 2543/**5**
	La forêt de tournesols 2988/**5**
HARVEY Kathryn	*Butterfly* 3252/**7** Inédit
HEBRARD Frédérique	*Un mari c'est un mari* 823/**2**
	La vie reprendra au printemps 1131/**3**
	La chambre de Goethe 1398/**3**
	Un visage 1505/**2**
	La Citoyenne 2003/**3**
	Le mois de septembre 2395/**2**
	Le Harem 2456/**3**

Photocomposition Assistance 44-Bouguenais
Achevé d'imprimer en Europe (France)
par Brodard et Taupin à la Flèche (Sarthe)
le 7 décembre 1992. 6054G-5
Dépôt légal déc. 1992. ISBN 2-277-23365-X

Éditions J'ai lu
27, rue Cassette, 75006 Paris
Diffusion France et étranger : Flammarion